除了野蛮国家，整个世界都被书统治着。

司母戊工作室
诚挚出品

岭南有春风
潇湘多夜雨

聂雄前 著

人民东方出版传媒
东方出版社

序 一

庚子年九月初三，是父亲的百岁冥诞。家乡的亲人发来视频，一看就是我家的堂屋，四方桌摆满了贡品和香烛，地上堆了几大捆冥币，亲人们跪在地上一张一张地烧纸钱，火光大概有半个人高。

默默地看完视频，回想起父亲的种种不容易。父亲在44岁那年才有了我，我懂得一点事儿的时候，父亲已是满脸沧桑。乡村的父母都是木讷寡言的，片言只语之间，我知道父亲生逢乱世，青少年时代颠沛流离，十几岁就挑木炭到洋潭，我至今都不知道洋潭在哪里。他身体稍显强壮时，就从醴陵贩瓷器到贵阳、成都，那是千山万水的脚板路。多少年以后，父亲曾悄悄告诉我，"要不是你爹败了家，你就是地主崽子"。我曾经问过伯伯，他噤若寒蝉；我也问过叔叔，他一脸严肃，怒气冲冲。父亲叫聂宗儒，伯伯叫聂宗藩，叔叔过继给小爷爷改名叫聂继良，这三个名字如此大气经典，我相信父亲的悄悄话不是捏造。

父亲在我6岁的时候，送我到邻村定星小学发蒙，一路讲敬惜字纸，字是打门锤，我一脸懵懂。过了三年，父亲揽下了给秧冲供销社拖板车的活儿，下午不上学的我就要去拉车。我第一次帮着拉货时，妈妈说你要到汪家塘去接，我傻乎乎地站在汪家塘大片田野靠家的这边，等了大概半个小时，终于看到了父亲瘦小的身子，他从一个长坡顶着板车慢慢滑下来，却在田野的中间将车停住，然后向我招手。我一路飞脚跑过去，父亲讲，崽啊，你要敬事爱人咧。父亲接着讲，到家还有三个上坡，你不到这个地方等我，就少背了一个坡啊。

我家住在鹅公坪，从我家到双峰县城来回整整六十里路。20

世纪七十年代的湘中丘陵地区，即便是省道，也还是坑坑洼洼的沙子泥巴路，晴天雨天热天冷天，父亲和哥哥都轮流在拉车，上陡坡时将身体弯曲到三十度，下陡坡时紧紧用身体将板车靠住，防止车速失控车毁人亡。我有四五年帮着父亲和哥哥拉过板车，从汪家塘到新塘，从西祠坳到生猪站，从走马街到宝丰村，长一岁就增加一公里路，每一天就给父亲或兄长多背两个坡。

说是省道，却车辆稀少，每天有一辆标着"长客"的长途客车经过，偶尔在鹅公坪停一回，生产队的年轻人就大声起哄，"堂客，堂堂在哪里"？一脸激动，一片欢呼。每过一两个月，就有消防车拉着警报从我家门口飞驰而过，每一个乡亲都脸色严峻，知道涟邵矿务局下面的某家煤矿又出大事了。这条省道两边的行道树是苦楝树，四五米就有一棵，主干有菜碗粗，十几米高，枝繁叶茂。多少次靠在苦楝树上等父亲或兄长时，我都会想一想，这条路的终点在哪里？我哪个时候能够不拉板车了？

父亲和哥哥在这条路上奔波了十年左右，从最早的八毛钱一车到后来的一块五毛钱一车，养活了一家子七八个人，而且生活排到了生产队二十几户人家的中上水平，父亲很自豪。我每天傍晚去接父亲的时候，他给我讲了好多的道理。他说，崽啊，昨天夜里你去屙尿，屙得炮响，你难道不知道屙尿屙桶边，夹菜夹碗边的道理？他说，崽啊，吃不穷，喝不穷，算计不到才受穷。某一天我和同学打了架，第二天傍晚去接他，他轻声慢语地说，你反正有劲，打吧打吧，总会碰到尖角子石头的……

我是上大学二年级的时候，才把他给我讲过的这些道理从字面一一对应上。到今天，我才完全明白"敬事爱人"在我生命中刻下的深刻痕迹。我读书和工作的几十年间没有迟到早退，极少人事纠葛，兴高采烈干活，小心翼翼办事，都是父亲在我第一次帮他拉车时播下的种子。这本小书原定的书名是《无尽的远方，无数的人们》，但思来想去到底不敢亵渎我深爱的鲁迅先生。命运迫使我奔向远方，在远方我遇到无数的人，而我总是站在弱小者一边。《女报》杂志与千万打工妹情深意长的关联，是野蛮生长过程中难得的温暖；《女报·时尚》与万千女白领如切如磋的成长，一直践行着"时尚，决不高高在上"的诺言。还有《新故事》《新生活》《消费周刊》，我们构筑实干与梦想兼容的王国，即使纸媒衰落，一定有无数的人们还在怀想。我生命中有过四五年拉板车的经历，我来到深圳做杂志，小半年摸清办刊门道，就骑上单车去拉广告，我花两个月把深圳的美容院搞得门儿清，再花两个月把全国的减肥厂家锁定，那是烈日下汗流浃背的奔波，也是一个不会讲普通话的乡下人的奋斗。22年，真有一点乡贤曾国藩"扎硬寨，打呆仗"的味道。离开《女报》杂志社时，我有些忧伤和不舍，离任审计书白纸黑字写着"《女报》杂志发行超过2亿册"，我就有小小的得意。然后，我就兴高采烈做图书，一口湘乡话耐得烦沟通，一脸憨厚相霸得蛮死磕，总算出了些好书，抢了一些好作者。小书中的文章都是在深圳写的，写的人我都很敬重，王憨山、李世南、邹传安、黄铁山、王鲁湘、冷冰川等一众大家名家，跟我都有几十年的交情。写的事我都觉得挺有趣，我把我在大深圳的尴尬写出来了，我把我在大深圳的快乐写出来了。深圳，有春风有白云的深圳，我唯有感恩。

而那个被我逃离的故乡，青山依旧，绿水长流。我每年都回去祭拜我的父母和祖先一次，发现大多数人都认不得了。清明时节苦楝树的白花，青少年都已经厌倦了它的苦。我却还记得罗大佑的歌，"我的家庭我诞生的地方，有我童年时期最美的时光。那是后来我逃出的地方，也是我现在眼泪挥去的方向。"逃离故乡是为了去看世界，看了世界后才知道"最难忘是潇湘夜雨"。我看到过王憨山先生打着赤膊挥汗如雨作画的场面，也看到过王鲁湘先生穷且益坚不坠青云之志的岁月；我在湖南省文联大院有被林河先生逼着去抓野人的笑谈，也有大学同学杨建华脱下新衣助我相亲竟一举成功的经历……这些，都写在了这本书里，每一篇小文都隐伏和流动着我的母语，我的心灵之血。我用全世界独一无二的老湘语骂过娘吵过架，说过最动情的心事，最欢乐和最辛酸的体验，最聪明和最荒唐的见解。

潇湘听夜雨，岭南读白云。我算了算，我父亲和兄长拉十年左右板车的路程，至少超过了十八万里。饥饿岁月长大的我，跟着他们走了一小段，也练就了一双铁脚板，即使现今肥头鼓脑，依然健步如飞。

也算序吧。

写于庚子年重阳日

# 目录

第一辑

潇湘夜雨

———

# 第二辑 故土风流

# 第三辑

# 女报回眸

# 第四辑

# 鹏城写意

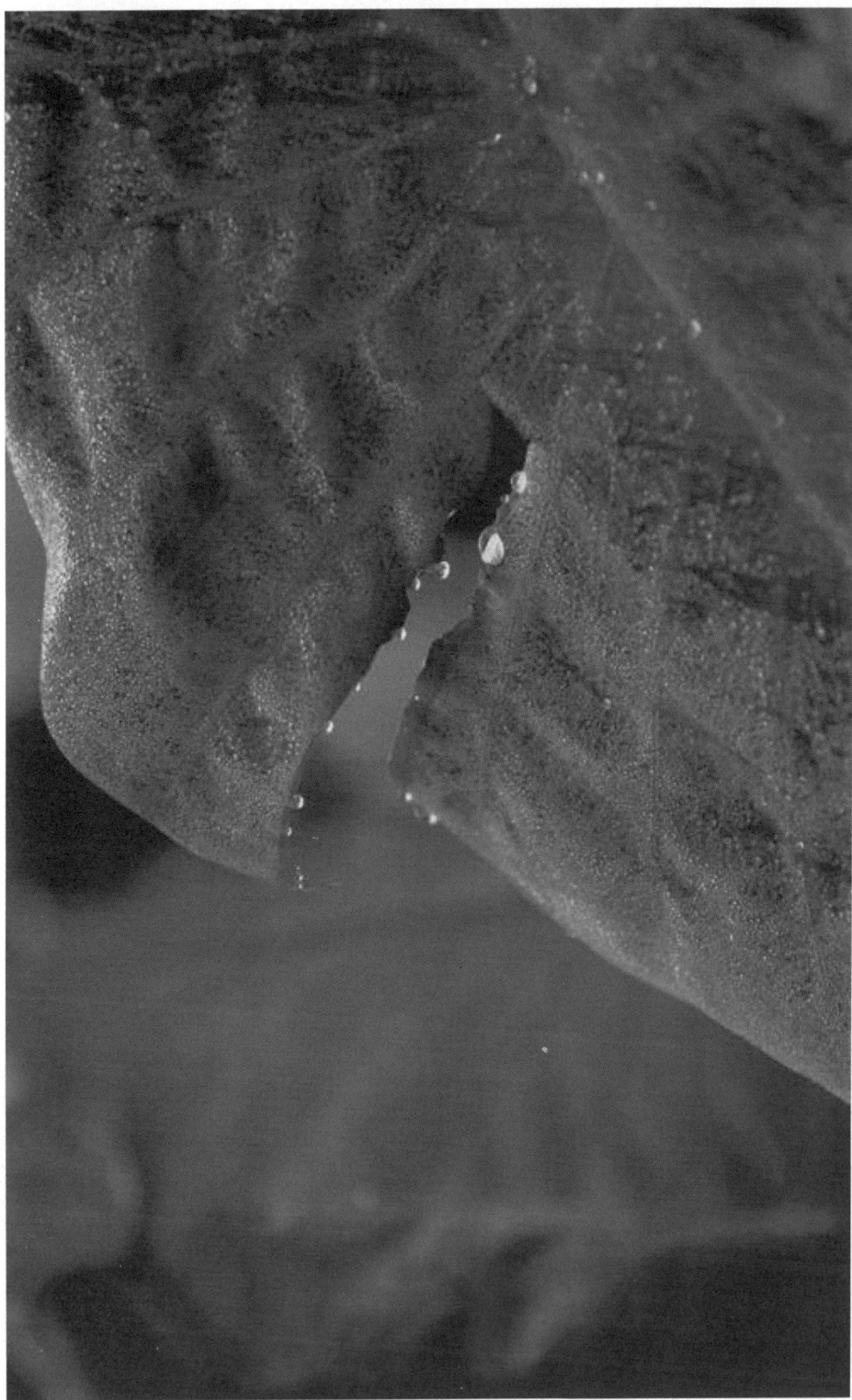

潇湘夜雨

XIAOXIANG YEYU

一

记不清具体是哪一年了，总之是 20 世纪七十年代初期的一个
冬天，我在上小学。

那天早晨，像往常一样，我早早地被父亲从床上提起来。摸
着被父亲提痛的耳朵，坐在门槛上发了一阵子蒙，就挑着一只粪
箕去拾粪。

那个时代化肥很紧缺，生产队的庄稼主要是用土肥。生产队
每一个月都要将各家各户的人畜粪便收集一次，规定有指标，超
额完成指标奖励工分，完不成指标就会被指责将粪便用于"资产
阶级自留地"了。于是，每一户的家长为完成指标就打发自家小
孩去拾粪，牛粪狗粪鸡粪人粪，都是我们的宝贝。早晨一般是拾
狗粪和人粪，牛粪不能送交生产队，据说是不大肥，况且放牛的
时候，我们这些放牛娃都挑着粪箕，就地收拾干净了。而鸡粪则
太小，怎么也拾不满一筐。

那天早晨，我挑着粪箕出了门，从一片小树林里转出来，碰
上了邻家的小孩钟安。看看对方的粪箕，战果都不辉煌，我们
就傻乎乎地相互笑笑。冷不防间，钟安跟我说："我妈妈昨天傍
晚捡了十块钱。"一脸的骄傲和自得。我瞪大了眼睛："在哪里捡

的?""在供销社的垃圾池里。"然后他千叮咛万嘱咐,要我不能跟别人讲,不然他妈妈会打他的。

那个早晨的平静,被钟安告诉我的这个消息彻底打破了。我心慌意乱,懊悔不已。昨天怎么就没去供销社的垃圾池翻一翻呢?要是早一点放完牛就好了。

我们生产队因靠近公路,加之地势平坦,是四村八队的集散之地,因此公社的供销社就建在我们这个队上。供销社不大,但非常热闹,方圆几里地的乡亲都来这里买盐买糖买布买零碎物品,整天熙熙攘攘,人来人往。供销社的职工每天傍晚关门前,都要将垃圾打扫一次,倒入供销社地坪前的一个土围里,引来许多小孩翻捡。我们放完牛总是习惯性地到那里转一圈,东翻翻、西戳戳,看能不能捡到钱,偶尔捡到一分五分,我们就非常高兴,买上一块糖含在口里,半天都不会将它吞入喉咙,要是哪天吉星高照捡到一毛两毛,就绝不敢"贪污",而是交给父母,保准能赢来一顿夸奖。那天早晨,我心慌意乱地捡了一圈粪,回到家里吃早饭。饭桌上静悄悄的,和往常一样。我一言不发,三下两下扒完饭,却再也忍不住了。在妈妈给我挂书包上肩的时候,悄悄附着她的耳朵告诉她:"满秀姨昨天下午在供销社捡到十块钱呢。"然后就上学去了,留下妈妈一脸的惊讶。

那天下午我放完牛后,早早来到供销社的垃圾池边,发现那里比往常多了许多小孩。大家都心照不宣,默默无言地翻捡着,比往常更加认真,更加满怀希望。

整整一个冬天后来的那些日子里,都是如此。而队上的所有人家在那个冬天,都有一些变化。小孩在外面惹了祸吧,和往常一样会挨一顿骂或赚一次打，但父母在骂小孩时却不同了："你这天杀的，不能像满秀姨那样捡到十块钱，只会惹祸，看我剥不剥你的皮！"孩子成绩不好吧，交上通知书父母也必会骂："你这贱骨头，读书就不会读书，只会玩，又没有你满秀姨那样的福气能捡到钱，看我今晚剐不剐你的肉。"生产队开会吧，台上队长讲得唾沫四溅，而纳鞋底补衣裳的媳妇小姑们却在悄悄嘀咕："要是能像满秀一样捡到十块钱，一定要去扯块花布买条头巾。"……

记忆中的那个冬天很沉闷，天色总是灰蒙蒙的，但满秀姨捡到十元钱的事，却为这个冬天添上了一笔不安的色彩。这个冬天有了一个长久议论的话题。十年过去了，二十年过去了，现在满秀姨的儿子钟安已是一个月入 6000 多元的铁路工人，不知他是否还记得那个冬天的事？至少，我还记得他因透露了"秘密"挨打后的委屈样儿。到现在，我还弄不清楚，我能从那个贫困的村子跑出来读大学读研究生，是否得力于父亲在那个冬天语重心长的教诲："儿子，你没有满秀姨那样的福气，只有好好读书了。"

想一想，就二十年了。

1994 年 8 月

# 在1980年中秋的月光里

一

1980年9月，我进入高中学习的最后一年。

学校要求成绩好的学生住校迎接高考，我们每周六回家一趟，周日傍晚回校上晚自习。我的家在离学校八里外的鹅公坪，在这个9月，我隐隐地发现家里的气氛有些不同，年近花甲的父母对我这个满崽更好了，殷殷的期望从他们的眼神中流露出来；大我九岁的哥哥对我更严厉了，夜里在油灯下做作业时，他总会蹑手蹑脚地在我身后站一两次。9月下旬周日的那个傍晚，萧瑟的秋风正扫荡着寂寞的湘中大地，父亲对我说："后天是中秋，你给谢老师带一包月饼去。"我唯唯诺诺。

我背着六七斤大米和一大罐萝卜干炒肥肉，行进在返校的乡间小道上。想到装着我一周给养的布袋子里有月饼，我的心里就痒痒的。走出自己生产队的地盘，我就隔着布袋摸那包月饼到底有几个。确定是八个之后，我的口水就流出来了。抑制着想偷吃的欲望，一路狂奔。翻过西祠坳，双峰县第十四中学的校舍就在广袤的田野对面。我坐下来，望着苍茫暮色中的乡村世界，突然有些发慌。

然后，我打开布袋。八个月饼分成两摞，用一张暗黄色的皮

006

纸包着,上面放着一张两指宽的红纸。我轻轻地解开绳子,把红纸放到一边,很容易就把皮纸包装拆开了。我看到了月饼——和现在的月饼不一样,没有馅,也没有机器压出的花纹,只在正中心有一个红点。我吃了一个。想原样地包起来,马上就发现不行,因为两叠月饼不一样高了,然后我又吃了一个。

回到学校,晚自习我有些心不在焉。十多个同学睡在二楼一间教室改成的宿舍里,地铺挨着地铺。临睡前我看着枕边的布袋,心里算计着明天该怎么把月饼送给谢老师。第二天,早操、上课下课、中饭、晚自习,我一直都找不到机会。在晚自习结束前十分钟,我提前溜出教室,到宿舍打开布袋又偷出了两个月饼揣在怀里,从学校围墙边的侧门跑向后山。满地月光,比白昼还亮堂。我嚼着这个世界上最香甜的月饼,心里满满地充斥着愧疚。大地静寂无声,听得见田野对面的狗吠声,听得见草丛中蟋蟀的鸣唱,也听得见自己的心跳声。

第二天早上,我就把月饼送到了谢老师的房间。他的老婆是一个疯子,听说是他在武汉读书时的同学,一直在方圆十里的村庄内游荡;他的大儿子谢智辉和我同班,还有女儿和小儿子谢化龙。谢老师惊喜地收下了我父亲的这份礼物,他永远不知道应该是八个月饼,也永远不知道他最喜欢的学生心里的愧疚。

32 年后的今天,又近中秋。我想起我的父母,愧疚之情已经荡然无存。一位诗人的诗句蹦进我的脑海:但愿西行的太阳不要没落 / 永远照彻这荒凉山冈 / 因为我的父母躺在这里,而我 / 还得深入不再温暖的人世。

2011 年 10 月

## 最难忘是潇湘夜雨

### ——一座建筑引发的文化反思

一

　　"渔灯暗，客梦回，一声声滴人心碎。孤舟五更家万里，是离人几行清泪。"《寿阳曲·潇湘夜雨》是元代文学大师马致远表达乡愁的杰作。在他之后，"潇湘夜雨"成为中国文化中一个很伟大很动人的意象，在文艺作品中屡见不鲜。我在客居广东的 20 年间，对岭南文化也算略有了解。我知道，岭南画派大师黎雄才 22 岁留学日本，就以《潇湘夜雨图》一举成名，并斩获比利时国际博览会金奖。而黎雄才的老师，岭南画派创始人之一的高剑父也画过引起轰动的《潇湘夜雨图》。神奇的是，据考证，高剑父一生未去过湖南，黎雄才在 22 岁前也没有去过湖南，《潇湘夜雨图》的创作对于高、黎两位大师而言，就是要表达对湖湘山川风物的神往，就是要表达羁旅异国的乡愁。

　　夜雨、孤灯、雨水和着泪水流在脸上，孤独和着乡愁流在心间，那是一幅比"夕阳西下，断肠人在天涯"更凄惨的图画啊。

　　最难忘是潇湘夜雨，最伤感是羁旅乡愁。

# 我们为什么出走异乡

双峰，我们的故乡。我是 16 岁离开故乡的，当时的心情真的合了后来的一句流行歌歌词——痛并快乐着。痛，是因为要离开故乡；快乐，是终于离开故乡了。离开故乡的 32 年间，我碰到过形形色色的双峰老乡，我在深圳的各个派出所求情，放过至少 100 个做假证件的乡亲，因为我担心年迈的父母死了没人抬上山。我在南非考察，碰到一位彭姓小姐，因为是双峰老乡，她请我们全团吃野味大餐，什么海豹肉鸵鸟肉企鹅肉鳄鱼肉……都不是故乡的味道，我们却一整晚咸一句淡一句聊的都是故乡的话题。在北京，我碰到一位女老板，本来是一大桌湖南人聚会，聊着聊着发现她对我和我的家族了如指掌，谜底揭开，她竟然是我父亲新中国成立前遗弃的妻子的亲侄女！神啊，我真的对我的前妈一无所知，而她的侄女却几十年以来都在关注我们家的命运，她读过我写的许多文章，她的女儿竟把我在北大上学的侄女领到她家住过，她的女儿当然不知道妈妈为什么这么殷勤地款待她的女同学。王劲松博士做证，那天晚上的经历对于我来说真是天方夜谭。

还有两次神奇的与老乡相遇的经历。19 年前，我骑着一辆破单车匆匆赶回单位，在桂园路红围街的小巷子里与一辆奔驰车发生擦碰，车主气势汹汹地摇下车窗指责我，我推倒单车要他滚下来打一架，正在僵持之际，一个可能是在市工商局办证的老板用满口双峰话对我讲："打！打！我们俩还怕打他不赢！"当时，我是胆气大壮。上个月，我带儿子到北京去参加美国一所大学的面试，发现面试官竟然是中国人。我客气地和他打招呼，讲到第三句时他就说，我们是老乡。然后，在美国已经生活三十多年的著名大学教授易小熊博士就摆出一副"君自故乡来，应知故乡事"的姿态，任由我用双峰话讲故乡的事，从始至终没用英文和我儿子交流半句。易博士的父亲是和毛主席一起打江山的革命家，他生在北京，从没回过故乡，出国三十多年了，他记得双峰话，他还想起他父亲和我讲话的神态"一模一样"。

离开故乡32年，我曾在一篇文章里写过，活在城市，如果发达了，我或许会衣锦还乡显摆一两次，如果混得不好，即使死了，我也会成为流荡在城市上空的怨鬼绝不还乡。行走过无数的城市，遇见过无数的双峰人，我相信，他们中的大多数都是抱着和我一样的想法。

我曾经长久地思考这个问题。我们为什么一定要背井离乡？我们为什么能忍受城市里高耸入云的水泥森林，永无止息的车流噪声，还有那步步追逼的生活节奏，处处逼仄的心理空间，潮涨潮落的时尚变换……我想到的原因只有一个，那就是共和国早年非科学发展所导致的"三大差别"。

我们那一代的童年生活，有亲情的温暖，有清风明月、蝉鸣鸟唱带来的乡村诗意，但也有现在都挥之不去的饥饿感，有现在都感到恐怖的"锄禾日当午"的艰辛，更有对城里人生活的无限渴望。想起我那位在邵阳当物资局局长的叔叔坐小车回乡时，我父亲和我们村支书就矮下去了的样子；想起村里那些半边户子女趾高气扬、高人一头的模样；想起知青在我们村里带来的震撼，一幕幕历历在目。我知道，我就是要逃离故乡；我知道，城里才会有我要的新生活。

城乡差别、工农差别和脑力劳动与体力劳动的差别，就摆在我们的面前。我们就用脚投票，向公社干部送鸡送鸭想参个军，焚膏继晷拼死拼活想考个学，这是我们仅有的进城路径。然后，改革开放带来了空前的打工潮，山外有高楼，山外有大海，我们的子侄辈开始义无反顾地出走异乡。

我不知道，"三大差别"到底会给未来中国带来多大的影响，但我肯定，中国现在的大部分社会问题都是在为"三大差别"作补偿，道德的沦丧、村社结构的解体、田园的荒芜、治安问题和食品安全问题的突出、强拆带来的民心流失、交通的拥堵、春运的奇观、维稳的难度……无一不与"三大差别"带来的恶果有关。

## 故乡丢失的文化传统

莫言获得诺贝尔文学奖成为最近一段时间的关注焦点。其实湖南湘西作家沈从文在1988年就获得了诺奖，只不过他在诺奖公布前几天去世，不符合"诺奖只授予在世作家"的规定才临时被更换。在世最牛的画家黄永玉在他写沈从文的长篇散文《太阳下的风景》的结尾，提出过一个巨大的历史之谜："我们那个小小山城（凤凰）不知由于什么原因，常常令孩子们产生奔赴他乡献身的幻想。从历史角度看来，这既不协调且充满悲凉，以致表叔（沈从文）和我都是在十二三岁时背着小小包袱，顺着小河，穿过洞庭去翻阅'另一本大书'的。"殊不知，让黄永玉百思不得其解的谜底与双峰有关。沈从文写道："在我生长的那个地方，当兵不是耻辱。多久以来，文人只出了个翰林，即熊希龄，两个进士，四个拔贡。至于武人，随同曾国荃打入南京城的就出了四名提督军门，后来从日本士官学校出来的朱湘溪，还做蔡锷的参谋长，出身保定军官团的，且有一大堆……本地的光荣原来是从过去无数男子的勇敢流血搏来的。谁都希望当兵，因为这是年轻人的一条出路，也是年轻人唯一的出路。"是双峰曾氏兄弟统率的湘军的光荣改变了湘西凤凰一方水土上年轻人的志向，十二三岁的沈从文当兵去了，然后才成为大作家。

"中国的盲肠"——湘西一隅的凤凰尚且如此，何况湘乡本土的双峰！1952年才从湘乡分出来的双峰，地处湘中丘陵地区，既无湘西南崇山峻岭的陶冶，又无湘北洞庭湖的滋润，本来并不是物华天宝、人杰地灵之乡。数千年里默默无闻的历史被一个名叫曾国藩的翰林所改写，数千年安土重迁的乡民被曾氏兄弟创建的湘军所激活。杨度，这位湘军后裔在50年后曾用这样的诗句来叙述其父祖辈投奔湘军的狂热："城中一下招兵令，乡间共道从军乐。万幕连屯数日齐，一村传唤千夫诺。农夫释耒只操戈，独子辞亲去流血。父死无尸儿更往，弟魄未返兄愈烈。但闻嫁女向母啼，不见当兵与妻诀。"

能够快速致富的战争在湘乡乃至湖南掀起了从军的狂热。这可能也是湘乡（双峰）数千年历史中第一次群体性的思想解放运动。从太平天国起义军手里夺回的城市里源源不断运回的金银财宝，振兴了双峰的本土经济。豪华的庄园大宅三五里必见，有限的良田肥土被瓜分一空，然后就是私塾兴盛、名师迭出，很快，湘乡就成了中国的模范乡村。知道双峰、涟源和湘乡三地所组成的老湘乡为什么是中国近现代史上最著名的人文高地了吧？那是快速致富的战争的馈赠，那是在建房买田之外还有余钱来大办教育的恩泽。

在中国众所周知的"无湘不成军""无湘不成校"的说法，来源于此。

双峰作为"中国院士之乡""中华女杰之乡""中国书画之乡"也来源于此。

曾国藩、罗泽南、刘蓉之后，悲愤的禹之谟，觉醒的秋瑾，革命的唐群英、向警予、蔡和森蔡畅兄妹……在中国现代史上谱写一曲又一曲悲壮的骊歌，让所有中国人对双峰这片土地不敢小觑。

双峰是有背井离乡闯世界的传统的，但双峰人也有叶落归根的传统。曾国藩一生信奉父亲曾麟书的家训"有子孙，有田园，家风半读半耕，但以箕裘承祖泽"，史上可考的第一封家书希望今后家人给他写信"以烦琐为贵"，充分体现了一个远方游子对家人和故乡的关心思念之情。在镇压太平天国成功坐上两江总督高位之后的同治五年的下半年中，他竟接连四次上疏朝廷请求开缺回籍，延续着儒家知识分子老来乞骸骨还乡的文化传统。俗话说：富贵不还乡，犹如衣锦夜行。纵观历朝历代，哪一个高官厚禄者和商富巨贾不以故乡为根，不以告老还乡、落叶归根为最后取向！悲哀的是，这种文化传统却在我们这几代人中丢失了。

城乡差别现在还存在，这种差别会永远存在吗？存在的是合理的，但马克思主义告诉我们，存在的也是一定会灭亡的。我们听得见城市高楼大厦的呻吟、街道车流的哭诉，我们看得见灰霾天空的冷脸、陌生行人的孤单，我们吃过地沟油、经过"姜你军"、受过"蒜你狠",于是,陶渊明那撕心裂肺的《归去来兮辞》就会在我们耳边响起:归去来兮,田园将芜胡不归?

鲁迅先生讲:家是我们的生处,是我们的死所。凤凰沈从文先生墓园前的一块大石头上刻着他的名言:一个战士,不是战死沙场,就是回到故乡。我相信,叶落归根对游子而言,是幸福;而对故乡而言,游子还乡则意味着成功经验的分享,生活视野的开拓和招商引资的资源。

## 湘润天下:一座建筑和一个梦想

湘润天下,是即将在双峰县永丰镇开发区崛起的一座五星级酒店和附属楼盘的名号。知道湘润天下这座建筑,是缘于我和一位安徽人的交情。

卫根林,五年前我与他相识,当时他是广州新火车站建设的常务指挥长。他总是和双峰人赵稳轩匆匆地从广州赶到深圳办事,和我见上一面就匆匆离去。慢慢地,他的沉稳和专业打动了我。我知道,他和我是同一年上的大学,一直在中国建筑集团担任高管,还去过日本研习建筑工地管理。今年6月,他给我打来电话,说要在双峰搞一个项目。我大吃一惊,我说,您与双峰半毛钱的关系也没有啊!他却说,赵总陪我在双峰转了几天,我发现双峰真是一块神奇的土地,我一定要做个好项目表达我对这片土地的敬意。

湖南与安徽、曾国藩与李鸿章、湘军与淮军。作为湘徽房地产公司的董事长,作为一位淮军后裔,卫根林先生亲自给这个项目取了一个表达敬意的名字——湘润天下。他的诚心感动了当地政府，拿地办证一路绿灯，县、市"重点工程"的帽子手到擒来。

他要做一个五星级酒店，湖南省第一个坐落在县城的五星级酒店。他说曾国藩一定会成为世界级的政治、文化名人，他说王憨山、曾彩初、李希特、曹明求等艺术家的地位远远未达应有的高度，他说双峰的红色旅游资源和名人故里的开发刚刚起步，双峰多么需要一座五星级酒店来应对即将到来的大旅游时代。

他要做一个五星级的家，献给闯荡四海的双峰人。他说在外地漂泊的双峰人实在太多了，他们成名了、发财了，但根在双峰，不能委屈他们；他说如果把他们吸引回来，他们就像过去的乡绅、乡贤一样，将自己成功的经验告诉故乡后辈，将自己的世界传达给故乡人民，这是一笔宝贵的精神财富啊，这是双峰这块神奇的人文高地可持续发展的真正保证啊。

他把项目的选址放在交通最方便、配套最齐全的黄金地段。他请来中国建筑研究设计院的专家来做建筑项目，请来自己的老东家中国建筑集团来进行建筑施工，请来深圳顶级的晶宫设计装饰公司做室内装饰的设计。他要打造一片顶级园林景观带给业主和顾客视觉震撼，他要将暖气和热水送进每一家每一户，他要引进品牌酒店管理企业来管理酒店和住宅物业……他说，湘润天下在双峰是顶级的，放在北上广深也一定会是顶级的。

2012年的中秋节我回到故乡，看到湘润天下的工地一派热火朝天的景象，看到湘润天下售楼中心一派典雅祥和的气度。我对卫根林和赵稳轩这对搭档的努力充满敬意。在湘军大酒店住宿的那一晚，我又梦到了潮湿的天井、昏暗的油灯，梦到了欢滚的铁环、清脆的牛铃……我猛然坐起，对着 2012 年中秋的那轮壮观的圆月，惊觉其实我已身在故乡。

2012 年 9 月

大概是八九岁的时候，你从老家过完春节回家，可把外公外婆吓坏了。两个星期过去，每天早晨你的鼻孔都是黄黄的，流出来的鼻涕也是黄黄的。你活蹦乱跳，我们实在看不出异样，医生同样看不出异样。当你从口袋里又偷偷地摸出一个炮仗时，我终于想明白了。

奶奶在你回家的第一时间就背回了一大箱炮仗，那十来天你可真是玩疯了。故乡炮仗炸响后散发的浓烟，侵入了你的肺，但故乡却并没有进入你的心里。这两年，你再也不屁颠屁颠地跟着我回故乡了。我的故乡于你，只是和深圳不同的场景和生活。在那里，你能够自由奔跑，你能够忘情玩耍。你能够做在城市里做不了的事，譬如，骑牛骑猪，用炮仗吓鸡吓狗，用蚯蚓钓鱼钓虾。而现在你长大了，这一切都成了小儿科。

但故乡对于我，却是生命的底片。

### 故乡的云雀

也是在八九岁的时候，我已经是村里小有名气的放牛娃。我为队上放养着全公社最大的一头水牛,在每一天的清晨和黄昏。风和日丽的春日,我听过阳光和水牛一起吞噬青草的声音,欢快而悠远;昏黄萧瑟的秋天,我听过秋风收割土地的声音,冷酷又短促。我的水牛在春天膘肥体壮,性情温和,在秋天烦躁不安,它对着壁立的水坝和田坎狠狠地磨角,磨得我心惊胆战。一年总有那么几次,它会挣脱我这根八九岁的牛绹,开始它逢山过山、逢水过水的征服。

心惊胆战地看着它磨角的时候,我记得;死命地跟着它跋山涉水地远征,我也记得。但更多的时候,我放牛的日子是平淡的,我牵着它来到一面山坡上,来到一片草地上,把牛绹往它背上一搭,它就乖乖地逐草而去。我身手敏捷地打完猪草,就有了大把大把发蒙的时间。

有温煦的春风吹过,有湿冷的寒风吹过。看过大群大群的蜻蜓像直升机一样盘旋,看过大队大队的蚂蚁义无反顾逶迤前行。但最受不了的,是很多个无所事事的下午,那只鸟儿的叫声在不远处不期然地响起。开始,一定是"上天去,上天去"的一路高歌,我睁大眼睛看着这只鸟直插云霄,然后,就听到"上不去了,上不去了"的滚滚哀号,这只鸟像石头一样摔下来。一年四季,这种鸟儿在山间田野开始它们飞天的努力,一年四季,这种鸟儿把"上不去了,上不去了"的绝望留在我的心里。

加缪把西西弗斯的命运,看作人类普通宿命的悲剧。我八九岁时,从这只鸟儿身上就明白了。可是,儿子,你是否明白,西西弗斯不推石头,他会怎样活?这只鸟儿不向天上死命飞,它就叫麻雀。你初一的语文课本里,有诗人王家新的一首诗《在山的那一边》，我比你读得更亲切。山那边是什么？天边是什么？西西弗斯想过，那只鸟儿想过，王家新想过，我想过。

你一定也想过。

## 故乡的奶奶

故乡的奶奶已经在地下。那个七十多岁了还一定要到深圳来带你的奶奶，那个你一回老家就想把好吃好玩的东西堆满你的床头的奶奶，已经在地下。我不知道，这两年你不再愿意和我一起回乡，是不是因为奶奶没了。

奶奶给你留下的所有记忆，都是慈爱。我享受过她给我的母爱，那是我父亲出远门之后，她背我走十几里夜路看医生的艰难；那是在每一个参与"双抢"的暑假，她不顾劳累给我做推拿按摩的细心照料；是我在高考前夕熬夜苦战的那一杯热茶；是她逢庙必拜逢八字先生必算的牵挂。在她去世前的好多年，她就对我说："雄前，你放心，这个家已经太拖累你了，我不会太拖累你的。"我当时没往心里想。不想，2003 年 5 月 19 日她用行动残酷地践行了她的诺言。那一天，是她从手术台下来的第 11 天，那天上午，我一调羹一调羹地喂她喝开水，她对我讲："你看你看，我都成什么样了，要你这么喂……"我讲："妈，你喂我吃奶都喂到六七岁，养了我 40 年了，我做这一点算啥！"她讲："儿子，你太辛苦了，没日没夜的。"就哭。就闭上眼睛不再看我。那天下午，医生发现，你奶奶的牙齿全部松了，被她全部都咬松了！

奶奶的牙真是一口好牙，80 多岁了都没有一颗脱落松动。她

41岁怀着我的那一年，秋收的稻谷入库，正碰上公社书记来队上检查。公社书记讲："大嫂，都说你牙好，你把这箩谷用牙叼住，从楼梯上到楼上，这箩谷就归你啦。"你奶奶，肚子里装着八个月大的我，二话不说，就把那箩谷用牙叼着，从笔直的楼梯拖到楼上。一箩谷至少60斤，一部木梯有9级，怀着你爸的奶奶，大气都不喘地占了这个便宜（奶奶的原话）。有这样一口好牙的奶奶，在她去世的前一天，却毅然决然地在我面前咬松了她所有的牙。

奶奶从手术台下来的12天里，从没在我面前喊过一声痛，连呻吟一声都没有。当她实在忍不住的时候，当她确信她的生命再无生望的时候，她就把牙咬碎。你能理解她对我的爱吗？

你奶奶已经去世六年。六年间，我每年都回去一两次。每一次，我都要坐在她的坟头跟她讲一会儿话。墓园已经够大，柏木森森，芳草萋萋，你爷爷奶奶躺在里面，你爷爷奶奶的爷爷奶奶躺在里面，光是我送入土的就有七位。我听得见岁月的叹息，我更感受得到血脉的回响。告诉你，我经常想起你奶奶，想起她的不容易，想起她对我的爱。在高速公路飞驰时，想起她我就减速；在碰到难题时，想想她我就咬牙；在偶尔通宵达旦疯玩时，想起她我就回家。

爱，是一种约束。

## 从故乡到深圳

湖南省双峰县走马镇秧冲村，是你祖祖辈辈血亲的家乡，是你父亲的故乡。在家族的长河里，只有到你这一代，这个故乡才逐渐模糊。

从故乡到深圳，整整隔着八百公里河山。我是 16 岁从故乡走出来的。每一步走得都像王家新的诗里所描述的那样咬牙切齿，那样刻骨铭心。每走几步，都会回望，充满痛苦深情，充满决裂。我写过，活在城市，如果发达了，我或许会衣锦还乡显摆一两次，如果混得不好，即使死了，我也会成为流荡在城市上空的怨鬼绝不还乡。我相信，这是我们这一代从乡村进城的人中普遍的情感。那么，我的故乡对于你意味着什么？

你是被故乡话熏陶大的孩子。这在 1300 万人的深圳，可能是特例。15 年里，你几乎天天听我用家乡话讲道理见闻，你却一句双峰话也不会讲。你是否知道，在我的故乡话里永远包含着故乡赋予我的思维。

你 15 岁了，还是没心没肺地活，看不出你有理想，看不出你有热爱，连早晨起床上学也没有一天不靠我们叫醒拖起。我就想，这狗东西怎么这么不懂事，这样没有责任心，老子读书从来没人叫，老子高中两年每天要走八里路上学，从没迟到过……

你自得其乐，人模狗样地在王品牛排、名典咖啡吃西餐，我坐在对面，坚决只吃回锅肉饭。我心里在想，臭小子，你坐在这里是你老爸老妈奋斗了差不多 20 年才有这个机会的，你不奋斗，你将来得吃吗？

你的成绩总在我的期望之下。每一次你从学校拿回分数单，总不忘狡辩"都是全市尖子，成绩有进步啦"，我却恨恨地想，中国人这么多，将来你怎么能找到一个饭碗！

故乡会在每一个人的生命中显影。故乡是我的生命底片，故乡的苦难迫使我走向远方，在深圳我生下你，我依然只能用故乡话和故乡告诉我的道理教育你，我的故乡会在你的生命中显影吗？

## 你的深圳你的家

我不会把我的故乡强加在你的头上，我也不会愚蠢到用"忆苦思甜"的可笑方法激励你改变你。每一个人有每一个人的问题，每一代人有每一代人的幸福和苦恼，没什么高低之分。

儿子，我想对你说的是，每一代人都有渴望，有对幸福的渴望，有对体面生活的渴望，有对陌生世界的渴望。你也有对山那面海那面的渴望，但是你得走，你得一步一步走，你得咬牙切齿地走。

儿子，我想对你说的是，每一个人都有苦恼，每一段人生都有难处。我的同代人西川有句诗："乌鸦解决乌鸦的问题，我解决我的问题。"我是这么做的，你也要这么做。我唯一要提醒你的是，知识总能改变命运，知识总能解决问题。

儿子，我想对你说的是，千百年的家庭史到你这一代就改变了，你再也没有故乡了，深圳，是你父母的家，是你的故城。从你开始，你在哪里，你儿子的故城就在哪里；你儿子在哪里，你孙子的故城就在哪里。想一想你们的生活，并不比我们容易。

儿子，深圳华侨城是你的家。在这里，你已经度过十年的时光。你会永远记得，灿烂的春日里，OCT 生态广场火红的凤凰花、桃花、簕杜鹃；你会永远记得，每天晚上从窗外响起来的民俗村和世界之窗的激情歌声；你会永远记得，在华侨城的主题公园和高档场所亲历亲闻的一切；你会永远记得，父母对你的爱和期望。但是，你一定要记住，即使在华侨城，也有无数的乞丐在度日如年，也有无数的民工在挥汗如雨。不要歧视他们，你父亲本来就是他们中的一员，只不过运气好一点。

"暮色苍老／暮色很久以前就老了／一根七夕的牛绚／牵着古老的群山在蹒跚／牧歌没有家／牧歌在永远的途。"这是你爸的朋友写给你爸的诗。儿子，记得带着你的儿子回一次我的故乡。故乡的地下有你的爷爷奶奶，他们会很高兴。乡亲们肯定不认识你，但只要报出你爸的名字，你会有肉吃有酒喝。

故乡的底片，会在每一个人的生命中显影。而我用故乡的话给你讲述的一切，用故乡的逻辑为你做过的一切，也会在你的生命中显影。

2010 年 1 月

一                                    一

　　家乡的朋友捣鼓出一本关于家乡话的书，要我写几句话放在
前面。这大概看中的是我离开家乡 35 年乡音无改，而就我而言，
乡音是我内心深处千万次的羞愧，是我生命河流中多次经历的暗
礁险滩，和同一个族群的乡亲说说，可能是一辈子都难得碰上的
机缘。

　　我是秧冲村鹅公坪人，1972 年春季上的小学。那一年附近的
村子只有定星村小招生，于是我们生产队六个小孩都去了定星小
学。小学只有一个女老师叫刘新乾，她是邻县涟源人，她的丈夫
彭勋德后来成了我的初中老师。刘老师一口涟源话，没有给我们
教过拼音，但这一点也没有妨碍她教会了我们识字记数，教会了
我们礼义廉耻。她的小儿子彭乐为就在我们班上，欺负同学或不
认真听讲，都会被她骂一顿甚至打一顿，我们真正是归法归服。
今天，坐在家里写这篇文章，我想起刘老师当年的音容笑貌，想
起她下巴上的那颗痣，心里尽是温暖和感恩。我是家里的满崽，
哥哥比我大了十岁，中年得子的母亲让我一直吃奶，吸吮的后果

是舌头特别肥大，讲话含糊不清。是刘老师在小学二年级逼着我断了奶，然后让我当班长，锻炼我的语言能力，提升我的讲话信心。离开家乡 35 年，无数人问我为什么不会讲普通话，我都归咎于自己小时候没学过拼音，但自己的病自己知道，这真不是拼音的事，于我而言是因为天赋，于大多数乡亲而言是因为那方水土养成的族群性格。

我 16 岁那年到湘潭大学中文系读书，曾在语言上感受到巨大的危机。第一学期上"现代汉语"课，几乎每堂课都被一位姓梁的女老师叫起，为一个发不出音的韵母，我至少起立过五六堂课，到普通话考试时，别的同学要么是朗诵北岛、舒婷的诗，要么是高尔基的《海燕》、歌德的"维特"，善良的梁老师为了让我蒙混过关，指定我读夏明翰的《就义诗》。可就为了"砍头不要紧，只要主义真，杀了夏明翰，还有后来人"这四句，梁老师还专门辅导了我两回。因为羞愧，我很是认真地学普通话，有小半年时间我把自己粗声大气的讲话习惯改了，语音、语调也改了，还请后来当了湖南电视台名主持的室友施华耕纠错，但小半年时间熬下来，被双峰籍室友王斌辉下了"洋不洋，土不土"的结论，绝望之余，我只有放弃自己的"普通化"过程。记得第二学年快放暑假之际，贵为粮食部部长千金的梁老师要调离湘大，同学们都说是我气走她的，我也觉得对不起她，就认认真真地给她家打了两天包，把家具和行李装上卡车之后，我独自一人在南阳村体育场的台阶上坐了很久，真有些伤感的意思。

大学七年，我过得热热闹闹，同学们用嘴巴交流，我用肢体交流。篮球、排球、足球，偶尔还打乒乓球、羽毛球，把业余时间塞得满满的，愣是把自己弄成了学校名人，到毕业的时候，竟一致要我留校当老师，系主任羊春秋老师、党总支马国兴书记都来找我做工作。真是吓死宝宝了，我落荒而逃。

## 二

我没有选择去政府机关，而是来到湖南省文联理论研究室。那真是一个好地方，好就好在这里基本不需要坐班，一年到头也不开会——这能最大限度地掩盖我的病。但是，病终究是病，最终总会暴露的。有一年，省作协开始进行长达一个月的开会季，第一次党员座谈会就是学党中央相关文件，党组书记谭谈老师讲，谁来念念吧。我普通话讲得不好，就有人举手，"叫小聂念，他是研究生，普通话也讲得好"，会议室里的人哄堂大笑。幸亏我又碰到了贵人，来自邻县涟源的谭谈老师一点也没有为难的意思，就让我念，在我念完后，他还表扬说："不错！不错！比双峰话好懂多了，以后你就把这个事情包下来。"于是，从长沙上大垅省作协大院到浏阳县委招待所，一个月时间里我念了无数的文件、社论和文章，我当着省委常委、宣传部长夏赞忠同志面念过，他后来竟然动了把我调到他身边工作的想法；也当着前来观摩的省社科院、新闻出版局、广电厅等单位领导的面念过，每一个领导都频频点头，散会时都不忘与我亲切握手。在讨论一个问题发生争议的时候，在免不了要相互攻讦的时候，在会议陷于僵局出现闷场的时候，作协主席未央老师就睁开总在养神的眼睛，笑眯眯地对我说：小聂，念篇社论吧。于是，全场的气氛就松弛下来。毫不夸张地说，我让省作协的反思会由严肃变得活泼，由沉重变得轻松。二十多年过去，想起谭谈和未央老师对我的包容，我依然深怀感恩，而他们高深的人生智慧，我更是佩服得五体投地。

开会季结束的那一天，一位著名诗人偷偷告诉我，开会第一天举手推荐我念文件的老师居心叵测，"他就是要你出洋相，就是要放大你语言上的缺陷，怕你以后对他构成威胁，幸亏你这傻小子命大福大……"我正沉浸在意气风发的喜悦中，根本不相信他的"阴谋论"。接下来的那两年，我开始被省作协组联部、创研部安排到各类文创班去讲课，我竟然都去了。在那个文学创作热潮持续高温的年代，望着总是济济一堂的红男绿女，我自我感觉良好，完全忘了自己的病，今天想来真是罪过！

三

1992年下半年，我来到深圳加盟《女报》杂志社，急于一露身手。那天从报纸上看到一则关于深圳义工的报道，觉得是完全新鲜的题材，就拨通报道中公开的义工热线电话联系采访对象。在荔枝公园深圳青少年活动中心那间办公室和那位女义工见面的晚上，我第一次为自己的双峰口音痛不欲生。那位清秀的潮州女孩在银行工作不久，或许还从来没有接触过湘中地区的人吧，从我自我介绍开始她就像遇见外星人一样惊讶，我提出第一个问题时她就一脸茫然，她很紧张，她怀疑我的身份并检查了我的工作证，又打了电话给同事讲有个叫×××的人在采访她，然后她叫我把问题写在纸上，她一个一个回答。屋漏偏逢连夜雨，中间还碰上停电，她找蜡烛时我一动不敢动，汗如雨下……噩梦一般的采访终于结束了，我骑着单车回莲花二村蜗居的路上，第一次嗅到前路险恶的味道。

那次采访稿在 1992 年 8 月号的《女报》杂志上作为头条发出，义工女孩给办公室打来电话，说你的人、你的话为什么和你的文章完全不同呢，她还是很惊讶。她不知道，这次失败的采访让我此后高度重视案头的准备，把能够找到的关于采访对象的东西认真研究透，把想问的东西列个清单，现场只剩下简单的验证并鼓励对方讲故事。二十多年我写过的人物稿有上百篇，从深圳本土诞生的全国道德模范陈观玉老人，到被拐卖在海陆丰生了一堆儿女的安徽打工妹；从海外归来创成大业的女总裁，到工厂流水线上冒出来的天才女诗人，我都尽量藏匿自己的态度和观点，让她们保留原汁原味的自己。但方言之病在写作上能找到对症之药，在生活和工作中却无处不在释放它的痛感。

紧赶慢赶在年底调入深圳，到桂园派出所办身份证，碰上一个马虎而泼辣的女警官，我把调令、长沙身份证原件和照片递上，她很快给了我回执。我一看，号码不对呵，我说：警官，我的号码是 430033 不是 430303，是不是长沙到深圳要变号码呵？她听不懂，我就指着号码给她看，她一脸茫然，然后又点点头。后面是焦急办事的长队，窗口是任我怎么说都不懂我话的女警官，我还能怎样！基于语言的劣势而进行的放弃，在几年后得到报应——公安找到我单位审查我身份证的问题，把我气得够呛，幸亏碰上其中的一个警官是邻县人，热情地带着我从派出所到分局到市局，办理了我后一个身份证的合法性证明文件。回到单位我把文件复印了 20 份，至少十来年都随身带一份以防不测。这是唯我独有的体验。

更多的是许多长者和领导对我的哀其不幸怒其不改。有四五年时间余秋雨夫妇和我住在相邻的小区，熟悉了之后就有了一起吃饭喝茶的机会。我和他们的交流总是磕磕绊绊，有一次余先生刚刚担任央视青歌赛评委回来，落座之后他给大伙讲，此次青歌赛再次打破 CCTV 收视纪录，杨台长讲每场平均有 4.9 亿人观看，至少有 4.5 亿人是来看我的。然后他就侧过头来看着一脸崇拜表情的我："小聂，我要是你，哪怕是关在一间小房子里，也要把普通话练好！"我唯唯诺诺，一脸惭愧。在《女报》杂志社干了四五年，我就动过调动的念头，我把调函送到主席那里，主席一脸沉重："小聂，不是我不放你，而是你要想想你的短处。你年纪轻轻的就当了老总，到别的单位谁听得懂你的话呢。"我一身冷汗。在《女报》杂志社工作二十二年，其间参加过市委宣传部、组织部的写作组，为深交所、华侨城等大型企业当过多年的写手，不是没有机会，但自知之明总会自然地制止我的冲动。我从不在研讨会上发言，也谢绝过要我担任诸如市出版行业协会会长、深圳娄商会会长之类的好意，我也尽量拒绝陌生人的邀约。唯有一次，作为"三打两建"专项活动调研的发起人，我向市人大常委会领导做过一次大会专题发言。我认真写了一夜稿，念起来也抑扬顿挫，声音洪亮，但下来之后好几位相熟的代表都对我说："聂总，你讲得很好，但我没太听懂。"

# 四

我再不能讲自己生命中的羞愧了。

事实上，这种羞愧对于从湘中丘陵地区走出来的乡亲而言，肯定是普遍且深刻的。几年前，龙应台在《南方周末》上讲她父亲龙槐生："他讲一口湖南话，乡音，本来是一个天经地义的、人生下来就有的权利。可是，他不由自主地被时代丢在另一个地方，到那个地方之后，他讲的满口乡音就变成一个错置的身份，变成一个'错误'。他从此以后就不能用自己的乡音发表演讲，用自己的乡音念诗感动别人，也不能用自己的乡音来说服敌人。本来乡音是他通行无阻的护照，现在反而变成一种'疾病'的象征，是一个标签——话讲得不好、话讲得不通。"作为女儿，龙应台尚且是在送父亲骨灰还乡，听了族中老人用乡音念祭文才有这份觉醒，才发出"所谓了解，就是知道对方心灵最深的地方的痛处，痛在哪里"的痛悟。活在弱肉强食、优胜劣汰的当下，弱肉如我，当然不能指望别人的了解或聆听。

于是，在吾乡吾土近三十年所发生的几次大事件，从来无人了解事件的真相，舆情沸沸，无论点赞或是痛批，皆为隔靴搔痒，最后沦为笑柄。第一次，是20世纪八十年代被《人民日报》盛赞的"哑巴卖刀"的故事，讲吾乡一个哑巴在京城街头卖刀，竖着"哑巴卖刀，货真价实，一把二十，先试后买"的牌子，党报记者目睹哑巴削铁如泥的过程，发出"营销不如真练，广告不如哑巴"的慨叹。那年寒假我回到家乡，远亲近邻都在讲，金蚌人真聪明，想出做哑巴的绝招，发大财啦。金蚌村是我堂嫂的娘家，离我村十余里，每次侄女侄儿从金蚌外婆家回来，我都要逗他们："又去打铁去了？当哑巴好玩不？"他们总是笑嘻嘻地点头。那个家家户户都是铁匠世家的村庄，在改革开放的当今社会，不得不以丧失语言能力为代价向全中国推销菜刀，他们是不是很痛？他们是不是有病？第二次是20世纪九十年代延续至今的"中国假证之乡"称号，党中央和国务院高度关注，中央媒体多轮寻根溯源，就是解决不了问题。我为无数因贩卖假证被拘留的乡亲送过衣物求过情，我因贴着"双峰人"标签，禁不住朋友的苦苦相求也为一些人办过假证，我当然知道假证的危害，但有一个细节让我刻骨铭心，制假贩假的乡亲从不与客户做语言交流，他们总是约好客户一手收钱一手递证，行色匆匆而去。第三次就是近几年吾乡吾土以PS手段制造淫秽照片敲诈犯罪轰动全国，从寄信到发带有网址的威胁性短信和微信，据说万恶的乡亲搞死了好多优秀的教授和胆小的干部。在双峰人引起全国侧目的这三起事件中，相同的特征就是双峰人在做事过程中语言的缺席。他们一次又一次改进自己的技术，与时俱进地加入高科技的含量和互联网成分，但就是不说话。回想龙应台的那句话，除了我，有谁真正了解他们的痛，谁真正了解他们的病在哪里。邻县的邵东是假药之乡和盗版之乡，另一个邻县新化是假币之乡，在几轮严打之后基本都已荡然无存，只有吾乡吾土野火烧不尽春风吹又生，根本的原因在于，邵东人和新化人的普通话要好一些，他们在作案时总会留下语言的痕迹，语言又为他们改邪归正留下活路；而双峰人呢，语言是他们的生所，也是他们的死穴。

# 五

其实，双峰人窘迫和羞愧的历史并不太久。以 1955 年年底中国推广普通话为界，双峰人在此前都大大方方称自己为湘乡人，托曾文正公的福至少享受过百来年的语言强势，湘军的组建依托于湘乡的子弟兵，湘军的胜利带来清朝的咸同中兴，也带来湘乡人才在全国各地的重用，所谓国之督抚十之八九出自湖湘。我的父亲宗儒公、伯父宗藩公在新中国成立前都到贵阳、成都做过生意，如鱼得水，他们从未跟我诉说过语言的隔膜之苦，反而言之凿凿地给我讲，要是曾大人当了皇帝，我们湘乡话就是普通话！而 1955 年到 1980 年之间，双峰人大多活在乡土社会的熟人之中自得其乐，方言之痛只发生在极少数跃龙门的大学生和进兵营的军人身上，显得微不足道。双峰话（老湘方言）成为双峰人的痛和病，一定是从改革开放新时期开始的。有文正公留下的文脉，我们不怕高考这座独木桥狭窄，初中老师的儿子胡庆丰第一年（1977 年）就轻轻松松考上了北大；我们不怕吃苦，下深圳的百万打工妹中有许多双峰人的身影；我们不怕牺牲，中国无论哪一支部队都愿意招湘军的后裔……这个时候，双峰话作为祖国古音保留最完整的方言之一，所到之处遇到尴尬是无可避免的，遭受创痛是无可避免的。他们无法用乡音演讲证明能力，极少获得升迁机会；他们无法用乡音念诗感动别人，很难找到异性朋友在异乡成家；他们无法用乡音说服对手，自然无法顺利做成生意。群体性的人口流动，四处印证着老湘方言的土气和难懂，就像鲁迅先生笔下那个迂腐的孔乙己一样，双峰人大多不受人待见。但双峰人和所有中国人一样期待富裕，追求体面和尊重，于是，他们中的一部分，在这三十多年里开始无语地征服，假"哑巴"把菜刀卖给长城内外千家万户，假证件至少"武装"了大江南北几百万人，而 PS 假照片呢，我想至少有几亿人接到过这类诈骗短信吧，有多少人吓得通宵失眠，有多少人把钱乖乖地打到双峰人的卡上，只有天知道。对于双峰人的这次反击，至少我个人觉得十分悲壮。

# 六

作为一个"把故乡天天挂在嘴上"的双峰人，作为一个普通话讲得最差的异乡人，我在深圳的遭遇和感受并不是走出双峰的游子中的特例。我在大学的老师陈宗瑜先生和王建章先生，在长沙工作时的师长谭冬梅先生，在深圳生活的好友宋渤海和李希光等师兄，都是同一个乡村走出的英才，尽管他们都事业有成，众人称羡，但在我看来，或许他们都没有达到自身期许的高度，其中一个重要原因很可能就是乡土赋予他们的口音和性格。我想说，湘军的辉煌岁月早已是久远的记忆，让全中国迁就湘乡话（含双峰话）在过去没有兑现，在未来也绝无可能。因此，老湘方言的逐渐消亡应该就是几十年的事了。

在我看来，双峰话所代表的老湘方言是一种多么美好的存在呀！只有这种语言生气如此饱满，个性如此鲜明，古意如此盎然，结构如此合理。我们把出生讲成"落地"，把人生过程讲成"受罪"，把死亡讲成"上山"，是何等精辟！父母交代我们做任何事情，结果总是用"道路"来考量——"你咯哒道路做得么子样""你咯哒道路都做不成，还能做么子"是何等高度！老人总是用"执古"来教育我们，"你看人家的手艺做得咯样执古，学着点呵""你看人家的字写得执执古古，你怎么得了"，那一声叮嘱那一声叹息，是何等源远流长！我们在惊喜时大喊的是"妈得了"，在悲伤时大喊的也是"妈得了"，是何等的至情至性！在双峰话里，族群的文化密码若隐若现，把上厕所文绉绉地讲成"解手"，其中暗含血腥的暴政：我们的祖先从江西移民而来，大多数安土重迁不情不愿被兵士捆绑而来，上厕所总得大喊"解手"吧。中国人都知道"敲竹杠"的含义，但竹杠怎么与敲诈联系在一起，却只有我们知道。当曾文正公率领的湘军攻下天京，洪秀全十来年从大半个中国掠夺的金银财宝，就成了湘军的战利品，战利品也不敢明目张胆往老家运，就想出把楠竹掏空的绝招。那个年月没有飞机汽车火车，由南京长江码头沿江上溯到洞庭湖转湘江再转涟水，竹排连绵十几里，沿途镇关守卡的清兵面对得胜还乡的湘军，敲敲竹杠，湘军大大方方奉上买路钱，彼此心照不宣。这样鲜活的语言，这样深厚的文化，这样自然的人性，这样悲壮的生命，当代中国人很少有人理解其价值了。但日本人理解，因为他们在湖南吃过大亏，就花大力气研究湖南人尤其是湘乡人的性格；美国人理解，看看美国人裴士锋（Stephen R.Platt）著的《湖南人与现代中国》就知道；毛泽东理解，他把最高的赞誉给了两个双峰人（原属湘乡）——"吾于近人，独服曾文正公""一个共产党员应该做的，和森同志都做到了"。

我的童年时代，故乡三里一公祠，五里一庄园，学校、医院、供销社和乡村政府机关都装在这些湘军祖先的遗产里。春日寂寞的下午，我有时就坐在神公祠的门槛上发呆，看春燕衔泥，看春雨打荷，看春风吹柳，看春牛犁田。我的教室空空荡荡，偌大的天井长满青苔，耳边依稀有攻城的炮声滚过，有祖先的足音滚过，有大地的春雷滚过……现在呢，这些遗产连断垣残壁也很难寻觅，只剩下夕阳西下，芳草萋萋的悲凉景象。暮色苍茫，暮色很久之前就苍茫了；群山蹒跚，群山很久之前就蹒跚了。故乡只有蹒跚的老人与幼童，他们都一脸苍茫。

有心的故乡朋友所编的这本书，让我温暖也让我心痛。我知道，任何人都不能选择故乡和爹娘，但故乡和爹娘所赋予我们的乡音，尽管是无与伦比的神圣与高贵，也终究会被抛弃。从秦始皇的"书同文，车同轨"到当代的普通话，在有利交流、促进共享的旗帜下，多元文化的共生，民族心理的传承，血亲密码的延续，精神气场的激活等，从来都是干打雷不下雨的事情，何况还有城市的高楼大厦在召唤，金钱堆砌的新生活在驱动呢！你不能让双峰人成为异类吧，你不能让双峰人世世代代不讲话吧。

想一想，是操着这种乡音的曾国藩把湖南人从几千年的平庸中挺拔出来；想一想，是操着这种乡音的蔡畅、唐群英、向警予、秋瑾让中国妇女从裹脚布中解放出来；想一想，操着这种乡音的人竟让故乡成了"院士之乡""书画之乡"，我满怀敬意。而这种乡音一定是要消亡了，我又怎能不悲从中来！

2017 年 10 月

萧艾师
在1989年的除夕夜

一

　　1989 年除夕，是萧师的 70 岁生日。知道这个的人很少，二三好友二三学生而已。应该是晚上 8 点左右，萧师送走了最后一个客人。

　　女儿在自己的闺房里看中央电视台的春节晚会，门关着，电视里的欢声笑语听不清楚。像往常一样，他向书房走去。他的脚步有些蹒跚。

　　坐在木椅上，他的神志有一刹那的恍惚。"70 岁了，70 岁了……"他在自言自语，但当手习惯性地与冰冷的书桌台面相接时，他的思维变得异常清醒。他没有摁亮台灯，他想做点什么。

　　湘潭大学南阳村教授楼的窗外是大垄稻田，寒冬腊月，干黄湿冷的禾蔸上遍布零落的蛛网，蛛丝瑟瑟抖抖地和禾蔸一起做着梦。稀稀疏疏的爆竹声在空旷的校园里回响，平添几分寒意。"一天中你一定留十分钟、二十分钟静静地想想自己，到底干了些啥，做对了什么做错了什么，不能一天到晚脑子里乱哄哄的。"他曾经在课堂上认认真真告诫自己的研究生。他没有摁亮灯，1989 年的那个除夕夜，他静静地回想了自己的一生。

　　人生七十古来稀。1989 年的那个除夕夜，他感到死神的逼近是正常的。同年代的好友一个个寿终正寝，一年中总有那么几个伤感的消息传来，他对死已有了一种达观的从容。记得 1986 年侯镜昶先生英年早逝，上课前他告诉了我们这个消息，哽咽着说："他还没有 60 岁，天道不公，怎么就不叫我去死呢？"唏嘘良久，他开始授课，三个小时没有笑容。

他终于撚亮了台灯。习惯性地，他抬起了头，苍老的脸庞上有两行浑浊的泪水。墙上的亡妻像斜斜地挂着，似乎要从相框中走出，她依然那么平静。18 年了，只有亡妻与他孤独的心灵做伴。他擦擦朦胧的泪眼，再一次看看亡妻，然后提笔写下自挽联：

集战士、作家、学者于一身，全无是处
举残年、余痛、痴情皈三宝，尚复何言

上联写人生经历，下联写当时心境，怎一个悲字了得！导师于我们这些学生，一直是一座冰封的城堡，他的人生经历从未对我们提及。有一次，我到系里去为他送学术自传，知道他 16 岁入上海持志大学，19 岁出版第一部专著，27 岁成为西江学院副教授，33 岁任湘雅医学院院务秘书长兼马列教研室主任。我心里暗暗吃惊，联想到系里老师曾介绍他抗战时期组织过湘南游击队，抗战后积极参与民盟反内战活动，当时觉得导师的前半生实在是伟大得不得了。但是，在 1989 年的那个除夕夜，他为什么会如此悲苦？为什么就要把自己否定得一无是处呢？

他在 1955 年莫名其妙卷入胡风冤案，坐冤狱，然后被下放湘北农村，被残酷迫害长达 25 年之久。他从来没有给我们讲过罹祸的过程，只在一次上课中，讲到古代文字狱的惨烈时，无意中举了自己做例子。他说，纪念毛主席发表《沁园春·雪》十周年那一天，他听了广播百感交集，就默写了过去为毛主席作的和词。不想第二天看守就将纸条交了上去，这还了得！"问谁家天下／还看明朝"，不明明白白是要翻天吗？！公安部特派员来了，他请特派员到省图书馆查阅十年前的《湖南评论》，书上确实有这首词。尽管明知他是被抓错的，也明知"问谁家天下／还看明朝"是翻国民党的天，但箭在弦上，不得不发。发的这一箭，就使一个风华正茂的生命沉入了炼狱整整四分之一世纪。25 年，整整 25 年。

1989 年的那个除夕夜，他比任何人都清醒。当无数的受害者和他一起平反后，甜腻地唱着"归来"的赞歌，在絮絮不休地表达对"打错了儿子"的母亲的谅解时，他有对自己风烛残年的哀怜，有对自己切肤余痛的缅想。他在否定自己的时候，难道不更多的是在否定"左"倾政治吗？他在不饶恕自己的同时，不也在表达一种类似鲁迅"一个也不饶恕"（《女吊》）的悲愤吗？在归来者的声音中，我听惯了否极泰来释怀的笑声，看惯了夕阳无限好的陶醉，只有在这首自挽联里，我听到了个体生命的呐喊，看到了一个具有清醒理性的斗士形象。

1986 年，他带我们游学四川，在山城重庆转悠一天，他一直默默无语，临睡前，他对我说："我是第二次来这里，第一次是 40 年前，未婚妻飞机失事，我赶到重庆她娘家吊丧，她是大资本家的小姐，她父母没让我进门，我就在她家门槛上坐了一晚。"睡下去许久了，我还听到他在不断地翻身。

1987 年，他在省人民医院住院，我随侍在侧，他叫我一定到省图书馆去查五十年代的《新湖南报》，复印亡妻抢救中毒农民的长篇报道。这个时候离师母病故已经 15 年。师母是爱国华侨为支援新中国建设送回祖国大陆上学的娇小姐，和他结婚两三年后就跟着掉入苦难的深渊，但可敬的师母不顾亲人在海外的千呼万唤，硬是与他同履炼狱，39 岁即因缺医少药病故。对于师母，他只有深深的内疚和感动，这种内疚和感动，在他的好几本专著的后记中有过流露，也在平反后的生活中有过印证——他拒绝诸多好心人的撮合，情愿默默地过了 25 年鳏夫生活。25 年，整整 25 年，又岂是一个"痴"字了得！

在 1989 年的除夕夜，往事像潮水一样淹没了他，泪水汹涌而至，流在他历尽沧桑的脸庞上。这个时候，女儿轻轻推开了书房的门。台灯下，他的样子一定将女儿吓了一跳。半晌，女儿问："爸爸，过去看看电视吧？""我要睡了，你去看。"女儿想了想，默默地拉上书房门。

他又拿起了笔，将自己的遗嘱写好：

> 大丈夫死则死矣，生既无益于世，又何苦以死累人。希尔兄妹恪遵吾嘱：不登报，不开追悼会，不搞遗体告别仪式。将吾遗体火化后，和尔母骨灰拌和在一起，悄悄撒入湘江。如此，成就一桩大事，吾愿足矣。希尔兄妹好好做人，不失萧家风范，吾当含笑于九泉。

写完这百余字，他已经完全平静下来。依然是不依不饶，依然注重个体生命和独立人格的完整，哪怕对子女，也只有继承萧家风范的嘱咐，没有社会人的外在期望。萧家风范是什么？在那个除夕夜，他一定缅想了他的父母、他的家族，像一切儒家知识分子一样，充满对赐予他身体发肤的父母的感恩。1986年那次游学四川，他带我们去看望艾芜先生，耄耋之年的艾老已经对他记忆模糊，但当他报出"北门萧家"时，艾老暗淡的眼眸里突然就发出一种异样的光，或许他在宁远生活时的记忆被触动了，或许"北门萧家"与他的神秘联系接通了，艾老颤颤巍巍地站起身，紧紧地握住了他的手……"北门萧家"到底有些什么传奇，我不得而知。我只知道他的风范，特立独行，安贫乐道，一日三省，疾恶如仇，这些不讲也罢。单讲他的执着吧，在读书时，我一直有个解不开的疑团：他年轻时是甲骨文研究专家，而且成就斐然，但他带的第一届研究生的主攻方向是王国维，到我们这一届却变为魏晋南北朝文学，他治学是不是有些杂呢？在七年后的今天，看着他七年前自我否定意味极浓的自挽联，我突然就明白了，他的学术选择一直是一种咀嚼苦难、反思苦难根源的方式啊！他研究王国维，如果没有对王国维这个悲剧性人物的深切体察和理解，他的《王国维评传》怎能达到公认的最高水准呢？特别是他对王国维自沉昆明湖的分析，曾惹恼复旦大学的一位老教授著文声讨，但谁能否定他的那份感同身受、入情入理呢？他研究《世说新语》，特别关注魏晋时期人的自我意识的觉醒，将"越名教而任自然"的人文思潮作为考察魏晋人的自觉和文的自觉的出发点，视魏晋风度为承担苦难与化解苦难的方式，皇皇巨著《世说探幽》被海外报刊视为陈寅恪先生死后的绝响，当然不是偶然和牵强。生前几年，他研究王闿运，又是一个怀才不遇的人物，对于这个有帝王师的才能却只能讲授帝王学的悲剧人物，他在岳麓书社出版的遗著《王闿运评传》给我们带来的依然是命运反思的感受。记得我的硕士论文在谈到中国知识分子的命运时，提出有一个"士不遇"的母题，老师用红笔写下"极有创意"四字，这是我在他门下三年获得的唯一一次激赏，现在我终于明白了。

在1989年的那个除夕夜，他平静地将遗嘱改了一个字，又一次陷入久久的沉思。窗外的鞭炮声骤然大作，千门万户开始迎新年了。聆听着暴风骤雨般的鞭炮声，他再一次提醒自己70年的岁月已经过去了。岁已暮矣。岁已暮矣。"树犹如此，人何以堪？"《世说新语》中的名句浮上脑海。在1989年的那个除夕夜，他写下了最后一段文字，要求自己以后再不写学术以外的文章，不参加除非非到不可的会，不到任何人家里串门，不连续看书两小时以上，等等。然后，他就就寝了。

从1989年的那个除夕夜到1996年4月15日（萧师的忌日），他写下了四部专著和几十篇论文。

在他离开我们之后，我从他的女儿手里看到他写于1989年除夕夜的这些文字，我感到很悲痛，也感到很沉重。

1996年8月

故土风流

GUTU FENGLIU

# 欢迎王憨山

王憨山是一位老农民。老农民王憨山以 72 岁的高龄，挑着装满画的红漆木箱要来深圳美术馆搞画展了。

深圳这座摩登的城市，会给这个乡土画家以怎样的脸色？我心里暗暗担忧。在深圳美术馆和博物馆，我曾目睹好几个水平不俗的画展门可罗雀，对于憨山老人的画展，我没有任何理由报以乐观的期待。但是，我仍然想把我对憨山老人的了解写出来，希望这座城市欢迎他。

湖南省双峰县龙田乡，是我和王憨山共同的故乡。尽管是同乡，但在 1987 年以前，我不知道有王憨山这个人。1987 年夏季吧，我看到《湖南日报》发了一篇报道，讲家乡出现了一位画艺出众的农民画家，我有点吃惊，但也没怎么往心里去想。到 1987 年初冬，看到《美育》杂志上有这位农民画家王憨山的两幅画，才真正如遭雷击，大有"鸡窝里飞出了金凤凰"之慨。

与许多文人骚客不断美化咏叹自己的故乡相反，我一直视湘中丘陵地区是一个平庸的所在。它既无湘西南崇山峻岭的陶冶，又没有湘北浩瀚洞庭湖的滋润，那里的人就少了许多大气。俗话说人杰地灵，在唯楚有材的湖南，湘中地区一直称不上是人文荟萃之地。这里的人要想在这满目的丘陵中峥嵘尽露，非得要有对这里平庸地理和平庸民风的超脱。每一朝每一代都有好多好多湘中人走出丘陵，好多好多人都淹没在别处，因为他们有走出丘陵的欲望却无力摆脱丘陵的平庸；好多好多人中总有那么几个，用别处的光亮驱散了自己对故土的失望，用自己对故乡的超越精神超越了别处，于是，那么几个人就长成了一座高山，长成了一座令地灵人杰之乡也怅然仰止的高山。

王憨山虽然有过少年时代就读南京美专师从高希舜、潘天寿，青年时代加入人民解放军担任宣传战士的经历，但毕竟30岁以后的日子全在双峰度过。在那个平庸的地理环境里，在那个封闭到语言连地道的湖南人听起来都要紧皱眉头的地方，他怎么就画出了这么好的画呢？在1987年看到憨山老人在杂志上发表的两幅画后，我给他写了一封信，要他寄两张画的照片和一些个人资料给我，想好好介绍介绍他，表达一个乡里后学的心仪。

没有收到回信。到1989年和他见面后我才知道，他的画极少照相。这期间，憨山老人在长沙搞了一次规模很小的个展，颇有一些轰动效应。而让我牢牢记住的是，莫应丰对王憨山的知遇之情。众所周知，莫应丰是著名作家，却极少有人知道，莫应丰在书画、音乐方面也达到了很高的境界，因此，在湖南有"三湘多才子，莫公才子王"的说法。据说，莫应丰在看了湖南省文联美协的画家从王憨山家里拿来的画后，极为吃惊，去双峰乡下与王憨山同吃同睡了一个月，并发誓要为王老写一本传记。我到省文联工作时，莫应丰患癌症病危，王老坐7个小时车到医院看他，莫应丰握住他的手不住流泪，说："遗憾！遗憾！如果我多活一年，我就写您。"当时情景，好多人都看到了。我听了目睹者的传说后，一下子就感到莫应丰在我心里的分量加重了许多。

1991年元月，我和王憨山在双峰县见了第一次面，最实在的感觉就是画如其人。当时谈过些什么已记不清楚，但从玉成我和王老会面的那位朋友——当时的县委组织部科长口里，我知道，王老的画已经身价百倍：县里要去批什么项目，要什么拨款，就带几幅王老的画去；蔡和森纪念馆落成、曾国藩故居修复等活动，打发领导、记者的，也是王老的画。对于老实巴交、憨里憨气的王老来说，这是政治任务，不愿做也得做。而我却再一次对故乡深深失望，我知道，在那个平庸的乡里，一个真正的艺术家活得有多么艰难。

1991年9月，王憨山挑着他的红漆木箱到了北京，到中央美术学院陈列馆接受最高水平的检阅。蜗居双峰乡下近四十年，他对自己的画也并不自信。但出人意料的场面出现了：首先是国画系的学生来探风，后来各系的学生接踵而至，一天比一天人多。9月中旬的那段日子，美院教授碰到教授就问："王憨山的画展你看了吗？"学生碰到学生也问："王憨山的画展你看了吗？"以往该院陈列馆的一般画展，教授们是难得光顾的。顶多国画系的看看国画展，油画系的看看油画展。这次，不管是国画系，还是油画系、雕塑系、版画系，教授和学生几乎全部出动。许多教授（包括靳尚谊院长）几天之内接连看了两次三次。比新闻媒体更厉害的口碑，召来了京城无数文化名流，早年与刘海粟同学的诗人艾青来了，叶君健、杜高来了，因病闭门谢客的王朝闻听了传说后，打来电话，约王憨山带画的照片去他家观赏。在看了王憨山的画

春风付与平安竹　依旧江南一片青

照后，更说出一段惊世骇俗的话："不必说你比齐白石高，也不能说齐白石比你高。每人有每人的长处，各人要发挥各人的长处。"

王憨山的画在中央美院展出，用该院周建夫教授的话讲，是"好像一股大风来了，一个很大的声音来了"。广军教授认为："憨山先生话不多，但画里的话多。他的传统不是书本上的，而是整个中华文化的。"刘小岑教授认为："这是高层次的东西，低层次的人不一定喜欢。但一个国家需要，否则就没有文化了。像陈景润的数学，多少人懂？没有行吗？"几乎每一个教授都有赞誉之辞。中央美院雕塑系主任钱绍武教授在画展结束后，还给双峰县文联领导写信："憨山先生是国宝，望能注意他的身体。"殷殷爱才之心溢于言表。王憨山是个老农民，是一个当时已是 67 岁高龄的老农民，他在京城得到这些盛誉无疑是不容易的。但是，在我看来，憨山先生的画并没有被提到应该提到的高度，这与他自己偏居乡村一隅有关，也与艺术界特别是美术评论界的麻木和跟风有关。

王憨山画花鸟虫草，在许多当代人的观念中，花鸟虫草不过是小玩意儿，是生活的点缀而无现实的意义。殊不知，在中国绘画史上，晚明至清代这一阶段的写意花鸟是最有分量也最富有中国艺术精神的。中国画是从人物画开始的，但历史上许多出色的人物画家如顾恺之、阎立本、吴道子诸人，或追求线条匀称紧挺，或追求设色富丽融洽，或追求神貌逼真鲜明，都具有很高的艺术成就，但总的来说，他们笔下的人物与他们自身的生命激情未必有密切的联系。在这种情况下，倒是山水画、花鸟画更有可能比较曲折地展示画家的内心世界。

花鸟被画家的激情生命充溢的情景，首先在徐渭身上展现，这位尝遍人间苦难"九死九生"的奇人狂人，第一次用放纵的笔墨将花鸟注入淋漓的悲剧意识。接着是朱耷，皇室后裔的亡国之痛，使他只能在一些孤独的鸟、怪异的鱼所组成的残山剩水中寄托哀思。比朱耷小十几岁的石涛和后来的扬州八怪，承续着中国画中这一极富艺术张力的花鸟传统，给国人留下了一个秀美以外优雅、圆融的艺术空间。

齐白石在这个序列中出现的是一个奇迹。"恨不生前三百年，或为诸君（指徐渭、朱耷、石涛）磨墨理纸，诸君不纳，余于门之外饿而不去"的齐白石，他不相信艺术是士大夫的专利，他使士大夫从此不敢轻视乡野草民。他拓展花鸟画的疆域，更给花鸟画带入了一股清新健朗的乡土之风。齐白石以近百岁的高寿作古于1957年。他的艺术生命化作了一座难以企及的高峰。在他的身后，花鸟画沉寂了整整三十年。

在这三十年间，六七十年代"左"倾政治思想介入艺术创作，花鸟虫鱼成为资产阶级意识的表征，更有画梅必枝枝向上不然谓"倒霉（梅）"，画竹必节节拔高不然谓"黑竹"的一套公式，使无数花鸟好手荒废技艺远离传统；到八十年代，商品化浪潮一浪高过一浪，花鸟画家的媚俗已成为众所周知的事实，富贵牡丹、年年有鱼、长寿蟠桃，不仅堕落了画家的人格，更堕落了花鸟画传统中那种乡土家园之思、冰清玉洁之梦、安贫乐道之忧。早几年兴起的新文人画也不无求新求变之意，但它又成为一种时髦，也几乎成为一种模式：偷点古人的笔墨和意趣，化一点现代人的解嘲和牢骚，做作的成分居多，真情实感嫌少。

昨夜东风催春早

　　如果不是王憨山的出现，中国画中最富有分量和中国艺术精神的花鸟虫鱼一脉就不可避免地在齐白石身上打上了终结号。王憨山生于乡村，长于乡村，未受任何污染，只有对传统的执着，只有对土地的执着，因而成就了他艺术创造的中国气派和中国风格。他笔下的花鸟虫鱼，天趣充盈，生机勃发，生动表现出大自然雄强的生命力量，没有丝毫搔首弄姿矫揉造作之态。他作画笔墨简练，挥洒自如，重墨重色，显示出十足的分量；构图奇崛，大虚大实，疏密有致。他画游虾，不像白石老人那样着力于表现晶莹圆润的肉质，水游的悠然，反变为坚硬挺拔、翻江倒海的峥嵘意志；他画苍鹰搏击太空，如挟风带雷之势；他画斗鸡，姿态雄强，力的表现无可束缚。这是一个强力弥满的艺术家局促于泥涂之中，仍存"直上九万里"的高远志趣。

　　以我浅陋的学识和见识，窃以为王憨山已处在中国花鸟画杰出画家序列中的最后一个点上。这不仅因为花鸟画在新时期以来流于俏丽轻弱纤庸少骨，更重要的是造就花鸟画的农业文明背景正在失去。我们所处的过渡性世纪，已使地球上最后一片完整的农业文明风景逐渐变为记忆，工业化的进程最终会使城市作为现代艺术家的家园。想想，到哪里再去找寻王憨山"细数游鱼过半百，消闲一辈要无能"的闲适，到哪里再去找寻王憨山"写得一架青瓜卖，市面菜价贱如泥"的达观，还有"秋来颜色红胜火，未受春风一点恩"的自傲和"沧海涌虾君莫笑，万里烟波笔底生"的自雄呢？在花鸟画的农业文明背景失去之后，在花鸟画家的情趣乡野和乡野情趣失去以后，王憨山的艺术再也不可能复现了。

　　王憨山的艺术创造是正在式微的花鸟画艺术的最后一次回光

返照。跨入工业文明门槛的深圳人，看看王憨山的画展，无疑是对民族历史和民族文化的一次深情回眸，是对故乡和童年的一次温情打量。既然王憨山这位老农民在受邀去台湾举展前，选定深圳作为考验现代人趣味的考场，那么，我们不应让他失望，就像我们不应让我们的父亲在城市感到隔膜与陌生一样。

1996 年 6 月

# 王憨山的寂寞与光荣

一

与王憨山老人生前十来年的交往，于我平庸的人生而言堪称是一次伟大的精神旅行。故事的开始总是平淡的，1987年初冬，我的导师萧艾先生请来刘纲纪教授为我们上美学课，我从图书馆借回一些期刊做课外阅读，从最新一期《美育》杂志上看到王老的两幅画作，当时就有受了电击的感觉。于是连夜给他写了信表达敬意，并请他邮寄一些画作照片给我做个研究。但没有得到回信。

大概一年以后，我与王老见了第一次面。我在县城朱姓朋友家做客，倾盆大雨中他破门而入，朱姓朋友向他介绍我，我们就握了一下手，然后他放下一个卷轴就走了。至今，我依然记得他全身湿透、仓皇而逃的样子。那次，在县委组织部工作的朱姓朋友要把这幅卷轴转送于我，我坚辞不受。

多年以后，我读到李零先生的大著《丧家狗——我读〈论语〉》的封面文字："任何怀抱理想、在现实世界找不到精神家园的人，都是丧家狗。"我马上就想起王憨山老人。他大半辈子的恓惶和无奈、颠沛流离和忍辱负重，和孔圣人一样，就像条无家可归的流浪狗。20世纪80年代末，在湖南省文联工作的我，文章写出了一点名气，王老或许从我的文章中读出了一些什么，开始了与我的正式交往。一年总有那么一两次，我在回乡探亲之际，都会抽空到他租住在县城的简陋画室里坐上几个小时。我看到过盛夏时节王老赤膊上阵、挥汗如雨进行创作的场面，我看到过画室十多幅画都写着各位大领导雅正的场面，我也看到县城小吏在他家强要作品的场面，当然也看到过独具慧眼的所谓藏家提着一点礼品就当仁不让索画的场面，我对他产生了深深的悲悯之心。

我对王憨山创作的喜爱，纯然出自一颗二十二岁青年的赤子之心。在目睹和耳闻王老的许多艰难困苦之后，我这个泯然众生的小人物做了一辈子都引以为豪的事情。1996年上半年，当王老准备来深圳做展览的时候，我义不容辞地写下《欢迎王憨山》。在这篇带着悲悯之心写出的文章中，有我作为同乡对他的理解，有我作为文人对他的偏爱，有我作为记者对一位大师的困苦遭际的愤怒不平，有我作为子侄对一位父辈老人的心疼怜悯。写的是真正痛快淋漓！文章发出之后，位于深圳偏僻一隅的深圳美术馆内人头簇拥，观者如潮。

是的，这次展览的观展人数是空前的，卖画收入也是空前的，王老在县城建画屋所欠的一屁股债终于能够还清了。我当然很高兴，但我更高兴并真正引以为豪的是，我把王老寄给我的一捆画退了回去，我和他说"我不需要打点关系"。在画展现场，王老和陪同他举展的朱剑宇先生多次对我讲，"聂总，您看中什么画，展览后就来拿吧！"我强忍泪水只是摇头。至今，我依然记得画展前后的两个情景。画展前，我到芙蓉宾馆后面的李渔先生工作室去看望王老，王老在送我下楼后握着我的手说："聂总，我年轻时就

昨夜前山春雨过

像楚霸王一样不信邪，吃了好多亏，受了好多罪，看了您的这篇文章，竟然敢用这样的标题，我总算交对了一个人。"说完眼泪就下来了。画展后的第二天晚上，他和朱剑宇先生横穿大半个城市来到我家致谢，七十多岁的老人爬上五楼，气喘吁吁，走时硬要留下画展中他最满意的一幅作品，我坚辞不受。他讲："您不收，我就不走了！您总要我对得起良心呵。"

王老要对得起良心，其实他哪个时候做过对不起良心的事呢？而我也要对得起"总算交对了一个人"的王老，责任感和荣誉感让我在半年后将推介宣传王老的重任托付给王鲁湘先生。鲁湘先生是我大学本科时期的老师，对我很是看重喜爱，由于众所周知的原因，20世纪90年代他从哲学、文学和文化研究转攻美术研究，在京城再次声名鹊起。我等他来到深圳，带着厚厚一叠画作照片和我的文章在紫苑茶馆和他见了面，在座的还有画家孔戈野先生。老师先看文章，像以前一样没有吝惜他的赞赏，而看到王老画作照片的时候，竟然也是受了电击的感觉。他和孔戈野先生在那个晚上发出了无数声赞叹，至少讲了十次"大师呵""伟大呵"，然后老师对我说："雄前，交给我了，叫王老联系我。"于是，在那个月光朗朗的夜晚，走出紫苑茶馆后，我终于与王老有了"相期无负平生"的感觉。

双峰县龙田乡，是我和王老共同的故乡。多年以来，因为我为王老做了一点事，许多人都把我看成个传奇人物了。在我回乡探亲之际，许多人在我面前背诵我写王老的文章，县里的领导总是抽空来看望我、招待我，王老的家人竟然视我为"恩人"。现在我要恭恭敬敬、认认真真地对他们说，不是我帮助了王憨山，而

有鱼足饱不归去　　直到塘干水尽时

是王憨山成就了我。

在我之前，我的师兄唐湘岳，我的老领导莫应丰、谭谈、陈白一，我的老朋友杨福音，我故乡文联前掌门人朱剑宇早已为王老做了无数的事情；在我之后，鲁湘老师的推介之功、奔波之劳百倍于我，我怎敢偷天之功据为己有。王憨山就是巍然耸立的高山，我在与不在，他都在那里。而王憨山成就了我，却是我的肺腑之言。"不义而富且贵，于我如浮云"，我只是遵循儒家知识分子的这条基本准则，为王老做了一点点小事，却赢得了故乡的尊重，赢得了在一定会流芳千古的王憨山事略中一行半行的赞誉，可不是王老成就了我！许多人不知道，在王老去世后的第二年正月，画价已经十倍于当年，王老的遗孀和长子还专门给我送了两幅大画，以王老遗嘱之名强加于我，王家的大义岂是我出的小力所能承当！

从真心的喜爱开始，从"这么好的画、这么苦的人"的悲悯同情开始，我所进行的这次堪称伟大的精神旅行，真真切切地升华了我的人生境界。"是金子就会发光的"，"好人就会有好报的"，这些老话，应验在王老的生命中，当然也会应验在我的生命中。于是，在与王老的交往中，"学为好人"的冲动变成了现在的我"要当好人"的自觉践行。

阳剑先生所写的大著《寂寞与光荣——王憨山传》，是继朱剑宇先生的《王憨山画传》之后，家乡人为王老写的第二部传记。六年之前，他就把文稿发给了我，让我享受到阅读的巨大喜悦，这几天的再一次细读，我更加深了对阳剑作品价值的认识。

首先，阳剑是一个具有深刻反思意识的作家，他对王憨山先生生命和创作的切入点——"寂寞"——是精准的。"古来圣贤皆寂寞",从孔子对郑人谓似丧家之狗"然哉!然哉!"的认可,到汨罗江畔的屈原、长沙城里的贾谊,到"念天地之悠悠,独怆然而涕下"的陈子昂、"长啸梁甫吟,何时见阳春"的李白……一部中国知识分子的历史实际上就是一部"士不遇"的自我反思史。"寂寞"是常态,"光荣"是"非常态"或"异态";"寂寞"是自然,"光荣"是偶然。正是看到了这一点,阳剑对王憨山的研究才有了文化反思的深度,而王憨山先生人生的悲剧性底色也因此第一次得以真正地显露。

其次,阳剑和我一样,有同乡人对王老的理解和同情,却从来没有把自己打扮成一个"先知先觉"的发现者。他认真研究资料去粗取精,大量访问当事人去伪存真,把写作王老传记当作深入认识挖掘王老灵魂和艺术价值的过程。这种姿态是一种致敬的姿态,是我和阳剑这些乡里晚辈应有的姿态。我相信,阳剑从这种姿态开始的客观描述、深入探寻、将心比心、知人论世,会打动无数读者的心灵。

最后,阳剑对故乡大地的打量,有诗意的冷峻,那是对深厚的历史和文化的礼赞,对朴素的生活和自然的感恩,但并不影响阳剑超越乡土的立场,对"人心不古,世风日下"的当代生活进行批判。同样,对憨山老人的回眸,阳剑有温情的无奈,那是对传主性格特征的细细揣摩,对命运选择的一声叹息。在王老命运的许多个拐弯处,阳剑的"微言大义"会带给我们崭新的思考。

从王憨山先生漫长的寂寞人生,从阳剑这部大作漫长而艰难的出版过程,实际上可以看出,艺术和艺术家的地位并不会因为

人语鸡声共一丘

社会财富的大幅度增长而得到质的提升。王憨山的生命和艺术，只活在我们这样爱他的人心中。理解这一点，会让我们更加懂得生命悲凉的底色，更加珍惜热爱的价值和意义。

双峰，双峰。我是一个只会说双峰话、"时刻把故乡挂在嘴上"的游子。多少年来，我一直记着孟子见齐宣王说的话："所谓故国者，非谓有乔木之谓也，有世臣之谓也。"用白话文翻译出来，孟子所谓故国，所谓故乡，是一个"以人为本"的人文概念，而不是一个物产不同的地理概念，故乡并不是因为山上有不一样的树，而是史上有不一样的人。三十多年的游子生涯，使我非常认同孟子这句话。与外地朋友讲起故乡，在某个夜深处怀想故乡，确实只有曾国藩、蔡和森、王憨山等成为怎么也离不开的主题。包括王憨山在内的乡里先贤给了我们如此美好和久远的纪念，如此充足和丰沛的底气，我和阳剑对他们的善待是应该的，所有双峰人对他们的善待是应该的。

2014 年 8 月

致敬邹传安

<br>

一

邹传安是我的同乡前辈，字书靖，斋号"知止"，湘中新化县水车镇人。我一直视湘中丘陵地区是一个平庸所在，它既无湘西南崇山峻岭的陶冶，又没有湘北浩瀚洞庭湖的滋润，那里的人就少了许多大气。要想在这满目的丘陵中峥嵘尽露，非得要有对这里平庸地理和平庸民风的超越。于是，在中国近现代历史中，湘中人的突围酿成一出惊天动地、波澜壮阔的大剧，如曾国藩、毛泽东、杨度等政治人物，如齐白石、王憨山、邹传安等艺术人物。

邹传安是这些突围成功的湘中人中最特殊的一个。其他人是用别处的光亮驱散了自己对故土的失望，用自己对故乡的超越精神超越了别处，只有邹传安就在故乡长成了一座高山，一座令地灵人杰之乡也怅然仰止的高山。邹传安《自嘲》诗云："天许终身一平民，雕龙铸鸟老瓷工。"在新化瓷厂雕龙铸鸟多年，邹传安怎样从狭隘的职业中抽身透气，怎样从庸常的生活中抬头张望，我们可以从他的画作中找到轨迹。《大漠行》是前所未有的工笔大漠场面，也是湘中丘陵地区没有的景色，"极目八方，沙程敢拟御道；等闲千里，珍禽笑傲龙驹"，这是邹传安在透气；《岁稔图》，画的是早稻灌浆的五月，田畴满目青绿如翡翠，良苗怀新，嘉禾吐穗，

听涛

一对红蜻蜓如精灵穿梭在这摇曳的绿梦里，也是传统士大夫不屑而为的工笔场面，但又被邹传安当作透气之法了。《大漠行》中灵魂出窍的向往，和《岁稔图》中日常生活的诗意发现，是邹传安抽身狭隘职业和庸常生活的第一个法门，也构成了他对传统工笔画题材的巨大拓宽。

邹传安曾自述："我自幼学画，今已须发幡然，数十年间日绘夜思，寒暑不易，小疾未休……开始是临摹前人遗迹，凡一点一画，一句一染，唯恐不真不肖……继则写生于园圃，凡一花一叶，一蕊一蒂，必着意勾描，每自朝至暮，腰酸指硬……如是者垂五十年，始能够渐傍造物，兴浸古人，于情于理，稍许自由。"在漫长的、枯燥的临摹写生练习中，在面对由无数古代、近代高手积淀下来的工笔画程式和藩篱的时候，邹传安显出湘中蛮子任气斗狠的本性。《浴鸪图》就是这样一幅作品：一只鸪头扎水中，另一只则水上翻腾，题"曾见宋人有浴禽图，木盆中立一鸲鸪，墨色沉厚、意态娴雅，当由高手所出，然禽则立而已矣，羽燥眼明，浴意未见也，后未知有工笔作此况者，意尝跃跃，今试为之……"有钱难买水颜色，既然宋人的《浴鸪图》"羽燥眼明"，我就画一幅湿意淋漓、欢欣鼓舞的《浴鸪图》给你看看！邹传安的《醉春》《香雪》《不染》中的荷花、《东篱清韵》中的菊花一类作品，都充满着与古近代高手任气斗狠的蛮劲。因为有了超越的意志，枯燥的练习变得有趣起来，复杂的藩篱变得滑稽起来，这是邹传安抽身狭隘职业和庸常生活的第二个法门，也构成了他对传统工笔画技巧的强力跨越。

众所周知，工笔画是我国最古老的画种，而湖南所处的楚地，是工笔画的发源地，楚墓帛画《人物龙凤图》《人物御龙图》、马王堆汉墓出土的非衣帛画，已是高度成熟的工笔画。伟大的传统成为伟大的因袭，几乎是后来者的宿命。工笔花鸟画的各种勾勒、点染都有严格的规范，以物寄情、借物抒情的传统，使花鸟鱼虫、蔬果走兽都有固定所指，面对这一切，邹传安有过迷茫的手足无措，有过沉重的无从下笔，但他最终毅然决然地承担起超越历史的使命。在《古胄凌烟》《太液吟晚》《听涛》《天籁》等作品中，毫发毕现的具象描绘与元气淋漓的意境营造，在中国工笔花鸟画历史发展中第一次达到高度的统一。邹传安独创的大面积泼彩与工笔画结合的形式，使工致的花鸟与复杂的环境融合，使工致规整的线描与元气淋漓的写意高度和谐。创新，是邹传安抽身狭隘职业和庸常生活的第三个法门，也构成了他对传统工笔画意境的崭新营造。

一个瓷工何以能成为杰出艺术家？一个从未进过正规学堂的乡里娃何以能成为多所大学的客座教授？他的著作《工笔花鸟画技法》何以成为美院学生的教材再版二十多次？他的作品何以能以六幅之多入藏中国美术馆，又何以能在香港佳士得等大型艺术品拍卖会上成交价一路攀高？就因为他那种湘中蛮子天生的对远方的向往、对自然生活的敏感，就因为他任气斗狠的本性和坚定超越的意志。多年前，读乡里前辈钱歌川教授的《记齐白石》："他就秉着他这一点叛逆的天性，从他狭隘的职业中跳出来，刻苦自修，终于走进了艺术宫，他不相信艺术是士大夫的专利，他使上大夫从此不敢轻视工人，而包办艺术。他不让他的职业埋没他的天才，他也不讳言他的职业。许多人荣达之后就不认卑微时的处

古胄凌烟月上时

境，这种忘本的事，是他平时所痛恨的。他无力改变这种士大夫的恶习，但他却为平日被士大夫所鄙视的工人复了仇。"当时的感觉是大快人心，现在，我认为这段话也是邹传安人生的最好注脚。

在红尘滚滚的深圳，读邹传安的画是我经常做的静夜功课。邹传安笔下那相濡以沫的麻雀，那欢欣鼓舞的鸲鹆，那月夜独辉的牡丹，那傲雪怒放的红梅，才是简单的东西，也是人类根性的东西。人在工笔花鸟画中的缺席，正勾勒出人类的生存背景：众生熙攘，追逐繁华，但人生繁华都是如此的脆弱。就像《西厢记》中那段脍炙人口的唱词："白鸟飘飘，绿水滔滔，嫩黄花有些蝶飞，新红叶无个人瞧。"——那些无奈的绿水黄花，其实在印证人生的苍凉与空虚。我们的努力有什么价值？我们的奋斗有什么意义？有情的生命存于这无情的世界真是一种大尴尬。幸好，邹传安让深情和热爱建立起了人类与这个花鸟自然世界牢固的联系，使人类不假思索地加入到这注定要毁灭的今生今世。邹传安的作品是我们这些红尘中人的自我感动和自我珍惜。一念萌起，万物生辉，热爱是我们生命的火、御寒的衣，是我们反抗悲观和虚无的旗帜。我的班主任王鲁湘老师在评价邹传安时说："中国人只要有花鸟画，人心就不会沉沦。那一点灵犀，一丝善根，一线天机，就会在花鸟画中被护持和滋养。"邹传安作品带给我的滋润和顿悟，证实了他的论断。

美，总是令人伤心的。杨绛先生诠释清华大学校训的要义时说，"自强不息"是起，是永远进取；"厚德载物"是止，是止于至善。知止斋主邹传安，以六十余年自强不息的艺术创作实践，完美演绎了"知止而后有定，定而后能静，静而后能安，安而后能

虑，虑而后能得"的"大学之道"。他自强不息的人生和至美至善
的艺术，都在提醒我们反观正在经历的当代生活。

2010 年 10 月

# 黄铁山的灵魂饭

一

20世纪九十年代初，我在湖南省文联工作。冬天的一个清早我去晨练，经过大院的垃圾屋时，看到一位须发皆白的老人一会儿望天，一会儿喃喃自语，一副神神道道的样子，我停下脚步。"要下雪啦！要下雪啦！"老人自顾自唠叨，"下雪有什么好？"我忍不住好奇。"下雪好啊，下雪我就可以去抓野人了！"望着年过古稀的这位老人——著名民俗学家林河先生，我笑疼了肚皮："林老您这么老，怎么抓得到野人……"

今天，当我介绍这座神奇大院里走出的一位神奇画家黄铁山先生的时候，想起那天清晨发生的趣事，竟有马尔克斯《百年孤独》开头给我带来的那种恍惚感。我愿意将年过古稀还在梦想抓野人的林河先生看作一个象征，一个真正的艺术家生存过程中灵肉分离的象征。

肉体已然老迈，灵魂却仍在渴望飞翔。这是林河先生的故事。而黄铁山呢？洞口县山门镇，这个湘西南的山区小镇作为他的出生地，或许宿命般地决定了他的人生姿态：抬头使劲往上望，爬上一个又一个山峰伸长脖子往前望。想象着山外的高楼，想象着天边的风景，那份忧伤和那份甜蜜，无疑成了他逃离洞口的强大

动力。15 岁与水彩画结缘，或许不是自主的选择，但水彩画的主
要对象——风景，水彩画的基本要求——写生，都完全契合他原
初灵魂的渴望。旅人情怀是黄铁山水彩画的一个重要特征，那野
渡静候的小舟，那圣殿虔诚的香客，那异域小镇匆匆的过客，那
荒芜大漠跋涉的商旅……都是温馨的家居生活感受不到的。黄铁
山或许自己也不知道，为什么他选入画集的称心之作大多是他在
旅途所为。而我知道，真的生命和真的灵魂其实都是无家的，从
走出"洞口"的那一刻起，人类已经注定了漂泊的命运，尽管世
世代代的家居生活减弱了人的好奇心并最终损害了人的生命力，
但是，某一天因为某种偶然的机缘，人类这种被遗忘的情怀会在
某一处突然觉醒，并且会完成一次灿烂的展开；虽然它注定要在

山村夕照

时间长河中倏忽而灭，但它却会在我们的生命史上留下深刻而永远的印痕。在我看来，黄铁山就是这么一次神奇的觉醒，黄铁山用他真实的旅行替我们圆了一次回归原始生命的漂泊梦想。这审美之旅在他们笔下变得如此非同寻常，让我们真切地感受到了行者的欢欣，由此相信他正是造化选中的那个人。

吴冠中先生认为，看风景就是看生命。李政道先生高度认同这一点，不仅欣然为吴冠中《生命的风景》作序，而且将自己的《物之道》与吴冠中的名作《生之欲》并展。这让我想起黑人特有的料理——灵魂饭。灵魂饭的料理方式来自非洲以及美国南方黑奴的文化根源，同时又是因他们被奴役时缺乏营养的现实。灵魂饭中的红薯泥热气蒸腾，吃下去满口香甜，灵魂饭的另一道是绿，是腌制的蔬菜，却有着新鲜蔬菜的鲜美，而且它们颜色十分翠绿，仿佛刚刚生长出来似的。黑人在现代文明社会中仍然要在庄严的节日享用灵魂饭，以不忘镣铐的回响。一个真正的画家是不是也有他的灵魂饭呢？

我读过水彩画大师泰纳、塞尚的画作和传记，我也读过吴冠中先生的油画和水彩画作品，我感到他们的作品是有灵魂饭的：那种生命意识的张扬，犹如热气蒸腾的红薯；那种风景画面的描绘，犹如鲜美翠绿的蔬菜。黄铁山的灵魂饭是什么？是他宿命般选择的寻找和攀爬的姿态，是他对灵魂在远方、在旅途的朦胧而清晰的感情，华美完整的画面呈现在我们面前，当然是因为其准确的色调、优美的笔触和成熟的构图，但更主要的是因为生命意识的灌注，使异乡的风景成了他的故乡。这个故乡比出生的地方好，比他以后生活的城市好。这个故乡不是什么人送给他的，而是一个山里孩子追求来的，是他一步一步、一天一天经过努力争取来的——那种对西洋水彩画法的深研和对中国水墨画境的感悟，肯定艰辛备尝。然后，它成了他的世界、土地，现在他就生活在这里；一切发生的事情都发生在这里；一切消逝的东西都消逝在这里。也有永不消逝的东西，于是他就画劳动的充实，画圣庙的庄严，画收获的欢欣，画大漠雪域的辽阔……画一切单纯美丽的东西。

　　读黄铁山的水彩画，我深深惊异于他对人类生存现状的领悟和体认，他那么爱画教堂、寺庙，从《寺庙正午》《拉萨大昭寺》到《雨中教堂》《科斯特罗马老教堂》……林林总总在画集中占了不少篇幅，连同《教堂夕阳》《大漠夕照》《洛基山之秋》《夕辉》《夕照》等作品，他都在勾勒人类生存的背景：众生熙攘，追逐繁华，但人世繁华都是这样不可恃，那衰败的村落，那空寂的寺庙，那无情的夕阳，那苍凉的戈壁……更印证了人生的苍凉与空虚。我

曾国藩故居

们的努力还有什么价值？我们的生存还有什么意义？幸好，黄铁山在另一组画面中热情地向我们展现了人类的姿态，《暮归》《洞庭渔光曲》《金色伴晚秋》《港口之晨》等作品，让热爱建立了人类与这个世界牢固的联系，使人类不假思索地加入到这注定要毁灭的今生今世。这些作品是我们红尘中人的自我感动和自我珍惜。

黄铁山画出了人悲凉的背景，也展现了人积极的姿态。这是他水彩画的灵魂。作为中国水彩画的领军人物之一，黄铁山的水彩画展即将在中国美术馆举办，让我们领悟这灵魂饭的苍凉吧，也让我们领悟这苍凉的泯灭不了的生机。我相信接受黄铁山这或许无心的暗示有助于我们经历当代的生活。

2000 年 2 月

沅水晨雾，四山村初春

# 儒者肖建国

一

建国是我的学长。20 世纪 80 年代的第一年，在我跨进大学校门的第一天就听到了他的名字，是系主任羊春秋老师作为学校骄傲讲给我们听的。而在昨天，母校的一位应届毕业生来我处求职，我翻开毕业生推荐表的"学校情况介绍"一看，建国的名字还在，他仍是母校的骄傲。

母校湘潭大学尽管忝列全国重点，但实在算不上是名校。在她四十多年的办校历史上，毕业生数以十万计，当官当到省部级，教书教到博导级，学问做到院士级，发财发到亿万级的校友大有人在，为什么建国就能独领风骚几十年呢？我认为，这显示了母校评价学子特异的眼光。现在我就把我认识的建国介绍给大家。

我 1988 年毕业分配到湖南省文联，成了建国的同事。当时，建国的文学创作正处于高峰期，从北京大学作家班毕业又被省委安排到湖南永兴县挂职当副县长，可谓"春风得意马蹄疾"。我和他见面不多，见面多在文联院子的篮球场上。文联和作协分家后，我和他搬到作协院子的一栋楼上，见面也换到国防科技大学的球场。日子不咸不淡地度过，转眼就来到1991年。1991年上半年，是我人生中一段不堪回首的黑暗日子，春节过后我就伤逝了唯一的兄长，是建国陪我去殡仪馆送别我那一直是农民的哥哥；好不容易熬过那段悲伤的日子，写下一篇文章，却又惹上了一桩不大不小的麻烦。那是《湖南文学》创刊四十周年的纪念专号，邀我写了一篇关于湖南新时期文学发展的评论，不想却引起轩然大波，许多老同志将状告到省委和中宣部，对我歌颂文学中的人道主义极为不满。然后大会小会点名不点名批评，批判文章也开始一组一组发出，以我有限的阅历面对这不小的阵仗，当然是诚惶诚恐，只有躲进小楼过日子了。这个时候，又是建国对我说："雄前，文章我看了，不会有大问题。"更为难得的是，刚刚调去湖南文艺出版社当社长的他，每周末从长沙河西骑车回家，过三楼的家门而不入，直接就到了六楼，一屁股就坐到我家的沙发上，默默地陪我坐上半小时或一小时才回家吃饭。入主新单位百废待举的疲惫形色，和他靠在沙发上沉默着的慰抚，是我那段黑暗日子里唯一的温暖。

## 建国有这世界上最难得的仁义

我和建国在长沙同一个院子住了四年，四年间，我和他打过多少场球实在记不清了，但他的球技和好胜心给我留下了深刻的印象。关于球技，他的成名作《左撇子球王》是注释，球王李天生身上有好多他自己的影子；关于好胜心，单从一个细节就可看出，在每一场球赛之前，建国都要找厕所小便，哪怕下楼前刚刚上过厕所，因为他紧张，因为他为了胜利要轻装上阵。在长人如林的篮球赛场上，身高不足一米七的建国就像一个精灵，我们打过长沙卷烟厂队、长沙水电师院校队，我们出城打过常德邮电局队、零陵卷烟厂队，和这些全省有名的强队交锋，不管胜与败，建国都是我们最稳定的得分点，一场球下来他总会独得二三十分。与凶悍的球风相比，建国的文风却相当克制。他这个时期创作的中篇小说《中王》《狐领》《男性王》《上上王》和长篇小说《血坳》，是描写乡土中国走向现代化过程中所经历的阵痛和尴尬的优秀作品，那种深刻的悲观在十多年以后的今天看来，仍然显示出智者的洞见和大家的风范。今年的春节，我在湘中的老家望着凋敝荒芜的乡村，又一次想起《血坳》，我知道，建国关于乡土的歌哭依然回响在这片大地上。

## 建国有这个世界最需要的智勇双全

1991年是我人生的一个大拐弯，沉重的家累和对文学批评圈子的恐惧，让我在一年以后迁往深圳。1991年对建国而言，也是人生的一个大转折，他被组织强行派往出版社担任社长，蒸蒸日上、如日中天的文学创作事业被悬置，从此在日复一日、年复一年的行政俗务中沉浮。他的单纯、慈厚、仁义均成了他生命的敌人，他的古典道德情怀和骨子里的浪漫主义情结死死地压制着他的发展。他好好做事却理不清世事的迷障，他好好做人却猜不透人心的叵测。他过得不痛快。他一定很后悔。于是，在我的极力撺掇下，他来到了广东，当上了花城出版社社长。广东是中国商品经济的策源地，十三年时间里，建国以"威武不能屈、富贵不能淫、贫贱不能移"的大丈夫气概，再一次向我诠释了一种精神。

1999 年上半年，深圳某大局要拍摄一部电视连续剧，我作为编外的策划人联系贺梦凡导演。贺导知道我和建国的关系，每次来深圳都要带上建国。最后拍片的轻松钱建国没有得一分，电视剧同名长篇小说创作的苦活却落到了建国头上，当三个月后建国将一笔一画写在格子纸上的长篇小说交到某局领导手上时，领导感动了，一定要多加两万元钱，建国却不干，说："按合同付，不能让您为难。"这是我在深圳十多年难得见到的。

而让我心酸的是，作为全国第一批"新长征突击手"、著名作家、资深出版人的建国，还是经常遇到不如意的事。前年年底，他手下一本杂志出了一点问题，他一如既往地主动把责任揽到自己头上。大年三十的傍晚，又一次深刻检讨过的建国，满身疲惫地走出办公大楼。他谢绝候在楼下的司机送他回家的好意，开始在羊城的大街上孤独地行走。每一个十字路口，不管红灯绿灯，他都闭眼走过，他在内心呼唤："撞我，撞死这狗日的肖建国吧……"他给我讲这一幕的时候，我哭了。

## 建国有这个世界最少见的清正诚信、忍辱负重

"这个世界会好吗？"梁济老先生临死前深感迷惘，但这并没有阻止他的儿子梁漱溟成为中国最后一位大儒。"这个世界会好吗？"同样的疑问回响在一代又一代中国知识分子的心里，而建国这一类人总在证明儒者的存在，证明着希望的不死。

在我数以十万计的校友里，只有他一个人一直以作家和出版家的双重身份在从事着道德思想的启蒙，只有他一个人双重地坚

持着为人的清正和文化人的良知，只有他一直在生活中保持着古典道德主义情怀，在创作上保持批判现实主义的锋芒。因此，他成了母校永远的骄傲，成了我心中敬重的儒者。

2016 年 11 月

# 悲愤的归途

一

　　一直有两种旅人，一种是一直向前，穿州过府甚至漂洋过海都死不回头的人；一种是即使命运将他推向了远方，他也一定会在某一天回到原点的人。在我漫长而有限的阅读经验中，几乎所有好作家都属于后者。现代的鲁迅、沈从文，当代的张承志、贾平凹、韩少功、张炜、莫言，都是这样的旅人。张承志在《致先生书》中，写到鲁迅先生的各种能力，认为更重要的是《故乡》，闰土这个形象关键无比。"让闰土成为自己心底充盈的深情，这种能力对一个大作家来说价值连城。"或许讲的就是这一现象。

　　肖建国，我的好友肖建国，又一次证实了这一点。

　　从 20 世纪七十年代中后期开始写作的肖建国，由于命运的驱使，在湖南文艺出版社和花城出版社的社长岗位上，一耗就是 19 年（1991 年到 2010 年）。2008 年，或许是某个夜晚的孤灯独坐，或许是某个清晨的猛然惊醒，那种自我认同的危机突然就发生了。我是谁？我从哪里来？我到哪里去？我现在工作的分量真有这么重吗？在自我以前的写作与现在的出版工作相比较的过程中，在现在的自我与一直从事写作的朋友相比较的过程中，怀疑铺天盖地而来。

于是，肖建国义无反顾地踏上了悲愤的归途。

一

《短火》是肖建国归来后写的第一个中篇。据作家自己讲：《短火》是在 1998 年就有了构思，且写出了开头，却是在十年以后才重新写过的。（见花城出版社 2012 年版《短火·后记》）从某种意义上讲，《短火》这部中篇代表着肖建国的题材取向和思考深度，也规定了他未来创作的突进路线和能够达到的高度。

依然是传统的形式，依然是细致入微的写实技巧，依然是故乡小镇同龄人的日常生活。但并不依然的对存在的怀疑和追问，使这一切都出现了新的光芒，甚至具备了隐喻的意义。小镇人在生活中毫无例外的困境和尴尬，经过他有意识的散点透视、夸张聚焦，第一次鲜明地凸现在我们面前。"我们那地方管手枪都叫'短火'，管县政府的人习惯叫'挎短火的人'。"这是《短火》第一段的第一句；"从此，'挎短火'的人成了一个神话。"这是《短火》第一段的最后一句。我在把《短火》这

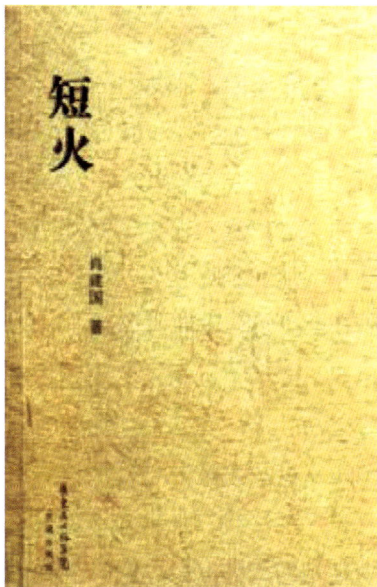

部中短篇小说集读了第三遍之后，可以肯定地说，这个开头，具有隐喻，不！是具有神谕的意味。

《短火》中的主任公溏桶仔（李火生），是一个难产儿，正在他娘难产的当口，"县政府的伙夫出来挑水路过巷口，一条鲜红的红缨子在大腿和水桶之间飘扬。""挎短火的人来啰！"就成了他娘的催产剂。"文革"时期，作为基干民兵的溏桶仔奉命保卫县委武装部的仓库，被造反派暴揍一顿之后，顺手捡了一把"短火"，埋到煤堆下，埋到墙壁内，也埋下了人生悲剧的种子。在《短火》非常节制平静的叙述河流下，我看到了非常粗粝残酷的河床：溏桶仔只想快乐地活着，有一口饱饭，有一个有爱的家，他出得起力流得了汗，但是，命运总是捉弄着他，先是挑煤做饼这一生计的消失，然后是在与时俱进的"生意"中不断受骗上当，最后，是在副县长同学和奸商同学之间利益的火拼中彻底毁灭，完成了作为一个卑微者宿命般的人生轨迹。

溏桶仔和《中锋宝》中的雷日宝，《轻轻一擦》中的杨小依，《县长搭台》中的钟海龙、许绍平，《狗婆蛇》中的水旺，《六狗》中的六狗一起，构成了具有相同性格特征的人物序列，他们单纯善良，他们勤奋踏实，他们共同拥有对美好生活的渴望，但是在时代的洪流中共同活得混乱不堪，活得卑微苟且，活得喘不过气。原因只有一个：挎"短火"的人成了一个神话。肖建国归来后的所有写作，一如既往地克制，一如既往地白描，一如既往地用合乎逻辑的故事情节推动人物性格命运的展开，也达到了他的写作目标——"我写的这些人物，大都是真实的。我写他们的生活，写他们的喜怒哀乐，我只是想通过他们的生活让人们看到真实的人生。"（见《短火·后记》）但打死他也不会承认，"真实的人生"形成的原因是如此的残酷。

## 二

梅特林克说："每天生活中的悲剧因素比悲剧的重大冒险更真实，更尖锐，更接近我们的真实。但是，正如我们所有人立刻感受的那样，它很难得到证实，因为构成悲剧的基本因素比物质的和心理的成分要多。它超出了人与人、欲望与欲望的决定性斗争，它超越了热情和责任永久的证明。"（见梅特林克《卑微者的财富·日常生活的悲剧》）梅特林克作为一个伟大的剧作家和散文家的这段话，在肖建国的创作中得到了深刻的体现。他笔下的所有人物都是卑微者，他描写的都是卑微者的日常生活，而难能可贵的是，他让我们看到了日常生活的悲剧性因素比物质的和心理的成分要多，超出了人与人、欲望与欲望的决定性斗争。——至少，我们隐隐约约地感受得到，他将悲剧发生的原因已经指向文化的基因和制度的设计，指向人性的恶和权力的毒。

《中锋宝》一定是肖建国成名作《左撇子球王》的续篇的续篇。这部入选中国 2011 年度优秀中篇小说选的作品，是当代文学创作的一个奇迹：它将一个写作者自我最深的热爱（篮球）与一个时代发展的纵深天衣无缝地黏合在一起，将一群人的命运与一个时代发展的旋涡天衣无缝地黏合在一起，从而做出了对当代社会生活最深刻的持续发掘。从《左撇子球王》到《中锋王大保》到《中锋宝》，肖建国以三位球王的命运变迁折射一代人（"文革"

中成长的 20 世纪 50 年代生人）的人生轨迹和命运沉浮。与一些作家（如高晓声的陈奂生系列）对人物的横断面共时态散点透视不同，肖建国笔下的球王展示着人物纵深处历时态的命运变异，由《左撇子球王》温暖的人生底色，到《中锋王大保》失落的滋味咀嚼，再到《中锋宝》悲愤的生命况味，在大概四十年的时间尺度上，三位一体的球王刻下了三个浓墨重彩的烙印。三位球王青春的骄傲是相同的，三位球王善良的性格底色和生命的奋斗意识是相同的，但悲哀的是，短暂的球王光环终究敌不过时代熔炉的煎熬冶炼，曾经的球王光环只是为必然到来的失落和悲愤层层加码。《中锋宝》主人公雷日宝对球艺的修炼敌不过周顺昌对社会潜规则的修炼，当周顺昌拥有近乎"无敌"的外招办主任这一权力时，雷日宝的道德和良心不得不经受一次又一次的羞辱。在人性的恶和权力的毒面前，雷日宝悲愤地低下头，"不说！"和"就是不说！"成了他唯一的也是猥琐的退守。四十年民族文化心理结构的变迁，人的异化和社会结构的异质化，全包含在球王雷日宝无言的抵抗之中。

在我有限的阅读视野中，中国现当代文学的人物长廊中，某一个人物的"前传""后传"和"新传"并不少见，但肖建国三位一体的球王系列是独特的篇章，其独特性就在于对历史的悲剧性二律背反做出了中国式的深刻阐释。

三

真正的文学都是从对存在的追问开始的。真正的文学的奇异之处在于，它把存在本身带出后自己立即消失。伟大作品不是作为大地之上的一个可对象化的制造物而生存；它的存在和大地本身融为一体。我们阅读伟大作品，追寻它的存在，自然而然地就走到了我们自己存在的本源处。伟大作品引我们融入大地的怀抱。大地之上，我们和作品没有间隔。作品的意义，仅仅在于帮助我们感悟大地的意义。

我想从一种困惑开始：在《短火》中，肖建国为什么要如此美好如此平静地叙说主人公的苦难人生？从第一篇《短火》到最后一篇《英雄老扒锅的平民生活》，主人公诚实的劳动让天蓝蓝、地绿绿、水清清、汗甜甜……大地上的一切都在作家富于韵味的叙述节奏中伴随作家的满腔柔情纷纷涌出。在《血坳》中，在《上上王》和《中王》中悲天悯人的肖建国，难道不再为小镇亲人的苦难而哀伤，宁愿躲进诗意的温柔之乡？

只有当雷日宝"不说！"和"就是不说！"的结尾出现，只有当《轻轻一擦》中的杨小依在告别后留下"比夜色更浓"的酸枣树的剪影时，我们的悲愤感才喷薄而出，从而与作者内心深处的悲愤形成共鸣共振。

是的，悲愤其实是肖建国近期创作的底色，在诗意地对苦难人生的叙述背后，隐藏着肖建国超越世俗的关于苦难和幸福的知与见。只有关怀人在大地上的生存，只有关怀人的生存的土地，知与见才和人类生存的本源同在。这是真正的大悲悯。当你看到《狗婆蛇》中的水旺执拗地追求活着的尊严而不得的时候，当你看到如此美丽如此激情地追求美好人生的杨小依受尽磨难的时候，当你看到书生意气的钟海龙副县长处处碰壁步步艰难的时候，诗意平静的叙述与惊心动魄的悲情所形成的强烈冲突，构成了类似"高贵的单纯与静穆的伟大"的最强的悲剧审美效果。

真正高贵的崇拜是平民崇拜，真正高贵的文学是为平民的文学。在一个处处激动人心又遍地荒芜平庸的时代，胡人张承志离了他的边地北京，奔赴他的圣都西海固，在贫困而坚强的同胞血亲们那里，他获得了走向新生的激情；湘人韩少功身悬海南孤岛，有感于无处不在的"后现代"文化霸权，一转身就回到湘北的偏僻乡村马桥，在沉默如山宁静如水的平民生活中找到了文化突围的可能性，无论是小说《马桥词典》《暗示》和最新的《日夜书》，还是散文随笔《山南水北》都带给我人生经验和审美经验巨大改变的震撼。建国，当你在十九年的迷失后归来，回到那个注定不会变更的地方，走向"母亲"身边，我想说，尽管有无数只手把担心和惋惜指点上你的脊梁，但是同时，也会有一只莫名之手穿天而来，取走你为之悲愤莫名的乡土感悟。

那时，你的遍体鳞伤会得到康复，你的人生已在自由的高处。

2013 年 5 月

一

## 浴女

1981 年 12 月，北风呼啦呼啦地从湘潭大学的黄土坡刮过。在教室里自习的我，冷得实在坐不住了，就溜到走廊跺脚。看到最东头一间教室的门竟是敞开的，还人影幢幢的样子，我就走了进去。

那是我们中文系的一个学生书画作品展，没有一张字画是裱过的。一面墙上密密麻麻贴着"书山有路""天道酬勤""宁静致远"之类的书法作品，没有几个人看。而另一面墙下却挤满了人，我身强力壮，三两下就挤了进去，然后就看到了一幅《浴女图》。那时我分不清是油画还是国画，只觉得好看，感觉得到画面上的女孩渴望自由解放。兴致勃勃之际，耳朵被揪住了。"小屁孩，一个新生看什么看？"系党总支李副书记嘟嘟囔囔地把我揪出门外。当时，我羞愧得要死。

过了两天，我对睡在我上铺的兄弟李剑波说，系里有个水平很高的书画展览，要不要去看看。他天天练字，天天就练"为中华崛起而读书"八个字，一听我的话就跟着我走了。中午，整个教学楼安安静静。我俩大摇大摆走进那间教室，我带着他直奔《浴女图》。剑波毕竟是剑波，他现在在母校当院长，做得风生水起，在当年我就看出了端倪。站在画下，他告诉我构图好在哪，造型好在哪，女孩的头发为什么要这么长……他盯着我，斩钉截铁地告诉我："头发不长就成了色情画啦。"我鸡啄米似的连连点头。然后，他神气地对我讲："这作者是我镇上的，教他画画的老师也教过我写字呢。"

就那一次，我记住了这个作者的名字——王鲁湘。

## 打球还是打气

1982 年 10 月，正是秋高气爽。位于南阳村的灯光球场人头攒动，夕阳下每一个人的脸上都有金色的光晕。

中文系对外语系的排球比赛正在举行，好像是场关键的半决赛。80 级彭振国当中文系的主攻手，第一局中文系顺风顺水地赢了，第二局彭振国被对方拦了一次网，然后他就像发飙的水牛红了眼，第一次把球扣在网上，第二次把球扣向天上，第三次使出吃奶的力气把球扣到界外。场下一片哗然，外语系看台上穿得花花绿绿的女生们兴高采烈地起哄，喝倒彩地"再来一个"像歌声一样嘹亮。

中文系的教练王鲁湘举起双手叫了"暂停"。他上个学期留校当了老师，同时客串我们系学生篮球队、排球队的教练。他对彭振国说："打球不是打气，气顺球才顺。你现在完全是斗气了，你一斗气那些穿花衣服的外语系女孩就高兴了，这会伤害你，也会伤害你的队友。"他轻声细语地讲完，然后拍了拍彭的肩膀。

那场球，彭振国一直没调整过来，中文系输了。王教练一直没有把他换下来。振国兄现在是老家湖南的厅官，不知道他是否还记得这场球，反正我一直记着。我小学打乒乓球，中学打篮球，是乡村里闯出的野球孩，谁盖我帽，我必回盖三次，谁带球过我，我必冲撞回敬。逞勇斗狠以至头破血流，是经常的事。但大学七年，三大球我都打得小有名气，就因为王教练的这次"暂停"。

## 在410寝室的演讲

1983年年初，我在母校的学报上读到王老师的论文《从时、空、人关系看毛泽东诗词的崇高美》，当时很受震撼。他借鉴美籍华人刘若愚教授的文学研究方法来解读毛泽东诗词的崇高美，写得才华横溢，令我耳目一新。恰好他被派到我们年级当一班的班主任，我就有了亲近的机会。我从他那儿借的第一本书是柳鸣九先生主编的，然后他向我推荐李泽厚先生的《批判哲学的批判》。在大学的后面四年，萨特、加缪、李泽厚、康德和黑格尔的书，花了我很多时间，都是受他的影响。

王老师没给我们带过课。但在1985年元月那个冬天，在北大读了一学期研究生的他来到了我们410寝室，在我和李剑波的双层床下讲了两个小时。他讲萨特的"存在先于本质"和"自由选择"，讲他和女友借到丹纳的《艺术哲学》后轮班手抄的经历，讲北京思想界的风起云涌，讲止在写作的评张贤亮小说作品的论文……真的是口若悬河，天花乱坠。

那一天，王老师真的把我们那十来个同学都讲晕了。那一天，他穿一件非常合身的中长皮衣，披一条蓝白相间的格子围巾，我第一次感到"玉树临风"这个词在现实中能用上。那一天，我清楚地记得他皮衣的第二粒扣子没了，我给他最喜欢的于磊焰同学讲过。那一天，我们上午下午考了两门功课，听完他的演讲，学生食堂已经关门了。

## 破晓

1992 年下半年，我来到深圳，从《深圳商报》文艺版编辑银祥云那儿知道，1991 年王老师为深圳做过一部专题片，我就找银祥云要了在商报连载的解说词脚本。现在也不知收在哪捆资料里面了。又过了一两年，认识了开在罗湖桂园路红围街 3 号《女报》杂志社楼旁的紫苑茶馆的老板陈悦成，一聊，他竟是王老师在深圳的铁杆哥们儿。于是，我终于又与王老师接上了头。

见了几次面，总感到老师情绪有些低落，身体也有些虚弱，就向在北京工作的同学打听，才知道他的生活状况并不如意，夫妻俩都处在失业状态，他夫人在首都师大分得的房子也被收回，而儿子王兮正处在苗壮成长的关键期。我当年是因生活所迫逃来深圳的，在 20 世纪 90 年代相当挣扎。好不容易熬到 1998 年，太太在农产品公司当上总办主任。公司的董事长林家宏先生指名要我做一部专题片，我计上心头。我给林董讲："我做得好是应该，做得不好，您碍于我太太的面子也不好退货。不如这样吧，我给您找一个水平比我高得多、名气比我大得多的人来做，您我就不为难了。"林董问："谁?"我答："王鲁湘。"林董沉吟了一会儿，等他响亮说出那个"好"的时候，我如释重负。

那是农产品公司的第一部专题片《破晓》，王老师做得好极了。那段时间，我到布吉关口的天乐大厦去看过他两次，他带着中央电视台的一个精通摄像的小伙子日夜赶工（依稀记得摄像器材是小伙借来的）。这两次见面老师都穿着同一件 T 恤，靠近讲话闻得到浓浓的汗味。老师得了 15 万元——他借钱在北京郊区买的农民房急需装修。

## 风雨赋潇湘

王老师这部评论集的大多数评论对象都是我推荐给他的。犹记 1996 年冬月，向他推荐王憨山先生的情形：我拿着大撂画作照片和自己的评论文章走进紫苑，老师没有二话，先看我的文章《欢迎王憨山》，一如既往不吝惜他的赞赏，而看到王老画作照片时，竟然如受电击。那个晚上，他和画家孔戈野至少讲了十次"大师""伟大"之类的赞词。然后，就是杨福音，书中《随便——杨福音其人其画》的第一句中那位"深圳的朋友"，就是我。邹传安、黄铁山、曹明求、雷宜梓、陈小奇……一路下来，真是给老师添了不少事。二十年，我真心的推荐和无意的推动，竟让老师在湖南和北京之间架起了一座宏伟的艺术大桥，近二十位画家经由他的举荐走进国家艺术的最高殿堂。

《风雨赋潇湘》是一个游子回馈故土的最好礼物。我相信通过这些写作，湖南成了唯一在他心底扎根的故乡，比他身处湖南时

风雨

感情更深厚，比他以后生活的北京好。这个故乡不是父母送给他的，而是他追求来的，是他一步一步、一天一天、一笔一笔经过努力争取来的。

《风雨赋潇湘》完美阐释了丹纳的艺术哲学，是一种西方艺术批评方法在中国最成功的应用。湘人的经世致用、忠诚血性、忧国忧民、自强不息的种族共性，三湘四水所构筑的独立苍茫的地理环境，湘人二百年为生民争独立、为民族争自由、为国家争富强的精神气候，形成了王鲁湘笔下这群艺术家的创作基因。他看到了这些艺术家血脉中的共性，更看到了每位艺术家表现事物的偏重点和表现特征的集中度。

"此身饮罢无归处，独立苍茫自咏诗"，肯定是老师很喜欢的杜诗。

"乾坤万里眼，时序百年心"，是形容这本书最妥帖的话，也是杜诗。

## 梦想清单

1972 年，美国阿波罗 17 号沿着环月轨道飞行之际，宇航员们拍摄了地球从月球星空升起的形象。斯时斯地的地球，形如地球上所见的一弯新月。

我在画册上看到这张照片时，心里无限蔚蓝。

一个人的生命真是太有限了，对茫茫宇宙的认识寥寥无几，一生中真正认同的人，细细想来也寥寥无几。

在这里，我要表达对王鲁湘老师的敬意。

从 1981 年到今天，整整三十五年您陪我走过。三十五年间，您一大半时间都处在困窘之中，"一箪食，一瓢饮，在陋巷"，您从来不抱怨；"贫贱不能移，威武不能屈，富贵不能淫"的君子风度一直体现在您的身上。三十五年间，您一直从事文化启蒙的工作，从课堂到电视，从餐会到文章，真正践行了"虽九死其犹未悔"的屈子精神。

三十五年间，您在北京湖广会馆血脉贲张地讲谭嗣同的故事，在深圳八卦岭讲朱熹定京都、牟其中的梦想，我记得。2005 年我陪着您为令弟和令侄找工作时，您的羞涩和尴尬模样，2010 年夏季在 301 医院您尽心尽意护理胥姐的情形，我记得。在 20 世纪 90 年代中期，您问我："小聂赚钱没，张仃老收藏的这张齐白石的画便宜卖给你，40 万元要不？"前年，您对我说："小聂，我曾经送给你 2800 万元你知道不？"那种童真的神情，我记得。您数次千里迢迢从北京飞来为我所在单位的活动站台捧场的辛劳，我更忘不了。

此时，我生命中关于王鲁湘老师的镜头排山倒海地涌来。我想起他的梦想清单：只要买得起喜欢读的书，只要朋友来家里下得起小馆子，只要出门打的士看着计程表心不狂跳。我又一次热泪盈眶。当时在场的有袁铁坚、潘友林和温氏兄弟。

一个被媒体公推的"知道分子"，一个我心目中真正的大知识分子，他的价值在当代中国实现的可能性，真的能证明许多。想起他，我心里很温暖，也有些沉重。幸亏，最近他说中国正走在正确的道路上。

去年在中国图书市场掀起波澜的《湖南人与现代中国》，我看了感觉很亲切。特别是书的最后一段第一句，"湖南人的黄金时代从未降临，而其所激起的热情几乎已遭遗忘"，这是让中国进入现代的湖南先贤们的命运，也是王鲁湘的命运。王鲁湘的"扎硬寨，打死仗"的奋斗，"吃得亏，霸得蛮"的坚持，已让他成为现象级的人物。正如对湖南人深怀敬意的美国人裴士锋在结束语中所言，"当我们看着历史之镜，便能以那些曾别有抱负、眼光专注于不同目标的人为借鉴，正是这些满腔热血的人，曾领航迈进那也许有可能、却从来没有实现的未来"。

2016 年 10 月 6 日

# 残雪的突围表演

几年前，我在湖南省作家协会从事专业文学评论的时候，就好多次对残雪动过心，总想为她写点什么，却一直没有动笔。

想起来，尽管在同一个单位领工资领了四年，却只和她见过两三次面，且没有讲过一句话。第一次见面是我刚从学校分到文联不久，到财务室领工资，看到一位女士站在出纳后面数钱，从数钱到出门没讲一句话，一副镜框大大的眼镜占了脸庞领土的三分之一，冷漠、生硬，样子怪怪的。我忍不住问紧随我后的《湖南文学》的一位女孩她是谁，"她就是残雪！"几个字蹦出来，我吁了一口气。

残雪就应该是这样子。

现在还记得第一次见面的那种气氛。第二次第三次在哪儿见过她，就一点印象也没有了，或许根本就没有第二次第三次。现在还记得我紧随残雪之后领工资，签名的时候忍不住在"邓小华"的名字上睃了一眼，她的字倒很平常，绝不像她的人和她的小说。

残雪是省作协的聘任作家。聘任作家是湖南这个文学大省的新生事物。为了保持湖南文学创作队伍的威猛鲜活，给相对老弱病残的作协本部充电，又不增编制（和内地大多数机关一样，作协早已超编），就招聘了十来位创作力旺盛的青年作家，其中包括何立伟、蔡测海，当然也包括残雪。招聘对象经投票表决，据说残雪的得票率很危险，我相信在那个文学还很吃香的年份，残雪是吃了一惊的。

不管现在怎样看待作家，不管现在的残雪怎样看待这次聘任作家试验，这次经历对残雪总算是一个不大不小的惊喜——她成了一个真正的作家了。她的档案搁在作协，她的工资在作协按月领。这不仅意味着她在人们心目中一下子崇高起来，而且可以出国接受讲学邀请，出省享受笔会的公费旅游。这是一个中国的国情，你想一想，此前的残雪，不，邓小华是一个裁缝，而且肯定天天做着文学梦的她不会是一个高明的裁缝，出国讲学到哪儿盖章呢？

想象中的残雪内心阴暗且自卑，不仅是她的小说给了我这种印象，而且从她和我仅打了两三次照面可见一斑。我不是什么文学名人，残雪非得和我经常切磋，但在内地文坛的那种独特气氛下，一年不见那么十来次还真有点不正常。总有那么四五次座谈会、笔会、研讨会之类，要将全省有名有姓的角儿召集到一起，让自信的作家高谈阔论，让嘴馋的作家尽兴豪饮，让虚荣的作家有和省委领导握手的机会。残雪一次也没有来参加过。而且，作协机关的重要学习活动，哪怕是标明不得缺席的学习通知，残雪也不见影儿。

作协领导对她颇有微词。在一次会议上，我亲耳听到一位领导讲到残雪的傲慢、冷漠和不懂人情世故。他说了一件事，好像残雪接到国外的一个邀请，她很想去，但以当时她的作品给人的微妙印象，省委宣传部是很难批准的。这位作协领导在残雪求上门的情况下，见义勇为，请求宣传部领导思想开放，终让残雪如期出国。但残雪回来后既没上门表示感谢，也没向组织写任何思想汇报之类，他当然难免生气。我也觉得他有道理。

残雪是一个作家。许多人过去不承认她，现在不看她的作品，将来会忘记她，但总有人欣赏她、记着她。这是没有办法的事。在所有的当代女作家中，残雪是最富幻想力的，她赋予她的幻想以卡夫卡式的寓意，在一种似乎与世隔绝的黏潮气氛中，残雪向人们陈述了一个永不完结的噩梦，这噩梦里总有地窖般的阴暗，总处在隐形看守的监视之下。残雪的作品总散发着一种绝望的情绪，这种情绪似乎来自人类内心的丑恶，来自残雪对这种丑恶的无情揭发。我们多少可以从她的小说里读到传统、政治、道德和市民的庄严表演，而这庄严表演又不断露出无聊的意味。总是令我们沮丧，而且总想吐出一两句国骂来平息自己的民愤。

解读残雪的作品不是这篇文章的任务。我要说的是残雪的不容易。我讲过我和残雪只见过两三次面，没讲过一句话，而且没在一起开过一次会，这不正常。我相信在我到省作协之前，残雪是参加过省作协两三次研讨会座谈会之类的，但她肯定如坐针毡，以后不敢来也不想来了。在很长一段时间里，或许直到现在，残雪在中国文坛是一个异类，一个怪物，一个女妖，是另一种文学思潮的怪胎。这么多的贬义词累加在她身上，她的命运可想而知。我被分配到省文联创办《理论与创作》这家全省唯一的文学批评刊物时，请主管文化的省委副书记写发刊辞，省委副书记的文章倒是自己一字一句打磨的，但非要批评湖南几种不健康的文学现象，其中就有残雪一种。连省委副书记都如此"重视"她，她当然免不了要接受长者的谆谆教诲，要接受批评家的口诛笔伐，要接受作家朋友们拨乱反正的劝告，她的感受肯定是怪怪的，她可能就决定不来开会，不来接受批评教育了。

坚持不了就逃避，但坚持和逃避的命运都是一样。残雪不能改变自己，残雪也不改变自己。残雪或许计较过自己的声名，如自己的文学地位、文学职称之类，但和她小说中表现的那样，她只有绝望一种情绪。举个例吧，省作协的作家进行中华人民共和国成立以后第一次职称评定，残雪评了个三级作家，她当然不服气，据说她举出她的作品在哪国哪国出版，在哪报哪刊有评论，不该评入这最低一档。但领导问："你有文凭吗？你获过全国大奖吗？读者喜欢你吗？"她就哑口无言了，大家就相信残雪评三级是特殊照顾了，于是，以后每年的年度考核和以后的职称评定，任由大家打良好（一般都是良好）、打及格（其实是极差），残雪也不来了。

残雪长得不漂亮，成不了交际花，这使她在中国文坛很吃亏。残雪不漂亮，理应对自己不那么看重，但她

小说里的主角们总感到有人在暗中窥探她，这很奇怪。或许，生活中的残雪和小说中的残雪，都是在别人不怀好意的窥探中突围的，一个女裁缝要成为一个女作家，一个身世阴暗的女孩要成为一个出人头地的女人，在"成为"的过程中有多少人在窃笑，在窥探呢。因此，残雪不仅把她的第一部长篇命名为"突围表演"，自己也实实在在地为中国女人进行了一次突围表演。她表演一个中国女人的耐力，表演一个中国女人"走自己的路"的勇气，表演一个中国女人突围的可能。在中国当代文坛中，敢把路走绝，敢将坚持的意念坚持到底的，男人只有张承志，女人就只有残雪了。而张承志还不断用随笔散文向人们倾诉英雄的孤独，期求认同；残雪却只有虚构的小说，从不让你接近从不直接发泄，这是一种中国女人式的沉默呵！

几年前，我读残雪的作品、读张承志的作品，也读中国当代大多数有名的作家的作品，我想写残雪的评论写张承志的评论写我喜欢的作家的评论，但我没有写却写了许多我不特别想写的文字，最后乃至因种种原因远离了我深爱的文学。我不能突围，或许也永远没有"突围表演"的机会了。我不能像残雪一样忠于自己的感觉和良知。我没有残雪那样将别人窥探的目光踩在脚下的勇气。

在今天，谈信念谈坚持的人是越来越少了，尤其在世纪末，人们都随波逐流拜金拜物，残雪的突围表演才尤其别具意义。

残雪是真真切切地突围了。小说集本省不出外省出外国出，小说有人不读但总有人读且有人给予极高评价，好多人不理解，但这是没有办法的事情。张承志说，他要探讨人的价值在当代中国实现的可能性，其实他的存在他的作品已经回答，残雪的存在残雪的作品也给了回答。

1997 年 7 月

一

　　湖湘故土总是一个令我们这些游子感慨良多的话题。在当代中国这二十多年的政治和经济生活中，湖南的影响力是越来越小了。想起古代"楚虽三户，亡秦必楚"的那种舍我其谁的强蛮气概，想起近代"若道中华国果亡，除非湖南人尽死"的那种令世人侧目的地位，许多湖南人都难免失落。但湖南总不至于让你完全失去希望，在政治、经济的影响力淡化之后，湖南的文学艺术，湖南的电视制作，还是能让人依稀看到使陈独秀先生叹为观止的湖南精神的。

　　湖南精神是什么？陈独秀先生认为是王船山、曾国藩、罗泽南、黄兴、蔡锷等人所体现的那种艰苦奋斗、"扎硬寨""打死仗"、坚忍不拔的精神。工笔画家王炳炎，我认为是一位典型地体现了湖南精神的湖南人。

　　众所周知，工笔属于工整细致一类的画法。中国工笔画已经衰微了近千年。湖南作为中国最早一幅工笔画的发祥地，也是当代工笔画大省，为工笔画在我国的复兴立下了头功。十多年前，在湖南省文联，我有幸与我国工笔画大家陈白一先生比邻而居，对工笔画创作的艰难有了一个直观的了解。

陈白一老师从来没让我看到过那种一挥而就的潇洒，他用在一片叶子上的时间往往超过许多写意画家创作一整幅画的时间。看到陈老师把画放在院子中央，左看右看，退后看靠近看，甚至用放大镜观察局部细节的认真模样，我就自然想起"吟安一个字，捻断数茎须"的苦吟诗人贾岛。

现如今想来，陈老师工笔苦吟的那段时间，恰好就是湖南工笔画在全国引起极大关注的第一个阶段。由于当时的兴趣所至，我对发生在自己身边的艺术革命毫无知觉，这是非常令我遗憾的。但唯一的收获是让我切身感受到了工笔画家一定需要坐得冷板凳，一定要有"扎硬寨，打死仗"的那种坚忍不拔的精神。我想，湖南工笔画在当代中国美术界的地位，一定与湖南人的性格有关。

王炳炎是一位受到湖南工笔画大家邹传安、陈白一两先生高度赞赏的中年画家，也是一位在全国美展中屡次获大奖的优秀画家。其作品《胜似亲人》获全国第六届美术作品展览银牌奖，并被编入全国小学语文第五册教科书；《潇湘女》获全国第八届美术作品展览优秀作品奖……这远非全部的获奖情况，却能体现王炳炎的艺术档次，但我更加看重王炳炎通过作品本身带给我们的震撼和洗礼。

王炳炎的绝大多数作品都是以劳动妇女为表现对象。他通过撷取人类劳动生活中最典型的场景——"赶集""秋获""静响""丰收鼓""哭嫁图""离娘饭""月光""毛毛雨"等，集中地体现劳动过程中的优美和充实，细致入微地刻画劳动妇女与自然与劳动同拍共振的生命律动。流畅而精细的线条，淡雅的用色，造成清新而沉稳的画面效果。每一幅作品的主人公都有切合生活

潇湘女

场景的极为生动传神的表情，如《丰收鼓》中少女表情的欢快飞扬，《哭嫁图》中陪哭少女的羞愧、惆怅和暗暗的向往，《月光》中少女的沉静和迷茫，《赶集》中妇女的欢快、热闹和自在。值得注意的是，由于对中国传统文化和劳动妇女感情的深切体味，王炳炎笔下的主人公无论是欢乐还是痛苦，无论是悲伤还是惆怅，无一例外地具有温柔敦厚的静美，绝无脱离生活的那种夸张的欢快或做作的悲伤。这种节制，这种对妇女文化传统的把握，使王炳炎的妇女形象具备了莱辛所言的"高贵的单纯和静穆的伟大"。

我一直认为，一位艺术家对创作题材的选择，在很大程度上决定了这位艺术家的创作态度，甚至最终决定这位艺术家的创作成就。王炳炎对劳动妇女的深情关注，与他一直作为一个底层劳动者的身份立场有关，也与他尊重劳动、尊重劳动者的健康心态有关，千万不要小看这一点，在回避甚至背叛自己的底层身份，在回避劳动者和劳动生活而宁愿一头钻进玄虚的文化或自然背景已成时髦的今天，王炳炎的选择尤为难能可贵。

在王炳炎的画作中，一个特别值得关注的现象是他对湘西世界的盈盈深情。众多的苗族妇女形象在王炳炎的笔下为我们展现了一片奇诡瑰丽的乡村景象。王炳炎近五十年的人生中只在湘西永顺下乡六七年。六七年的下乡生活竟影响到他整个的创作道路，这无疑是一个令人回味和咀嚼的话题。张承志以一个作家的身份对鲁迅先生的创作进行评价，认为"更重要的是《故乡》，闰土这个形象关键无比……让闰土成为自己心底充盈的深情，这种能力对一个大作家来说价值连城"（见《荒芜英雄路》"致先生书"一文）。我非常理解张承志对鲁迅先生的这种认同。同样，我认为，湘西世界作为一个创作情结和母题在王炳炎笔下持续不断的体现，不仅仅是一种"扎硬寨，打死仗"的湖南精神，更重要的是显示出他作为一位艺术家对少年记忆的积淀和提升的重要能力。像《月光》中的那位苗族少女，除表情的沉静和迷茫契合月光底下的风景之外，对苗族少女银饰的精雕细刻也反映了画家极强的形象记忆能力，银饰的白与月光底下朦胧的黑，极大地增强了画面的张力，无疑又反映了画家良好的色彩表现能力。

尽管王炳炎出身城市，但湘西成了他心底扎根的唯一故乡，比他出生的地方好，比他以后生活的城市好。这个故乡不是什么人送给他的，而是他追求来的，是他一步一步、一天一天经过努力争取来的。它成了他的世界、土地，现如今他就生活在这里；一切发生的事情，都发生在这里；一切消逝的东西，都消逝在这里；也有永不消逝的东西，于是他就画劳动的充实、画收获的欢欣、画出嫁的伤感、画母子的深情……画一切单纯美丽的东西。

其实，王炳炎所做的在上个世纪初就有一位一辈子自称"乡下人"的湖南小说家做过。沈从文，这位倔强的湖南人一直试图以清纯美丽的乡村艺术与龌龊黑暗的城市世界相对抗，极强的主观抒情使湘西世界在沈从文笔下显得如诗如画。沈从文努力展现底层人民的人性美和人情美，努力为湘西世界的一切蒙上一层美丽的忧伤，使故乡成了他的精神家园和理想世界。王炳炎的工笔画追求又何尝不是如此呢！

湖南人王炳炎，近五十年的人生有四十五年在底层度过，靠自学走上艺术道路，选择的是需要"扎硬寨，打死仗"的工笔画，能最终走上高等院校的艺术讲坛，能最终取得如此不俗的艺术成

胜
似
亲
人

就，这一切无疑都是一个奇迹。即使他现在依然备尝经济拮据之苦，依然备尝艺术声名与艺术成就不匹配的尴尬，我仍然会认真地去欣赏他 7 月 22 日至 7 月 29 日在深圳博物馆举办的工笔画展，不只是去为这位"穷且益坚，不坠青云之志"的老乡捧场，更重要的是去回望、重温自己的故乡，细细体味劳动生活的优美。我想，对久居喧嚣闹市的我来说，土地、月亮、稼禾、虫鸟这些简单的东西才是我真正根性的东西。

2000 年 7 月于深圳

## 关于故乡

一

小奇兄给我寄来了他的一组扇面画照片，厚厚的一叠。我放在办公桌上已有两个月，也不知翻过多少回了。这两个月是我生命中一段混乱不堪的日子：单位承办了政府的一个大项目，我得盯着；单位有两三桩官司，北京好友的亲戚有一桩官司，我得对付；有一位每周必在一起吃顿饭的朋友突然就死在南昌，我悲伤了好多天；有一位同事的儿子刚考上大学就被检出骨肉瘤，火急火燎回到合肥把腿骨取掉一根，却发现是误诊，我如坐过山车一样惊之悲之喜之；有许多奇奇怪怪、匪夷所思的故事发生在身边，我拍案惊奇，然后气得要死……这是以前从来没有过的。好多好多的烦心事蜂拥而来，就像要把我吞没似的。

幸好，有小奇的画摆在桌上。

小奇的画让我想起久违的故乡。

六十年前，我和小奇共同的故乡叫湘乡。一条涟水从湘西的大山中涌出，流经湘中这片著名的丘陵地区，然后汇入湘江。1952年，国家对行政区域进行重新划分，我和小奇共同的故乡按涟水的上、中、下游一分为三，形成涟源、双峰、湘乡三个县治。这一分很要命，这块中国近现代史上极为罕见的人文高地立刻被肢解了，历史书上言之凿凿的湘乡人曾国藩（别号曾湘乡）成了确确实实的双峰人，刘蓉成了涟源人。但是，语言——湘乡以外的其他湖南人也很难听懂的湘乡话，守护了这个族群的独特精神。我深信，湘乡话造就了湘军的可怕战力，湘乡话也自然地促成了涟源、双峰、湘乡三地的人至今不渝的老乡情结。他们以共同的音调表达爱、表达惊讶、表达愤怒、表达沮丧，然后，他们有了共同的精神之相。

是的，湘乡话造就了也守护着湘乡人特有的精神之相。而作为写意人物画家的陈小奇的这些作品，每一张都隐伏和流动着我的母语，我的心灵之血。我曾经用这种语言骂过娘吵过架，说过最动情的心事，最欢乐和最辛酸的体验，最聪明和最荒唐的见解。即使离家三十年依然还说着湘乡话的我，在这两个月混乱不堪的日子里，翻着小奇画作的照片，热气就从足底升腾上来，心慢慢地淡定下去。克罗齐在他的名著《历史学的理论和实际》中，曾经这样描写现代人的"返回"趋向和怀旧情结："当人们又重新拾起旧日的宗教和局部的地方旧有的民族风格时，当人们重新回到古老的房舍，堡邸和大礼拜堂时，当人们重新歌唱旧日的歌儿，重新再做旧日传奇的梦时，一种欢乐和满意的大声叹息，一种喜悦的温情就会从人们的心中涌出来，并重新激励了人心。在这种汹涌的情操中，我们并没有看出心灵中引起的深刻而不可改变的变化，但这种变化有那些出现在明显的返回倾向中的焦虑、情感和热情做证。"这段描述，在我的身上得到完整的印证。

山岳
呓

山无泥

这两个月里，故乡给我"扎硬寨，打死仗"的力量。湘乡话中诸如"天要下雨，娘要嫁人，由他去吧""管他明天刮什么风，睡一觉再说""吃得苦，霸得蛮，不怕死，耐得烦"等村言俚语，从小奇的画作中流淌出来，我想起我父亲说这些话时的神态，我想起我妈妈说这些话时的神态，然后，就像小奇笔下那个拾狗粪的二驼子，开始不慌不忙甚至有滋有味地抵抗这狗粪一样的日子。

## 关于乡愁

陈小奇的画是关于故乡的。这个故乡，不是现时现地的家乡，而是三十年甚至一百年前的故乡。一个显而易见的事实是，这组画里的许多行业已经消失（如《补锅匠》），许多农具已经消失。让我辨认出故乡的，是陈小奇笔下的人物已经在童年就流入我血液、刻在我眉眼的精神之相，是湘乡人世代相传、死不悔改的遗传密码。

众所周知，改革开放以来的这三十多年，是中华民族历史上绝无仅有的剧变期。传统文明向现代文明飞速过渡，可以用山河变色、天翻地覆来形容。"最后的乡村"成为国人普遍的心伤，也成为当代文艺作品覆盖面最大的、若隐若现的母题。从文学作品来看，第七届茅盾文学奖四部获奖作品中的三部，贾平凹的《秦腔》、迟子建的《额尔古纳河右岸》和周大新的《湖光山色》都表现这一母题；第八届茅盾文学奖五部获奖作品中的四部，张炜的《你在高原》、刘醒龙的《天行者》、莫言的《蛙》和刘震云的《一句顶一万句》，同样在表现这一母题。民间风俗的消失、村社制度的解体、宗族血缘的淡化、礼治秩序的崩溃等,使乡土中国的文化传统发生了质的变化。失去家园的痛感和失去信条的耻感,成为盘旋在绝大多数中国人心中的阴影。与中国文坛近乎群体性的对"最后的乡村"的敏感反应不同,中国画坛对"最后的乡村"的反应是相对迟钝的。我们更多地看到中国画中的山水一如既往的崇高或优美,花鸟一如既往的形似或神似,人物一如既往的典型或类型,在古典美学原则的规定下成就着中国画一如既往的构图、用色和情绪。

陈小奇是独特的这一个。与一部分人物画家那种诗意地表现乡土中国农民形象与时俱进的幸福感不同,与另一部分人物画家客观表现乡土中国农民形象在时代裂变中的痛苦与茫然也不同,陈小奇用"瞬间永恒"的儿时形象记忆,将"最后的乡村"刻在我们的心上,将乡愁这一笼罩在绝大多数华人心间的文化母题进行了一次堪称伟大的阐释。

乡愁、怀旧是潜藏于每一个人心底的一种情结,一旦远离过去与故土,它便会或急或缓地涌流而出。一般而言,乡愁有形而下层面的对乡里亲友的思念和对故园风物的追怀,有形而上层面的对作为安身立命根本的民间文化传统的深情眷恋。毫无疑问,陈小奇的乡愁,不仅仅是一个时空概念,更重要的是一个文化概念。故乡在他笔下不只是狭义的出生地,更是广义的精神家园,是关于故乡甚至乡土中国的所有记忆的总和。在众多的文艺作品中,乡愁是寻找来的,往往指向有限的场景、特定的人和事。而陈小奇的乡愁却是董桥所说的"立体的乡愁",他用写意人物画特有的艺术手法表达抽象、模糊的意象和心相,或者说用笔墨表现主义的态度描述故乡祖祖辈辈乡土人物的精神。在这个意义上，陈小奇的乡愁不是寻来的乡愁，而是乡愁本身。

孟子说："所谓故国者，非谓有乔木之谓也，有世臣之谓也。"如今，自然不再有什么"世臣"，我们姑且把"世臣"理解为"人物"，那么稍稍发挥一下，孟子这句话就可以这样理解：所谓故乡，所谓故国，是一个"以人为本"的人文概念，而不是一个自然地理概念，并不是因为山上有不一样的树，而是因为史上有不一样的人，"人物"才是"故国"或"故乡"的标识。湘乡这片故土的人物，当然包括曾国藩、罗泽南、刘蓉、陈天华、禹之谟、蔡和森、蔡畅等这样的政治人物，也自然包括将曾国藩的家训"耕读为本""早扫考宝"，刘蓉的教子格言"一室之不治，何以天下家国为"挂在嘴上，"吃得苦，霸得蛮，不怕死，耐得烦"的先民。我在想，我的同乡好友黄定初、朱卫平画的那些受到好评的涟水风光、故乡山川让我感到亲切，但小奇写意的故乡人物却深深地滋润我、感动我，或许与"人物"的直接对应性有关，或许与乡愁的真义有关。

## 关于小奇的创作

十年前，我与小奇第一次见面，他送了我一张画，我拿给写意人物画大师李世南先生品鉴。李老师认真地跟我说："阿聂，这个年轻人的画真不错，才华横溢啊！"今年，我与小奇的第二次见面，他带来了画集《水墨纵横》，序言是我老师王鲁湘先生写的，他称赞小奇的画"文气野气才气匪气雅气霸气，六气纵横，墨气四射"，可谓英雄所见略同。鲁湘老师从小奇的画中拎出从齐白石以来的湖南人一脉相传的乡愁意识，可谓一语中的。

但是，我还是想强调，全球化的滚滚浪潮和中国乡村城市化的强力推进，已经让包括湘乡在内的乡土中国走在血坳上，伴随着青壮年洗脚进城，乡村的荒芜和空心已是不争的事实。暮色苍茫，群山苍茫。暮色在三十年间突然就苍茫了，群山在三十年间突然就苍茫了。这曾经是地球上最经典最宏大的一片农耕文明的风景啊！这曾经是绵延几千年生生不息活力四射的一种文化传统啊！陈小奇在似血的夕阳和如海的丘陵中，看到了那些催人泪下的景色，满目都是萋萋芳草、古道西风和断垣残壁；听到了那些痛彻肺腑的呻吟，满耳都是龙尸凤骨、秦砖汉瓦和性魔欲浪、欧风美雨的冲撞血拼。陈小奇一定像在太平洋塔希提岛上的保罗·高更，"我们从哪里来？我们是谁？我们往哪里去"的响亮发问也盘旋在他的脑海。与高更笔下色调艳丽、忸怩莫名的土著女子形象不同，陈小奇用他的焦墨枯笔直接对准暮色尚未苍茫、群山尚未苍茫的三十年前的乡里人物，用坚决的抵抗做出了响亮的回答。

不要小看陈小奇这种"瞬间永恒"的儿时形象记忆能力。张承志在《致先生书》中，强调小说《故乡》中的闰土形象对鲁迅先生"关键无比"，"让闰土成为自己心底充盈的深情，这种能力对一个大作家来说价值连城"。我也知道，湘乡人所谓"倔强""生猛""强悍""匪气"，所谓"打落牙齿和血吞"的霸蛮性格，其实是并不丰饶的地理环境造就的。但只要它成为一种文化传统，那么它一定同样能激励在城市中生活得并不那么幸福的我们。

一只更年期的猫

　　小奇的这组扇面画是一个有机的整体。画中的斜阳和新月、小河和丘陵、稼禾和牲畜、微风和虫鸣……都是关于土地的，关于情感的，关于生活在这片故土上的人们精神的，关于人类根性的东西的。鲁湘老师精当地分析过《打伞不如云遮日》中那三个雨天赤足出门携伞同行的老倌子，认为他们"多惬意，多自在，不仅眉眼嘴角鼻翼在表情，所有肢体都在释放信息，连脚指头都在说话""焦墨枯笔，白描手法，似不经意，随随便便，真的只是寥寥数笔，就把湖南男人的精气神全勾出来了"！其实，小奇这组扇面画中的每一幅，都体现了他的创作能力。他将线的表现力和墨的自由性张扬到极致，完成了对传统人物画陈陈相因的图示法的超越。他的表现对象涉及乡土中国农耕文明的每一个行当，他精准地以笔墨表现了人物在超稳定社会结构中的从容神态，而行业所赋予从业者的独特个性又自然流露，屠夫的霸气在假寐中也暴露无遗，卖豆腐的油滑无疑带着准商人的信息，拾狗粪的二驼子的淡然，补锅匠的专注，船工的朝气蓬勃，都是乡土中国原生态的本真。

　　在小奇的写意人物画中，深厚的是历史和文化，朴素的是生活和自然。乡土中国"天人合一"的生存观念和生存方式，使小奇笔下人物的生命节律与自然节律完全同步共振。《绿风》中那个女孩的舒展和飘逸，让我们看得见春日满目的绿，听得见春姑娘跫跫的足音；《故乡是秋天里几痕淡淡的远山》中那位姑娘淡淡的忧伤，与淡淡的远山联系在一起，甚至影响到了小狗的情绪；《故乡斜阳》中三位女子的惆怅写在脸上，身形因"斜阳"而倾斜，竟带来整个画面的倾斜，人物刻画皆以中锋挥策而出，笔笔内力浑厚，往复从容。笔墨语言与人物性格和生活场景，完全同形同构，同时散发着属于这片土地的特有的信息。

在这个意义上，我毫不夸张地说，陈小奇为湘乡人树立了一块伟大的纪念碑，为以湘军精神为底蕴的湖湘文化树立了一块伟大的纪念碑。我知道，三十年，乡土已改变许多，乡亲已改变许多，但这些作品留给湘乡人的温暖是永恒的。我也知道，湘乡话终究会消失，湘乡人特有的精神之相也会模糊，但有了这一瞬间的回味，我和小奇都充满欢喜。

2012 年 10 月

大地颂歌
王志坚的

一

　　毫无疑问，新时期以来的中国从传统文明向现代文明的变革和过渡，本质上来说就是一个工业化和城市化的过程。现代化，在中国最打眼的标签就是告别乡村告别大地，拥抱钢筋水泥构筑的城市，拥抱灯火辉煌永无暗夜的城市。然后，乡村和大地开始接受城市的洗礼，污水和重金属开始充斥每一条河流每一片田野，旅游景区开始割据每一片风景每一处历史。乡村的凋敝和变味，大地的创伤和苍老，已成为不争的事实。

　　王志坚的画让我忧伤。他笔下的世界就是我童年的家园。湘乡，这个中国近现代史上最浓墨重彩的地方，是我和志坚共同的故乡。踏着湘中丘陵地区起起伏伏磕磕绊绊的土地，登上南岳衡山，远方的湘江以绝不妥协的方式蜿蜒北去，而我们的母亲河涟水从湘西南的崇山峻岭中脱缰而出，响应着湘江卓尔不群的召唤。这就是我们从小就熟悉一草一木的土地，是我们从小被父辈叮嘱要爱惜要赞美的土地，是我们景仰的乡贤如曾国藩、齐白石、毛泽东、王憨山启蒙甚至葬身的土地，是我们心爱的姑娘出生的土地。波德莱尔说："大地是一座庙宇。"湘乡这片土地无疑是充满神性的，既让人敬畏，又让人向往。对湘中丘陵地块上的人和事、

山和水、花鸟与虫鱼的充满膜拜的描绘抒写，在这短短的一百年间，就有齐白石、王憨山、陈白一、邹传安等大师虔诚地做过。而王志坚把自己对乡土家园的热爱、敬畏和向往，化作了对乡土家园的每一个细节的动情叙述。他对故乡的山山水水、花花草草如数家珍，他在作品中让我感受到故乡的阴晴冷暖、朝暮雨霜。于是，他在追随大师的脚步中慢慢地长出了自己的面目：温情的、细致的、执着的大地守梦人。

大地守梦人，这是我对作为画家的王志坚先生的定义。这一定义让志坚与一般意义上的中国画画家区别开来。传统的中国画高峰林立难以逾越，当代的中国画汗牛充栋，就国画家而言就有如恒河之沙不胜枚举。志坚的花鸟不是向传统讨笔墨的花鸟，山水不是千人一面的八股山水，人物也不是市面上那些程式化的造型。他坚信一方水土养一方人，他就坚守在他一出生就"在"的故土上，寻找大地上永不停息常见常新的花开花落、日升月降、人事代谢，寻找大地上最美丽、最深厚、最独特的审美意象和情感结构。他的创作题材和创作技法并不是间接地来自传统和他人，而是直接来自大地和民间。这就使他的创作有了绝不泯然众人的崭新面目，有了更贴近乡土更深入民间的朝气蓬勃和生气灌注。在许多人的眼里，志坚从专事工笔到工笔写意兼擅的过程中，画牛是转折的关键。其实不然，画牛一定是志坚对乡土和家园的领悟和体认进入深层次的产物。我从六岁开始放牛，六七年间双峰县龙田区柘塘公社最雄壮最威武的一头水牛就归我放养。三十多年后的 2010 年我写过一篇题为《生命的底片》的散文（见前文），给儿子讲我在故乡的童年岁月，讲放牛生涯的生命感悟。我要说，志坚的牛与传统画史中的牛不一样，也与当代画牛名家笔下的牛不一样。区别在哪里？无论是在古代的陈敞、韩滉、戴嵩、智融和尚，还是当代的刘海粟、潘天寿、李可染、赵望云笔下，牛，要么是一种寓意吉祥的动物，要么是一种任劳任怨辛劳奉献的劳动工具。只有到了志坚笔下，牛才定位于与人完全平等的主人。志坚的牛不再强调它作为被驯化了的动物属性，不再浓墨重彩渲染它辛劳奉献的气质，而是把牛当成人来抒写它的爱恨情仇和酸甜苦辣。拟人化的画牛美学让牛闲适起来（《荷塘清趣》）、温柔起来（《又唱晨曲摆秋千》）、勇敢起来（《勇往直前尔可敌》）、狂欢起来（《铁流》）……牛构成与人类完全异形同质的情感结构，于是，作为牛的背景的湘中山水、花鸟、人物也同样脉脉含情起来。我的那头牛在我高一那年老死，那一天上午我在上第三节课，生产队长急吼吼地把我从课堂上揪出，我来到生产队的牛栏门口，大水牯羸弱不堪，一群老人烧着纸钱端着供品陪它走过最后的生命历程。我看见它温柔而悲伤地望着我，流着泪。我相信志坚有过我这样的乡村体验，不然他不会画出这样的牛。对牛的这种亲情的、日常的、平等的感情，建立了中国画与牛的崭新关系，这是志坚创作中最富有价值的部分。正是确认了这一点，我们才有可能深入认识画家王志坚先生的某些独特性。

首先，志坚的创作实践清楚地显示，他深入研究过传统，也临摹过不少大师的作品，但他没有深陷其中，也没有直接师承于某某，这让他最终没有按照传统的套路去走。他也没有留下学院的因袭和积习，这使得他享受塞翁失马之乐。此正暗合了五代董源的心得："师今人不如师古人，师古人不如师自然，师自然不如

序之四

师造化。"志坚就在故乡这座神庙里开悟，大自然的花开花落云卷云舒，大地的成长和衰败，造化的惊喜和无常，成了他最重要的老师。

其次，志坚早期的工笔画磨砺，不仅没有成为他写意创作的拖累和限制，反而为他劈出了一条写意写实主义的新路。众所周知，无数工笔画家在年岁渐长之际都选择向写意转型，少有成功先例。志坚对写实主义路线的坚持，一定是认同徐悲鸿先生的一个观念，即面对"空洞浮泛"的文人画痼疾，"只有写实主义足以治疗"。徐悲鸿倡导以西方的写实主义传统改造中国的文人写意传统，而王志坚践行以东方的写实主义传统工笔来深化中国写意。于是，志坚的作品以大量的细节来描摹时序的转换、情绪的起伏。他的画作既有工笔的严谨，又有写意的灵动；既能在用墨用色上良好保持写意的大气大胆，又不失生动准确的造型要求。这种写意写实主义或写意工笔化的创作方法，是志坚作为少有的工笔画家成功转型的秘诀，也暗合了中国写意传统现代化的正确路径，体现着志坚超越笔墨表现、善于思考的个体特征。

志坚之所以在写意中坚持写实，排除风格主义的自我标榜，是因为他把表现"对象世界"——故乡大地看作自己的最高目标。他无意炫耀自己的笔墨功夫，让人着意他的笔情墨趣。他只想把观者引入他描绘的那个富有诗意的对象世界。在这个意义上，他是忘我的。和一切优秀作品的奇异构成一样，志坚把存在带出后自己立即消失。志坚的作品不是作为大地之上的一个可对象化的制造物而生存，它的存在和大地本身融为一体。大地之上，我们和作品没有间隔，他的作品的意义仅仅在于帮助我们感悟大地的意义。

　　大地已经一片狼藉。海德格尔在解读凡·高的《农民鞋》时，曾诗意地抒发来自大地的话语："在这农民鞋里，回响着大地无声的呼唤，成熟谷物的宁静馈赠及其在冬夜的休闲荒漠中无法阐释的冬眠。这器具聚集着对粮食稳固性无怨无悔的焦虑，以及那再次战胜了贫困的无言的喜悦，隐含着分娩时阵痛的哆嗦和死亡逼近的战栗。"透过"农民鞋"，海德格尔依稀看见"夜幕降临，这双鞋在田野小径上踽踽独行"。海德格尔对凡·高作品的解读，为理解志坚创作提供了一把钥匙：他不想让喧嚣的市声淹没自己，他要实现海德格尔所说的对大地故乡的回返。

　　今天，福克纳"邮票般"大小的故乡和马尔克斯的布恩迪亚家族均已举世闻名。而莫言的高密、张承志的西海固和韩少功的马桥，也由于对工业文明一体化力量的隐秘抗拒，红遍中国并走向世界。志坚笔下的湘乡，是多么富有神性的土地。志坚对湘乡乡村生活的诗意抒写和动情描摹，表明他是一位真正意义上的大地守梦人，他的歌唱就是土地自然而然的歌唱，他的呈现就是土地自然而然的呈现，他的美好就是工业文明终将低头致意的美好。这，或许就是画家王志坚先生在乡村被四面楚歌所包围的时代出现的意义。

2013 年 8 月

一

湖南有条江，湘江，因了她的北去，好多人都视之为湖南人性格叛逆的象征。其实湖南还有一条江，汨罗江，江水一直往西流，在汨罗市磊石镇注入洞庭湖。北去的湘江和西去的汨罗江，对"大江东去""一江春水向东流"固有认识的颠覆，当然来源于三湘四水所构筑的独立苍茫的地理环境，也确确实实成就了湘人经世致用、忠诚血性、忧国忧民、自强不息的族群共性和精神气候。

作为湘人的后代，我知道幕阜山和汨罗江本是多么平凡的存在，正如我知道我的先辈是多么普通和平庸。但是，当彭见明以他的生命灌注这山这水这人，展现出我的先辈那熟悉得近乎陌生的生命形态时，我知道，《寒门之暖》这部纪实文学作品将成为当代文学史上一个独特的存在。独特在哪儿？彭见明有正常的叙述、正常的姿态和正常的评判。

**"聆听到来自家族渊源深处的涛声"**

《寒门之暖》的叙述之所以是正常的，就因为彭见明不允许用条文概念固化历史，也不指望自己掌管历史规律的解释权。他通过回忆自己的九位长辈——太祖母、曾祖父和曾祖母、祖父和祖母、外公和外婆、父亲和母亲，真切地感到"一个家庭是一条河流，我有幸最大限度地看到了这条河流的长度和鲜活，从以上四代长辈的身上看到了自我的形成。我在一个层级完整的羽翼下长大，源源不断地聆听到来自家族渊源深处的涛声"。

彭见明的自我定位就是"看"和"听"，因此他的叙述不疾不徐，完全根据自己的感觉抒写自己的亲身经历，这样的叙述使我们熟悉的历史焕然一新，格外严峻的抗战救亡，格外紧张的阶级斗争，格外敏感的恩仇爱恨，随着生活原生状态的叙述展现，或松弛，或消泯，剩下的只有对历史的深层理解。

彭见明不再把历史作为心灵的外在物，而是把自己活跃、能动、善感的主体整个融在历史之中。主体与历史一同跃动、一同共振的结果，是作品一切的情节、背景、场面、人物全部被作家的主体情感所浸润、温热、拥抱，出现许许多多新鲜的诗意、发现和奇想！

"我的崇拜"这一章中写老祖父年轻时梦中揭宝，获几麻袋银圆，让手下的伙计们"见者有份"。那场面的精彩，那细节的准确，那人物的传神，那乡约背景的导入，活生生地将睡梦时分的无意豪赌变成梦醒时分的皆大欢喜。到新中国成立时大多被划为地主富农，他们的老板——作者的老祖父却只"评"了个下中农成分。勤劳的、很用心的、讲义气的老祖父怎么破产，怎么一蹶不振，怎么在漫长的后半生中安天乐命，是命运的玄机，也强烈地显示出历史评判尺度的或然性。

## 抓住历史与当代的"精神联结"

彭见明每一个长辈的经历都有沉重的内核。像老祖父，"手头宽裕的时候，这地方上下十几里的人家，恐怕都借过他的钱，他这人大方，只要人家开口，只要荷包里还有货，没有不给的"。但日本人打进来后他家业败了没人还钱，后来解放了也没人还钱，老祖父通达，临死前叫后辈将一箩筐账本烧掉，断了后人日后要账的念想。

在《寒门之暖》里，彭见明正常的叙述中还有一个坚硬沉重的内核，就是祖母的"会打瞌睡"：干活儿干得实在支撑不了能够靠着墙睡，坐在椅子上睡，与人说着话低头就睡。因为祖母嗜睡的遗传，"迄今为止，流淌着我祖母血液的后裔已逾百人，好像还没有发现患过失眠症"。想一想，这与《百年孤独》中的魔幻现实主义多么吻合！

而这种来自时代对个体身体与心灵的压迫所造成的疲惫，真实得让我们陌生。彭见明不是被历史的沉重所震惊因而作为历史的追述者，而是企图感动和激活历史的当事人，他既把自己的

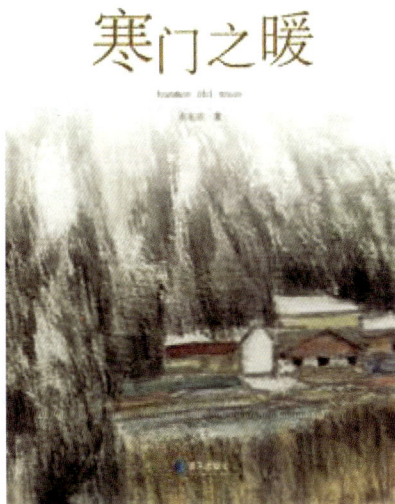

133

生命融入历史，又把自己化成人物，这样他的创作就势所必然地突破规定情景，写出他不可能知道的历史当事人的隐私、瞬间筋肉感觉和刹那间的微弱情绪。他的一个叔父居然练成了一边走路一边打瞌睡的本领，"但有一个条件，他不能领先也不能断后，必须居中，只要前后响着脚步声，他就会睡得安稳，前面的脚步上坡，他可跟着高抬脚步。碰到缺口，前面跳跃，他也能用同样的尺度随着跳跃"。

借助"嗜睡"这个真实得有些魔幻的"梗"，彭见明给予我们百年如一瞬的奇特感觉，历史中有现实，现实中有历史，实际上历史是一个生生不已、无止无休无尽头的过程。正因为抓住了历史与当代的"精神联结"，抓住了民族文化心理结构的传承与因袭，《寒门之暖》没有抛弃历史的真实性、客观性和本质精神，而是用历史主体化将这种真实、客观和本质精神带上了当代人的体温。

## 超越对农民文化苍白的批判或虚幻的赞美

20世纪末的中国乡村是乡土中国的最后风景，高度发达的农业文明在城市化大潮的冲击下行将崩溃。"最后的乡村"这一无形的悲剧氛围造就了一位真正的乡村抒情作家彭见明。他以甜润的歌喉咏唱着属于这最后的乡村的美丽的忧伤、淡漠的希望，至情至性的文字表达了他对乡土中国的深切了解和对普通人命运的无限关注。

彭见明在中国当代文坛是一个独特的存在。读他的《那山那人那狗》《大泽》《平江》《玩古》《寒门之暖》，仿佛他就是一个旧世纪的送行人，他的眼里有似血的夕阳和如海的苍山，但暮色苍茫中并不尽是萋萋芳草、古道西风和遍地废墟，他的眼里更多的是漫山遍野生生不息的苦竹直指苍天，遍地夕烟中稼禾拔节的脆响响彻大地。

彭见明不是充当忧郁的凭吊者和旁观者痛诉家史，而是以与平民百姓分享艰难共担困苦的姿态，从整体上超越了以往对农民文化苍白的批判或虚幻的赞美，将自己的努力融入农民的耕耘和憧憬之中。这是他历史主义评判与道德主义评判达到高度一致的产物。

中国现代文学史关于家和家族的题材数不胜数，对封建文化的批判一如既往，对社会启蒙进步的渴望一如既往。这无疑是正确的，"重要的是教育农民"，于是，有了农民题材小说中几成永恒的启蒙与批判主题。但历史的事实是，在中国走向现代化的顺境中，农民是毋庸置疑的历史推动者；在中国走向现代化历程中经受挫折时，农民群体是毋庸置疑的最大的苦难承受者。当我们目睹平江彭家第五代、第六代浩浩荡荡地成名成家、发家致富的伟大景象，应该认识到一个最基本的真理——农民是最信共产党、最跟共产党的，重要的是教育干部，重要的是党的干部要制定好政策和执行好政策。党的十一届三中全会以后出台的一系列解放思想、改革开放、尊重人性的政策，四十年间就将几千年乡土中国"聚族而居，立祠而治"的悠久传统彻底打破，村社作为家庭（"血亲"）的延伸，由于乡村与城市二元对立的消融，封建宗法制度形成的乡村超稳定结构应声瓦解，农民这个卑微的群体一夜之间成为中国工业化、现代化的廉价劳动力和起飞加速器。

《寒门之暖》之所以截然不同于现当代农民题材文学作品主流的"启蒙""批判"主题，或许是因为他完整地经历了这段加长的历史，或许是因为他对既成的历史评价、结论有朴素的反叛，形成了自我的独立思考。"他们就让我看着他们怎么活，将千言万语隐藏在他们活着的全过程中，像一本无言的书，他们坚信我能在书中读到什么。言传是苍白的，身教是厚重的。"彭见明最后的陈述，以致敬的姿态为全世界最发达的乡土文明送上了赞美，以致敬的姿态为全人类最文明的血亲关系送上了颂歌。这就是历史唯物主义，这就是实事求是。

2019 年 5 月

# 送别李中原先生

一

十八年前，中原先生刚到深圳大学，经由朋友介绍到我办公室做客，送了我一幅字，聊了一会儿天，就飘然而去。然后，我们就像深潜大海里的两条鱼再无交集。一直到去年，在一次饭局上听到涂蓉辉女士谈到他的创作，我才有了与他的再次握手。

我两次专程到他的工作室看他的作品，真正是眼前一亮，立即被他笔墨间的那份虔诚所感动。看得出来，他是长年累月在师法先贤，师法的范围很广，师法的年代也很宽。在昨晚，这一看法得到证实。——在网上，我查到他出版过《隶学概论》《中国书法史》《书用汉字字辨》等大著，并有"深入传统，全面发展"的自我期许。我非常看重中原的这份虔诚。中国书画作为与京剧、中医并列的国粹，如果没有对它悠久而灿烂的遗产进行深入体认，谈何突破和创造？

中原的这份虔诚与他的手艺人世家有关。中原出身寒门，即使当了大教授也不忘自己有个"才华横溢的手艺人父亲"。他或许不知道，正是这位手艺人父亲遗传给了他艺术的密码和虔诚的心态。三十多年前在故乡湘中生活时的情景历历在目：木匠师傅在房屋上梁时的沐浴焚香、跪地祭拜，漆匠师傅面对漆件时的冥思

137

苦想、念念有词……在我少年的心灵中留下过深刻的印象。书画艺术，就形而上的层面而言，复杂深奥，千言万语也说不清，相比之下，形而下的层面就简单明了许多，书画，手艺耳！书画家，手艺人也。千年中国，各类手艺，代代相传，跪地祭拜和念念有词都是对先师的追思，在这份虔诚中，才有了对自身手艺的尊重和信心。在中原之前，齐白石是第一个不忘自己是木匠出身的故乡画家，他多次坦言木匠出身对他艺术创作的赋予。这种赋予，事实上也体现到了李中原的艺术创作中。

中原在书法艺术中以行、草见长，篆、隶、楷亦无一不精。其行、草动中求静，笔法古厚；隶、楷静中求动，笔法遒劲。正是因为坚持"深入传统，全面发展"的自我期许，上下求索，他的行、草融汇篆、分笔法，得以圆浑苍健，内蕴古气；作籀篆、分、真融汇行草笔法，得以跌宕俊朗，外显逸气。手艺人特有的切磋之心琢磨之意，使他想都不想把自己的个性凌驾在古代大师们的头上，而以对古代大师的全面融会贯通造就了自己的鲜明个性。刘熙载《艺概》云："书者，如也。如其学，如其才，如其志。总之曰如其人而已。"用在中原身上，恰如其分。

中原的绘画擅长山水，追求苍浑华滋的大美画风，同中国画界时下的制作风气相比，有着四十余年书法功力的他坚持"书画同源"，推崇"写"的画旨，恣性任情，自由挥洒；同时下强调"写"的新文人画风相比，他更执着于"法"的追求，虽恣情任性，却笔笔着意，一如其书法，起、收及过笔之挥运使转，皆具法度，经得起推敲。中国山水画竖画三寸，能尽千仞之高；横墨数尺，能体百里之迥。以一管笔拟太虚之体，以一点墨摄山河大

極高萬仞<br>
復輝世蒼<br>
範間幸明<br>
耀余凊煙<br>
清奇出山<br>
壬辰洗硯

武陵秀色六条屏（其一）

地，笔墨融汇了多少古代大师的心血。从中原的山水画中，我真的看到了历代大师们不死的生命之流，更看到了中原自己不息的生命创造。

我的这些感受在关于中原的众多艺评中得到了证实。去年，我曾三次分别陪同何满宗（湖南省书法家协会主席）、李世南（著名画家）、王鲁湘（著名美术评论家）去中原的工作室。何满宗先生兴奋得当场题写"民族风格大家气象"相赠，李世南先生下楼后发现中原所赠书法作品未拿立即折返，而鲁湘老师私下跟我说"中原先生书法已臻一流，山水也自成气象"。另外，他还兴致勃勃地叮嘱我："你好好关注这位画家，如果需要在京城推广，你带他来找我。只有李可染先生将北方山水和南方山水做了很好的融合，中原在这方面也有很好的尝试，真想不到在深圳有这样坐冷板凳的好书画家！"

墙内开花墙外看。十八年，我没在深圳的媒体上看到过关于中原先生一言半语的评介，他就走了。2014年3月9日下午，55岁的李中原先生在广州中山大学附三医院撒手人寰，留下一个孤独的背影。

接到中原先生逝世噩耗的这几天里，我心情久久不能平静。在感叹生命如此脆弱，给自己发出警告的同时，我想说，中原先生在深圳的遭际，也给这座城市发出了警号！

也是在十八年前，我在《一个画家和他的文化命运》一文中写道："一颗又一颗的流星借这座城市的生产力之光，划过炫目的抛物线坠落，为什么这座城市就不能以自己的力量点亮属于自己这座城市的恒量呢？我们不能忍受别人视这座城市为'文化沙漠'，我们冲动地发出'引进大师'的豪言壮语，但是，大师湮灭在这座城市不是比这座城市被视为'文化沙漠'更为恐怖的事情吗？"今天，该文的主人公李世南先生早已定居北京，我尊敬的王子武先生也已去了北京（李、王两位都是 2013 胡润艺术榜 100 强人物），在国内画坛声名鹊起的曹明求刚一退休就回了湖南……十八年间，政府对文化事业的投入如此巨大，对文化产业的发展如此关注，为什么我们就没有建立起一个上好的艺术生态链呢。想一想艺术生态链中的主要元素，艺术家、艺评家、艺术杂志、艺术经纪人、画廊、拍卖会、收藏家，艺术家是肯定存在的，收藏家是非常强大的，可艺术生态链中的其他元素是不足甚至阙如的。这取决于这个城市文化人群体的创造力，也取决于这个城市企业家群体的眼光。

多年以前，中原先生写下《生命之流——书法家欧阳允文先生研究》的大文，悼念、研究吾乡先贤。他深情写道："高山景行，清芬裕后。欧阳允文先生以高尚的人品，精湛的书艺、深邃的思想，汇成一曲'生命之流'，为我们留下了可贵的精神遗产。"今天，当我送别中原先生，我知道，他的生命之流也会沾溉后人，流芳百世。这不仅仅是因为他发明的"黄金分割习字法"已在我国书法教育中广泛应用，在湖南、深圳两地培养的学子已经成千上万，也因为他的书画作品一定会有一个被重新认识的过程。1997 年香港回归祖国，中原先生为矗立在罗湖桥头的巨型纪念碑题写碑名碑文，或许有一天，这座城市也会为他题写碑文。

2014 年 3 月

墨写的肝胆

一　　　　　　　　　　一

　　我的老家湖南省双峰县出两类人，特别聪明的人和特别笨的
人。先讲特别聪明的人，从 20 世纪 80 年代中后期开始，家乡一
大批人开始做假证件，假驾照假士官证假文凭……硬生生将假证
件做成了一门风靡全国的大生意。在相对自由的迁徙的三十年岁
月里，这些特别聪明的人能复制所有的公章，能描摹所有的字迹，
能制造真假难辨的所有证书，当然能赚大钱，于是家乡的洋房如
雨后春笋般遍地开花，一派繁荣昌盛的社会主义新农村景象。再
讲特别笨的人，两百年前的曾国藩就笨得要死，他背诵一篇小古
文，左一遍右一遍还结结巴巴，惹得藏在书房房梁上的小偷大为
光火，直接从房梁上跳下来指着曾国藩说："你读了这么多遍，我
都倒背如流了，你居然还不会背，从未见过你这么笨的人！"小偷
背着手一字不差地背诵了一遍，扬长而去。
　　七年前，我在老家认识了一个叫邹德理的笨人，是老家父母
官龙燕青先生介绍的，他说这是个笨人，在家种田青黄不接，出
门打工丢三落四，日子过得紧巴巴的，但有一个优点，就是字写

得好！我一向充满好奇心，心想堂堂国家级书画之乡，竟然有个笨人的字被县长高看，就直接约他喝茶。半个时辰过去，胡子拉碴、言辞木讷、个小体弱的邹德理出现在茶室。

## 二

邹德理的字确实写得好。

在晴耕雨读、崇文尚武的湘中地区，我们从小就被父母、老师灌输"字是敲门砖"这条真理。邹德理的父亲和哥哥都是乡里写字的高手，红白喜事写对联，批林批孔写黑板报，计划生育写宣传标语，方圆几里地都是他们父子俩包干，而年幼的德理看在眼里，记在心头，十来岁毛笔字就写得有板有眼。然后，他就成了一个叛逆的文学少年，字不练了，数理化不学了，他当然考不上大学，当然也没有成为作家。心比天高命如纸薄的邹德理只能走上打工的道路，在珠江三角洲的几个城市里留下艰辛搵食的身影。幸亏少年时代所播下的书法种子拯救了他的热爱，他拜师湘中书法名家邓业发先生临习欧体，业发先生将临习欧体行楷的要诀一一示范，然后讲了两句话，第一句是"楷书毫发定生死，必须结构严谨，笔画精到"，第二句是"你有没有努力，天知道"。邹德理牢牢地记住了，还把第二句定为自己一生的座右铭。

从 20 世纪 80 年代后期到 2010 年，二十年左右时间，他在县城开过建材店，在广东多个市县打过工，他的日程一直是早晨六时起床，练字一个半小时去上班；下午六时下班，刨去吃饭洗漱的时间，保证写字三小时才睡觉。日复一日，月复一月，年复一年。打工在外，他所带的日用品总丢三落四，唯有毛笔和字帖绝对保存完好；他不住工棚，宁愿多花一些钱都要租间小房静心练字；他大多时候选择当油漆工，宁可多吸些甲醛气体，也要保证自己手腕有力、精神充足。我不愿花大幅笔墨详述他在太太生病期间和儿子上大学期间的困窘惨状，我只想说，邹德理真正印证了伟人所讲"世上无难事，只要肯登攀"这句真理。

"你有没有努力，天知道"，就像一个警告，让邹德理把一个"勤"字做到了极致。一个农民要成为书法家有多难？邹德理自述："每次国展，我的作品总是一如既往地投，也总是一如既往地泥牛入海。我记得有的国展我最多投过四幅作品，写小楷，一幅作品要四五千字，这么多字，没有时间是弄不出来的，于是只好疯狂地侵占晚上的休息时间。经常是一壶茶一盒烟陪着，不知不觉就到了凌晨三四点钟，但早晨七点必须准时起床，那时老婆在长沙打工，子女由我带，不能耽误孩子上学。送孩子上学，然后自己上班。每天如此，竟毫不觉得累，因为我坚信，功夫不负有心人。"中国书法家协会主办的兰亭奖、书法篆刻展、刻字艺术展、册页书法作品展、书法篆刻大赛等俗称"国展"，有一年一次的、有四年一次的，每次展览几万几十万人投一稿或多稿，入展作品最多最多也只有三百件，难不难？一个农民要成为一位书法家，那就是鸡毛上天难上加难，但纯粹摸着石头过河的邹德理做到了。2013年和2015年两次国展的成功入选，让他理所当然地成为中国书法家协会的会员。

众所周知，小楷最考验一个书法家的心性和功底。邹德理的小楷结字精妙、方圆兼施，点画劲挺、严谨工整，笔力凝聚、流韵绵长。一个"勤"字，显然达不到这种境界；关键是思，是邹德理的体悟。邹德理自述："由于欧体法度森严，取势险峻，我改学魏碑张黑女，佐以散淡温润。自从我的一幅小字作品在市里入展之后，我增加了写小楷的信心。决定以后以小楷冲刺国展。最初我学钟繇，钟繇的帖有很多，但我最喜欢的还是《宣示表》，结体宽博，用笔劲挺而又不失温润。其他的，像《荐季直表》《贺捷表》等帖，太高古飘逸，当时我还写不来。钟繇之后，我改学王羲之的小楷。我于王楷用功最勤，尤喜《孝女曹娥碑》，疏朗而不失茂密，工稳又带行意，去钟字而未远。《黄庭经》《乐毅论》和《东方朔画像赞》等帖，也没少用功。后期，才出入赵孟頫的小楷，赵楷集前人之大成，碑帖兼糅，简约整合，力量内含，妙臻毫巅，一派雍容华贵气象。赵字虽好，但学他一不小心就会把字写俗，因为赵字都是学识养出来的，一般人达不到那境界，所以我时常提醒自己以王字当家，赵字辅之。而且还要多读书，一直强迫自己死记硬背，《中庸》《大学》《论语》《孟子》这些经典差不多都能背了……"俗话说，师傅领进门，修行在个人。邹德理的学书之路完全是他自己摸索出来的，明眼人一看就知道，他既遵循了书学的历史逻辑，又合乎自己的心性志趣。这不是一般书家能做到的，多少人吊死在一棵树上？又有多少人东学一点西学一点只留下江湖习气和皮毛书法？是深厚的文化积累和深刻的书学悟道成就了邹德理。

# 三

湘人在中国近现代史上有相对集中的种族特征：经世致用、忠诚血性、忧国忧民、自强不息等，这是三湘四水所构筑的独立苍茫的地理环境所孕育，也是二百年湘人为生民争独立、为民族争自由、为国家争富强的强大气场所累积。在观摩邹德理书法作品的过程中，我神奇地联想到湘中地区当代的书法名家如邹惕予、欧阳允文、邹传安、鄢福初、龙开胜等，他们大多从欧体入门，这是不是对先贤欧阳询的致敬呢？然后，他们大多能做到篆隶楷行草五体皆备，风格各异，这是不是书学成功的规律呢？我深深地为邹德理笔墨间的那份虔诚和恭敬所感动。

近几年，邹德理花大力气以曾国藩的经典格言、对联、家书、奏折为对象创作自己的书法作品，对此我眼前一亮，认定他走上了一条情感充沛与法度严谨的书法新路。首先，他和曾文正公同为湘乡中里人（今双峰县），从小到大耳濡目染文正公的文治武功，必有特别的亲切感和崇敬感，这自然而然地激发出他强烈的乡愁意识。民国书画大家符铸评价曾国藩的书法成就："曾文正公平生用力至深，唐宋各家皆有尝习，其书瘦劲挺拔，欧、黄为多，而风格端整。"王羲之、王献之、欧阳询、李北海、颜真卿、柳公权、黄庭坚、赵孟頫等中国书法史不朽的大家，曾文正公临习过，邹德理也临习过。这正应了耳熟能详的一句俗语：一方水土养一方人。

其次，曾国藩作为立德立功立言"三不朽"的完人，冯唐根据梁启超编写的《曾国藩嘉言钞》，对曾国藩的金句（冯唐语）三

曾国藩《岁暮杂感》二首（行书）

言两语地写一点粗浅的心得体会，就成就了《成事》一书的百万畅销。可见，曾文正公修身齐家治国平天下的方法论家喻户晓，深入人心。在满街都是书法家、画家、文学家的今天，邹德理找到曾文正公这样的顶级人物题材 IP，既是近水楼台的幸运降临，又是慧眼独具的眼光所至。想一想，国人家中厅房中挂的所谓书法作品，不是"家和万事兴""和气生财"，就是"宁静致远""厚德载物"，哪里有曾国藩的个性和智慧！在会议室挂一幅"禁大言以务实"，国家会富强；在课室中挂一幅"第一要有志，第二要有识，第三要有恒"，学风会转变；在厅堂挂一幅"勤于邦，俭于家，言忠信，行笃敬"，家庭必兴旺；在书房挂一幅"智慧愈苦而愈明"，读书必精进。用冯唐的话说，曾国藩就是金句大师，他的书中遍地黄金。

　　而最最重要的一点是，邹德理对曾文正公经典的格言、对联、家书、奏折的书写绝不是临摹，而是情感充沛的创作。就像苏芮的《牵手》：因为爱着你的爱，因为梦着你的梦，所以悲伤着你的悲伤，幸福着你的幸福。因为路过你的路，因为苦过你的苦，所以快乐着你的快乐，追逐着你的追逐……邹德理深度沉浸过文正公的原作原件，闻得到他的气味，摸得到他的体温，清晰地知道他爬过多少险峻的山，明白地数得出他渡过多少湍急的水。宋代禅宗大师青原行思体悟出人生的三个境界：看山是山，看水是水；看山不是山，看水不是水；看山还是山，看水还是水。正暗合着邹德理书写文正公的心路历程，始读是山，高山仰止，惊喜莫名；再读不是山，云山雾罩，迷惘莫名；最后，山还是山，清醒莫名。自然而然地，邹德理笔墨流淌着自己的血自己的泪自己

# 文心雕龍選鈔

文之為德也大矣，與天地并生者何哉？夫玄色雜，方圓體分，日月疊璧，以垂麗天之象；山川煥綺，以鋪理地之形：此蓋道之文也。仰觀吐曜，俯察含章，高卑定位，故兩儀既生矣。惟人參之，性靈所鍾，是謂三才。為五行之秀，實天地之心，心生而言立，言立而文明，自然之道也。

傍及萬品，動植皆文：龍鳳以藻繪呈瑞，虎豹以炳蔚凝姿；雲霞雕色，有逾畫工之妙；草木賁華，無待錦匠之奇。夫豈外飾，蓋自然耳。至於林籟結響，調如竽瑟；泉石激韻，和若球鍠：故形立則章成矣，聲發則文生矣。夫以無識之物，鬱然有彩，有心之器，其無文歟？

人文之元，肇自太極，幽贊神明，易象惟先。庖犧畫其始，仲尼翼其終。而乾坤兩位，獨制文言。言之文也，天地之心哉！若乃河圖孕乎八卦，洛書韞乎九疇，玉版金鏤之實，丹文綠牒之華，誰其尸之，亦神理而已。

自鳥跡代繩，文字始炳，炎皞遺事，紀在三墳，而年世渺邈，聲采靡追。唐虞文章，則煥乎始盛。元首載歌，既發吟詠之志；益稷陳謨，亦垂敷奏之風。夏后氏興，業峻鴻績，九序惟歌，勳德彌縟。逮及商周，文勝其質，雅頌所被，英華日新。

文王患憂，繇辭炳曜，符采複隱，精義堅深。重以公旦多材，振其徽烈，剬詩緝頌，斧藻群言。至夫子繼聖，獨秀前哲，鎔鈞六經，必金聲而玉振；雕琢情性，組織辭令，木鐸起而千里應，席珍流而萬世響，寫天地之輝光，曉生民之耳目矣。

爰自風姓，暨於孔氏，玄聖創典，素王述訓，莫不原道心以敷章，研神理而設教，取象乎河洛，問數乎蓍龜，觀天文以極變，察人文以成化；然後能經緯區宇，彌綸彝憲，發揮事業，彪炳辭義。故知道沿聖以垂文，聖因文而明道，旁通而無滯，日用而不匱。易曰：「鼓天下之動者存乎辭。」辭之所以能鼓天下者，乃道之文也。

夫鑒周日月，妙極機神；文成規矩，思合符契；或簡言以達旨，或博文以該情，或明理以立體，或隱義以藏用。故春秋一字以褒貶，喪服舉輕以包重，此簡言以達旨也。邠詩聯章以積句，儒行縟說以繁辭，此博文以該情也。書契決斷以象夬，文章昭晰以效離，此明理以立體也。四象精義以曲隱，五例微辭以婉晦，此隱義以藏用也。

故知繁略殊形，隱顯異術，抑引隨時，變通適會。徵之周孔，則文有師矣。是以論文必徵於聖，窺聖必宗於經。易稱「辨物正言，斷辭則備」，書云「辭尚體要，弗惟好異」。故知正言所以立辯，體要所以成辭，辭成無好異之尤，辯立有斷辭之美。

三極彝訓，其書言經。經也者，恆久之至道，不刊之鴻教也。故象天地，效鬼神，參物序，制人紀，洞性靈之奧區，極文章之骨髓者也。皇世三墳，帝代五典，重以八索，申以九丘，歲歷綿曖，條流紛糅。自夫子刪述，而大寶咸耀。于是易張十翼，書標七觀，詩列四始，禮正五經，春秋五例。義既埏乎性情，辭亦匠於文理，故能開學養正，昭明有融。

然而道心惟微，聖謨卓絕，牆宇重峻，而吐納自深。譬萬鈞之洪鐘，無錚錚之細響矣。夫易惟談天，入神致用。故系稱旨遠辭文，言中事隱。韋編三絕，固哲人之驪淵也。書實記言，而詁訓茫昧，通乎爾雅，則文意曉然。故子夏歎書「昭昭若日月之明，離離如星辰之行」，言昭灼也。詩主言志，詁訓同書，摛風裁興，藻辭譎喻，溫柔在誦，故最附深衷矣。禮以立體，據事制範，章條纖曲，執而後顯，采掇片言，莫非寶也。春秋辨理，一字見義，五石六鷁，以詳略成文，雉門兩觀，以先後顯旨，其婉章志晦，諒以邃矣。

至根柢槃深，枝葉峻茂，辭約而旨豐，事近而喻遠。是以往者雖舊，餘味日新。後進追取而非晚，前修運用而未先，可謂太山遍雨，河潤千里者也。故論、說、辭、序，則易統其首；詔、策、章、奏，則書發其源；賦、頌、歌、讚，則詩立其本；銘、誄、箴、祝，則禮總其端；紀、傳、盟、檄，則春秋為根：並窮高以樹表，極遠以啟疆，所以百家騰躍，終入環內者也。

若稟經以制式，酌雅以富言，是即山而鑄銅，煮海而為鹽也。故文能宗經，體有六義：一則情深而不詭，二則風清而不雜，三則事信而不誕，四則義貞而不回，五則體約而不蕪，六則文麗而不淫。

文心雕龙选抄（小楷）

的肝胆，笔锋所到之处，如执长枪，跃马沙场，目空一切，有横扫千军之势，好不壮哉！笔锋离纸之时，如百步穿杨，干净利索，恰到好处，令人拍案叫绝，好不快哉！

　　故乡苍茫，近现代史上最著名的模范乡村早已离我们远去。聪明人让故乡背上了"中国假证之乡"的恶名，一波又一波的严打让卷入其中的乡亲受尽刑罚，人抓了，楼塌了，"贫困县"的帽子去年才摘掉。笨人曾国藩在九泉之下一定在默默流泪，他对故乡的挺拔之力、眷恋之深是破天荒的。笨人邹德理先生对书法艺术的虔诚和恭谨让我感动，他做人的拙诚笃实、肝胆深情，让我与他会面时经常有热泪盈眶的冲动；他对先贤曾国藩文稿的理解和书写，让我看到故乡文脉薪火相传的曙光。邹德理这样的真君子真书家，在这个世界已经很少很少，我期望有更多的乡党善待他，更多的方家抬爱他！

2020 年 3 月

一

20世纪90年代初，家兄早逝，老家只剩年逾古稀的父母亲和刚上小学的侄儿侄女。正应了"父母在，人生尚有来处"这句话，我有近二十年时间在深圳和老家之间奔波，春节期间陪父母亲过年，清明时节随父亲扫墓，中秋节或国庆节给父母问安，间或还要为侄儿侄女择校读书做公关。少小离家，如果没有父母在，我真不敢确定自己和故乡的关系。

就是在这段时间里，我不自觉地参与到故乡的一场声势浩大的文艺复兴运动之中。李蒲星先生讲，"湖湘之盛，始于湘军；双峰之盛，始于憨山。"作为一个文化人，我较早地和王憨山、曾彩初等乡里老先生相结纳，并为这两位"乡里人"从南到北的征服做了一些小事。双峰之盛，指的是双峰书画创作之盛；肇始之人当然是王憨山，但也不能没有曾彩初。"湘中一师表"的曾彩初是真正古典的艺术家，其以篆书和墨竹为主体创作的文人画为世人称道。以王憨山和曾彩初扛鼎的这场文艺复兴运动，惊动了艺术界，带动一大批本土的中青年加入到艺术创作的队伍中，吸引了中国乃至世界的收藏家蜂拥而至走马街和永丰镇。而本文的主角朱卫平，就是这场运动积极的参与者和坚定的推进者。

二

大概是 2000 年左右吧，我第一次见到朱卫平，一眼看去，他个儿小而神丰，既像儒雅洒脱的中学老师，又像内功深厚的武术把式。在崇文尚武的湘中地区，这种人就是父母在我小时候屡屡告诫的"真人"，所谓"真人不露相""出手真功夫"也。走进他偌大的画室，心里就感慨小县城的日子真好过，百把平方米的大厅四壁全是他的山水画。细细看来，朱卫平的山水画创作有熟练的笔墨技法，有传统的构图能力，皴染得当，画面工整，但没有特别让人心动的东西。我的硕士学位论文《论魏晋南北朝文学中山水意识的兴起》，对中华民族山水意识的觉醒有很认真的梳理，我知道，中国绘画发展史是伴随着山水意识的觉醒而丰富和发展的。山水画从一开始就指向中国哲学的纵深，儒家的仁山智水和道家的天人合一，胸中丘壑与纸上林泉的同频共振，才会孕育出更好的山水画家。我委婉地讲述，他听得很认真。嗣后的二十年，朱卫平就像湘中山间常见的松树，坚强地、不紧不慢地成长着，树皮坚硬，松针长绿。每一二年，我们都见上一面，那是一朵花生发成花海的灿烂，那是一汪水团聚为湖泊的安静，那是一块石子进化到城堡的雄奇。他胸中的丘壑因大量的阅读和深入的体悟，有了大江大海的意境；他纸上的林泉因勤奋的练习和肝胆的灌注，有了特立独行的气象。

152

靠山吃山

　　朱卫平山水的自觉，首先是笔墨的自觉。笔墨是中国画语言的承载者，是中国画学精华的集成和体现。朱卫平笔墨语言的形成得力于黄定初，而定初和我既是乡党，又做过一段同事。20世纪70年代定初在湖南新华印刷厂做工人，业余时间刻苦钻研版画，几年之后即声名鹊起。我1988年6月被分配到湖南省文联正式上班，那一年正是定初中年变法的第一年，好多个夜晚邀我去他家看画，简陋的画室到处都是山水画稿，而且都是小斗方和小条幅，看得出他在临摹和解构名家山水的局部细节。年少懵懂的我问他搞山水画要搞多少年才搞得出名堂，他说二十年。二十多岁的我睁大了惊讶的眼，四十多岁的他却冒出了坚定的光。1995年朱卫平拜定初为师，何种际遇和缘分我不得而知，但黄宾虹的笔墨语言一定是定初传给他的，定初是湖南画家中私淑黄宾虹山水的第一人，这有他的来信为证。

　　黄宾虹作品的画面"黑、密、厚、重"，繁到无法再繁，黑到无法再黑，乱到无法再乱。这样的山水面貌主要是黄宾虹的绘画理念使然，其主张的华滋浑厚的笔墨和画面，使其作品呈现别样风采，彰显中华民族的独特本性和山水精神。朱卫平明显地接受了定初的教诲和点拨，黄宾虹山水中的"黑、野、生"让朱卫平提升了境界和格调，他开始体悟到深刻的人文理性和山水精神，他开始悟通大道，以性情吐纳英华，他开始拥有气势。张彦远所言"骨气形似皆本乎立意而归乎用笔"，其实就是笔墨体现作品的精神状态。朱卫平面对纸上林泉，犹如面对重山叠嶂之间的真山水，真力弥漫的好气息自然而然地流荡。看到他这几年的作品《坐看云起时》《出得湖歌》《秋赋山高图》《测水春艳图》等，通篇跌宕连绵，大璞不雕，往往一气呵成，这是画家悟通大道暗合自然的理想境界。

黄定初是一个霸得蛮的狠角色，在山水画的研究和创作过程中几近疯狂，最终导致他年寿受损（73 岁去世），十分可惜。他的版画和山水画都自成气象，都来自童年和少年时代他对双峰故乡的记忆，特别是他的山水画创作，主题都是对故乡山水风物的描绘。他每年都回到双峰老家写生，然后创作出乡愁意识浓厚、云蒸霞蔚的山水画作品。我相信通过这些写生和创作，双峰成为唯一在他心底扎根的故乡，比他身处双峰时情感更深厚，比他以后生活五十多年的长沙更好。只有我知道，不是故乡成就了黄定初，而是他用他的笔墨、他的思念、他的劳累成就和美化了双峰。2014 年 6 月，作为策展人的我和深圳关山月美术馆馆长陈湘波去长沙选用"风仍在吹——王憨山 90 诞辰艺术回顾展"的作品，忙里偷闲，我们专程去拜访了定初，他待人之殷勤，谈兴之酣畅，历历在目。

朱卫平的人生履历一直局限在双峰，早年在乡镇和县电影公司做些写写画画的宣传工作，到 1995 年拜师黄定初之后就专攻山水画，成了小县城里最早的职业画家。他的勇气肯定来自王憨山、曾彩初两位艺术家开疆拓土的征服，来自黄定初的赏识和提携，定初的原话是"在朱卫平不同时期的作品中，可以看出他在不断探索、不断追求，乃至终到'心手合一，笔健墨活'的绘画境界"。做一件事就扎硬寨、打死仗，干一门活儿就迷到痴癫、弄到极致，是黄定初和朱卫平师徒俩的共性，也是湘中人代代相传的文化基因。

潇湘多夜雨 岭南有春风

——

丘壑纵横天地宽

# 三

　　我读朱卫平的画，特别欣赏他画的湘军文化系列作品。"湖湘之盛，始于湘军"，说的是湖南乡土历史的重大转折点，上下五千年中国，湖南因属南蛮之地而教化甚晚，一直寂寂无名，所谓"咸同以前，我湖南人碌碌无所轻重于天下，亦几不知有所谓对于天下之责任。知有所谓对于天下之责任者，当自洪杨之难始"（杨毓麟语）。只有到了咸同年间湘军崛起，"中兴将相，什九湖湘"成为现实，才有了湖南人在中国的地位和话语权。朱卫平的湘军文化系列作品至少应了现在最流行的一句话：望得见山，看得见水，记得住乡愁。

　　望得见山。这山既是湖湘地理中的九峰山、黄巢山、高嵋山、南岳衡山、车架山、白石峰等崇山峻岭，又是湖湘文化中曾国藩这座"五百年一完人"的高山。这每一座山曾国藩都走过，每一座山都留下了真实动人的典故。《九峰山听劝》画的是咸丰七年（1857 年）为父丁艰期间，乡贤朱尧阶在九峰山力劝曾移孝效忠的故事。《黄巢山冲天路》的险峻，《稍息亭》的顿悟，《忽见衡岳出苍茫》的惊喜，《游黄州赤壁》的沉重……是曾国藩的，也是朱卫平的。换言之，曾国藩用脚板量过的崇山峻岭，朱卫平也用心灵一丝不苟地思考过，用笔墨一分不差地皴染过。正是画家的情感投入和真气灌注，这些山有了灵魂，而曾国藩有了靠山。作为湘军主帅的曾国藩，从小山村荷叶塘走出，要爬多少座山才出得了洞庭湖（见朱卫平《出得湖歌》）；与太平军血战时，要爬多少个山头才抢占得到战场的决胜点？曾国藩身居庙堂高处，风来雨去，一定是他跋山涉水的体验支撑着他的坚持与容忍。山与人的相互依靠相互附丽，让我们这些湖湘子弟真正望得见山。

看得见水。这水既是三湘四水所构筑的独立苍茫的地理环境，更是曾国藩这位"湘军之父"和罗泽南这位"湘军之母"孕育的带有开创性质的源头活水。罗泽南以孝廉方正出身，讲学乡里，循循善诱，深知"上善若水"的道理。时逢乱世，秀才起兵建湘乡勇，其弟子如王鑫、李续宾、李续宜、李杏春、蒋益澧、杨昌濬、曾国荃、曾国葆等均成为湘军大将。读他的诗："冉冉寒香渡水涯，溪南溪北影横斜。含情最耐风霜苦，不作人间第二花。"（《题寒梅图》）"家住罗山第几曲，碧水绕门清可掬。南窗捉絮倚垂杨，北岸跳珠挂飞瀑。"（《罗山吟其二》）"甲寅六月初，旌旗下湘矶。洞庭倒巨浪，大江燃灵犀。岩岩半壁山，滔滔富池湄。长江沉铁锁，荆楚复藩篱。"（《和曾涤生侍郎会合诗》）……深受程朱理学影响的罗泽南的诗，大多有水，正合乎孔子对水的定义，似德，似义，似道，似勇，似法，似正，似察，似善化，似志。罗泽南见大水必观之必写之，此德也。我读到曾国藩、罗泽南写故乡的山和水，那真正是温柔以待热情有加，绝无霹雳手段，只有菩萨心肠。朱卫平在 2019 年根据罗泽南诗稿所创作的《望岳》《高歌一曲湘水绿》《春游》《千拱坝》《苍苍万里横秋烟》《醉来长啸湘云飞》等十八幅大画，把三湘四水的湖湘风貌写出来了，把先贤温柔以待热情有加的菩萨心肠呈现出来了。

记得住乡愁。乡愁是什么？乡愁是故土积淀的关于血亲、忧伤、光荣、梦想的记忆。乱石铺陈曲折明灭的上学路，茫茫黑夜里悬驻中天的蓝色新月，屋后柏木森森的血亲墓园，冬夜油灯闪烁中飘忽的咸同岁月，还有春日里那只呼喊着"上天去上天去"的云雀，冬日里那头逢山过山逢水过水找对手的大公牛。朱卫平的文化乡愁，体味了湘军先贤跋山涉水气喘吁吁的呼吸，过府冲州生死不明的惶恐；重温了"撑起两根穷骨头，养活一团春意思"的镇静，"身无半亩心忧天下，读书万卷神交古人"的大气，从而达到胸中丘壑与纸上林泉的高度呼应。他的画不再是自然山水的客观模拟，而是神交先贤的生命坦露，超越具象的理想表达，寻找灵魂的家园叙事。在众多文艺作品中，乡愁是寻找来的，往往指向有限的场景、特定的人和事，而朱卫平的乡愁却是董桥所言说的"立体的乡愁"，他用山水画特有的艺术手段组合具象与抽象、面相与心相、山水与人文，或者说用笔墨表现主义的态度描述故乡的山川风物上承载的精神面相，在这个意义上，朱卫平的乡愁不是寻来的，而是乡愁本身。纸上澄怀，笔底悟道。"学我者生，似我者死"，白石老人的名言应验到了朱卫平身上，他的人文山水终于与他的老师定初云蒸霞蔚的自然山水有了明显的区别。相信朱卫平会构筑出一座"望得见山，看得见水，记得住乡愁"的辉煌庙宇！

2020 年 3 月

第
三
辑

NǙBAO HUIMOU

女报回眸

寻找阳光下的风景

———

　　《女报》的读者是一个青春的群体，每天如雪片般飞来的信件
和奔涌不断的来电，时刻在向我强调这一点。在我面前的这群编
辑记者，都是刚刚从名牌大学校园里走出的小年轻，平均年龄才
二十四五岁。编者和读者这种年龄层次的高度对应，加上本刊地
处深圳这座刚满 20 岁的年轻都市，使我们产生了推出以时尚为主
题的《女报》下半月版的想法。

　　时尚是让你不由自主地沉下去的命运旋涡。木讷迟钝如我，
7 岁的时候，看着回家探亲的堂哥穿着黄军装，腰挎小手枪，小
小的心里突然就充满了奇奇怪怪的梦想，那一晚，成了我记忆中
的第一个失眠夜，因为那时当兵是时尚；17 岁的时候，我背井离
乡竟没有丝毫伤感，只有莫名其妙对未来的兴奋，因为那时读大
学成了时尚；27 岁的时候，我在许多朋友惋惜的目光中来了深圳，
自己也搞不清楚发了什么神经，许久才明白，1992 年深圳是时尚。
时尚是如此深刻地影响了我的命运，我实在无能为力。

　　毫无心机、不由自主地跟着感觉走，跟着明晃晃的阳光走，
是青春。巴尔蒙特的诗句"我来到这个世界 / 只是为了看看太阳"，
将青春的单纯和明亮表达得多么纯粹，曾经刺痛我感觉的这句诗，

现在又回响在我的耳边。

一次次怀想自己正在进行的青春岁月，我对自己的一切选择都无怨无悔，但我已经知道，时尚的人物总是来去匆匆。今年的乔丹已经不再在 NBA 赛场上挥洒他青春的汗水，10 年后的今天，或许我已记不清乔丹最后的一投是三分还是二分，但是，我依然会记得他"舍我其谁"的领袖风度，记得他勇于挑战的青春激情，记得他是一个至情至性的好人。我想《女报》下半月版的人物不应只写外表的风光和精彩，也应写内在的魅力和品格，我们要向读者提供真正时尚的理想人格。

青春的心事总是反复无常。"昨夜西风凋碧树，独上高楼，望尽天涯路"的觉醒，和"为伊消得人憔悴，衣带渐宽终不悔"的奋斗，过程之中充满无数独特的体验。有些雨注定要滴进我们的生命里，那一瞬间的顿悟，那一刹那的升华，是太阳出世时带给我们的惊喜，但我们很多时候却任由它在时间的风里枯萎。我想，《女报》下半月版要让那些滴进生命的雨珠变成永远青春的花朵，要给读者提供真正难忘的心情故事。

时尚的世界总是五彩缤纷。我们总是想追上时尚，但时尚就是那阵风，就是那片云，以我们的一己肉身穿得完那五花八门的时装吗？以我们有限的生命能探索完无尽无穷的奥秘吗？因此，猴子掰苞谷的悲剧总是经常发生。其实我们吃了一个苹果就知道了世界上所有苹果的味道，《女报》下半月版要表达吃苹果时的那份真实感觉，要提供真正有用的人生经验。

提供真正时尚的理想人格，真正难忘的心情故事，真正有用的人生经验，是《女报》下半月版的追求。

我们用年轻的编辑面对同样年轻的读者，我们用青春的激情激发读者生命的浪漫，我们用对我们有用的人生经验涂抹读者的青春旅途。时尚是青春的太阳，太阳不仅仅属于高大的乔木，也属于匍匐着的小草，同理，时尚不仅仅属于高消费的成功者，也属于低消费的普通人如你我。

　　我来到这个世界
　　只是为了看看太阳

太阳在走，我们就不会闭上看风景的眼睛。

1997 年 7 月

杨
大
鹏
的
爱
情

一

　　杨大鹏是一个普通的农村青年。普普通通的杨大鹏和其他农村青年一样，在离开故乡的时候充满了对故乡的失望。日复一日辛苦劳作的父母，春夏秋冬自然转换的季节，从来没有赋予他什么异样的感觉，寒窗苦读 12 年，没日没夜地搏杀只留下高考落榜的痛楚，更加深了他的人生挫败感。离开家乡的时候，他对父母含泪的叮嘱淡淡的，对故乡凝重的景色也淡淡的。那一年，他 20 岁，和大多数出门打工的同乡年龄相仿。

　　南方的城，苏醒的岸。杨大鹏面对长长的街高高的楼拥挤的人流，迷惘而又兴奋。和所有的同伴一样，他崇拜城市，他想，如果能在这座城市拥有一个窗口一盏灯光，该是多么美妙的事啊！于是，他的打工生涯在渴望中拉开序幕。他非常卖力，非常勤谨，也非常克制。性格本来很倔的他，对待主管哪怕是无理的训斥，也表现得相当宽容。他希望留在这座城市，如果最终留不下，也要尽量把留的时间延长一些。

　　和所有的打工青年一样，杨大鹏在节假日喜欢找同乡。和同乡们讲着家乡话结伴去望一望这座城市的高楼，去看一看这座城市的公园，对他来讲是最开心的一件事了。在这个过程中，他认识了孙颖，当然是他的同乡。孙颖这个姑娘朴实温顺，从不多话。在杨大鹏和他的同乡们高谈城市的话题阔论赚钱的理想的时候，孙颖只静静地听着。大家就问："孙颖，你将来想干什么啊？"孙颖不答。逼急了，孙颖说出来的话使他们大吃一惊，孙颖最大的愿望竟是想回家乡当一名小学老师！真是一个奇怪的女孩，杨大鹏诧异地望着她，慢慢地竟有一种异样的情愫在他的心中升起。节假日，杨大鹏还是去找同乡，但很多时候他只找孙颖这一个同乡。在聊天过程中，他了解到孙颖家里很贫穷，高中没毕业就出来打工了，她的一个妹妹没有读完小学。话题不多，但不多的话题总会唤起杨大鹏淡淡的忧伤。有一天午夜，杨大鹏和孙颖坐在马路边的草地上，望着马路对面灯红酒绿的世界，孙颖的目光游离，心事重重。长久的沉默之后，孙颖轻轻而坚定地说：大鹏，我们挣了钱就回家建一所希望小学吧。杨大鹏定定地望着她，点了点头。

但是孙颖死了。她死于车祸，和这个城市的许多车祸一样，孙颖这个打工妹成了悲剧的主人公。杨大鹏不敢相信这一切，多少个夜晚，他徘徊在孙颖所在工厂的楼前楼后，一次次问自己：一个活生生的女孩怎么就这样消失了呢？杨大鹏有些责怪这座他曾经想留一辈子的城市，尽管他现在已经成了主管，离他原先的梦想近了一些。

终于，杨大鹏辞工了。他挥不去孙颖温和的笑脸，挥不去孙颖清晰的梦想。他回到了家乡，用房屋抵押贷款3000元成立了一支建筑队，开始了他的筑梦之路。最苦最累的活儿，他抢着干；最小最小的利润，他不放弃，几年下来，他有了8万元存款。8

万元，在他曾经奋斗过失落过的那座南国都市里，或许只能建一座学校的围墙，但在杨大鹏的家乡——湖北省长阳县黄家坪乡杨家坪村，却可以建一座美轮美奂的小学了，何况，他的手下就有一支建筑队，可以省去所有工钱。

1997年8月的一天，正是"喜看稻菽千重浪，遍地英雄下夕烟"的薄暮时分，杨大鹏望着由他一块砖一片瓦地垒起来的希望小学，心中无限感慨。孙颖，我的恋人，你知道我圆了你的梦吗？你知道我多么看重我们当时那个神圣的约定吗？我要去接你的妹妹，接村里所有失学的小孩来这里上学，我要告诉他们一个在南国寻梦的女孩的故事，你的故事。杨大鹏这样想着，泪水溢满了他的眼眶。夕阳像一枚成熟的山果，不知道落在山那边哪位女孩的竹篮里。

1997年10月

春
天
的
格
言

一

花开了，每一朵都鲜艳；

花谢了，不一定都结果。

十年前的那个夏天，我毕业分配后回家休假。有一天晚上，邻居家朱大哥的训斥声穿墙传来，打破了夏夜的宁静，紧接着传来他女儿小华的嘤嘤哭泣。老妈说你过去看看。我就从凉床上爬起来敲开了朱家的门。

小华缩成一团坐在板凳上，朱大哥一手扬着她的语文试卷，一手指着她的鼻子在臭骂。看到我进来，他讪讪地笑着，把试卷交给我："让你聂叔叔看看，你写的狗屁作文！"我说"别骂，别骂"，就低下头看小华的作文。

试题叫《春天》，小华开头写道："花开了。湿土里翻出来的阳光，鲜腥腥亮眼，风儿，在到处涂抹着色彩……"我看得大吃一惊，看到最后，那"春天的形势真是一派大好"的响亮结尾，让我扑哧一声笑出声来。

那个晚上，我相信在小华的生命中是一个盛大的节日。生活不是长久地盼来的，而是突然间抓住。平凡而安谧的夏夜，我告诉朱大哥，他的女儿是一位才女，这篇被老师定为不及格的作文是一篇很优秀的作文。我的这番话在朱大哥听来是不可思议的，但以我在大学里读了七年又分配到了省作家协会的身份，不由他不信。高一女孩小华怯怯地望着我，在十年后的今天，我相信那个夏夜是她新生活的开始。

两年后的夏天，农家女孩小华出人意料地考上了一所名牌大学的中文系。只有我不意外，因为我收到了她跨进大学校门后写来的长信。世事苍茫，人生匆匆，在她越来越间隔长久的来信中，我知道她大学毕业了，知道她分到了一家电视台，知道她恋爱了……

然而，昨天我收到了她的遗书。一个意气风发的才女，雄心勃勃地来到一个向往已久的单位，她以为凭自己的才干可以闯出一片天地，但是，她撰写的专题片脚本屡屡被讥笑，不管她下过多少苦功，不管她在写脚本时流过多少感动自己的泪水。才女似铁，社会是炉，才女终究被熔化在社会的熔炉里。然后她找了一个白马王子，当她全心全意喂养白马的时候，成了黑马的这匹白马却扬蹄而去。和世界上大多数爱情悲剧一样。于是，本来就不平庸的小华要选择一个不平庸的结束悲剧的方式。

昨天，我收到小华这封信的时候，我发疯似的打小华那座城市的114，然后把电话挂到了她所在的单位。一切都晚了。

剩下的时间里，我沉入无边的懊悔之中。十年来，我除了回过她的第一封信之外，没有再写过只言片语，连她告诉我的单位电话也不知遗忘在哪里。社会是炉，我的生命已很少有发现的惊喜，更少有真诚地赞美别人或帮助别人的热情。回想起来，在以前的来信中，她也讲过她事业上不被别人认同的苦恼，她也给我讲过作品中创意迭出的细节，但我已不再是那盏照亮她春天花开的灯了。

在小华遗书的结尾，醒目地写着：

　　花开了，每一朵都鲜艳；
　　花谢了，不一定都结果。

又是一个响亮的结尾，意味深长，不再是"春天的形势真是一派大好"。小华，我满怀悔恨。但是，我要告诉你，你聂叔叔不是坏人，你周围的那个被你深深痛恨的环境里也不一定个个都是坏人。在这个世纪老了心也老了的年代，聂叔叔给你回信或许也改变不了你的命运。多年以前，你聂叔叔听《心中的太阳》这首流行歌曲时，在类似打油诗的结尾中，曾隐约感到了时代提醒这代人自我珍重、自我保护的况味。"下雪了天晴了，下雪别忘穿棉袄；下雪了天晴了，天晴别忘戴草帽。"聪慧如你，难道没有感觉到这种况味吗？

花开了，每一朵都鲜艳：花谢了，不一定都结果。花开花谢是必然，花开结果是偶然。花开到结果的过程，需要春天的暖风和夏天的热火，更需要自我的忍耐和执着、自我的珍重和保护。你提醒了我，我却不能再提醒你。

1998 年 5 月

## 一本杂志的想法

　　一

　　2000 年《女报》上半月纪实版的佳作结集，就摆在各位朋友面前了。这当然感谢漓江出版社的看重，他们从种类繁多、精彩纷呈的期刊百花园里挑出《女报》，盛情邀约加盟"中国名报名刊佳作系列"，这既成就了这本集子的出版，也成就了我们集中展示《女报》纪实版 2000 年总体风貌的心愿。

　　我想，买这本书的朋友大概不外乎两种：一种是《女报》的老读者，他们和《女报》又相处了一年，买一本年度精选或许能够纪念一段读刊岁月；一种是听说过《女报》，买年度精选对他们而言是一睹庐山真面目的捷径。这本书买下来，我不知道，老读者是不是会对《女报》无怨无悔；我也不知道，新朋友是不是会和《女报》相约未来。这是一种惴惴不安、如履薄冰的感觉。这种感觉一直伴随着我们，在编辑《女报》的每一天，在杂志面市的每一个时刻。

　　惴惴不安、如履薄冰的感觉，归根结底体现着我们的不自信。但我还是骄傲我们一直有这种感觉，因为它证明我们不油，证明我们尊重读者对《女报》的阅读感受，证明我们还有提高自己、发展自己的强烈欲望。年复一年、月复一月的编辑岁月，有多少

174

夜晚孤灯独坐为一篇稿件绞尽脑汁，有多少白天万念俱灰为一个求援电话深感无奈。——编辑工作和无数风光体面的职业一样，其实有许多琐碎、恼人，甚至辛酸痛苦的细节。关键是为自己的职业甚至为自己的"活着"寻找意义。在许多的时候，《女报》与其他的流行刊物没有什么不同，都是选择漂亮美丽的女孩做封面，都有跌宕起伏的命运故事，都想让您获得尽量多的信息。但是，《女报》终究与其他流行刊物是不一样的，因为办刊的这些编辑有与众不同的坚持。

## "女报直击"与关注弱势群体

近几年来，"女报直击"一直是《女报》的招牌栏目。这个栏目不是一个能够取巧的栏目，要求记者到现场当然要花费许多差旅费，为无权无势的小人物说话当然会遇到许多麻烦、遭受许多白眼，但我们一直在坚持。

在任何社会，有钱有权有势的人永远是少数，沉默的大多数人都是无钱无权无势的人。但是，在任何社会，为永远是少数的有钱有权有势的人说话的媒体有多少啊！这不能归咎于媒体的奴性，更深的根源在于人类对有钱有权有势的渴望。但是，沉默的大多数不会因为他们的渴望而摆脱他们现在无钱无权无势的处境。我们认为，弱势群体占大多数的存在是合理的，但对弱势群体的态度决定这个社会的制度是否合理。

"女报直击"为读者提供了一个长长的无钱无权无势的普通人的序列，他们受到侮辱和损害，他们讨说法的过程都历尽艰辛，但是，这一点也没有影响我们对所处社会的制度公正性的评价。这不仅因为"女报直击"的绝大多数主人公都有一个"大团圆"的结局，更重要的是，"女报直击"栏目的安然存在表明了这个社会对弱势群体的关注态度。

春天并不仅仅属于高大的乔木，同时也属于匍匐着的小草。如果一个群体的有尊严的存在是以取消另一个群体的尊严为代价，那么，前者的有尊严存在就必然遭受巨大的挑战直至毁灭。在美国的波士顿，有一段闻名天下的"自由之路"，其中有一块花岗岩卧碑上记录着一个名叫马丁的德国新教神父的悔恨之语：

> 起初他们追杀共产主义者，
>
> 我不是共产主义者，我不说话；
>
> 接着他们追杀犹太人，
>
> 我不是犹太人，我不说话；
>
> 后来他们追杀工会成员，
>
> 我不是工会成员，我继续不说话；
>
> 此后他们追杀天主教徒，
>
> 我不是天主教徒，我还是不说话；
>
> 最后，他们奔我而来，
>
> 再也没有人站起来为我说话了。

这段话像一排子弹，一颗一颗点射，先划破自己，然后再一颗一颗地划破人心的黑暗。名动天下的《南方周末》在关注弱势群体时，有一个意义相同的表述："关注他们，是因为我们明天可能有相同的命运。"我常常咀嚼这两段话，为其中散发的悲天悯人的同情心感动，更被其中透露的高瞻远瞩的忧患意识感染。事实上，在当代中国，个人一时的权力与财富和社会长久的稳定与发展相比，是多么微不足道。

## "爱心报道"与培养美好人性

马克思讲过，社会进步往往伴随着道德沦丧，这是一种普遍的悲剧性的二律背反现象。在当代中国，市场经济的潮流冲决了计划经济的堤岸，这无疑是一种巨大的社会进步，但也不可避免地打开了"潘多拉的盒子"，金钱至上、人情淡薄、信仰崩溃、弱肉强食，等等，在我们的生活中无处不在。

需要一声唤醒。需要一些展示。《女报》的"爱心报道"栏目每期都记录美好人性在当代中国的存在。我们相信，这种存在会驱除许多人对人生与社会的悲观情绪，更重要的是会唤醒许多人心灵深处沉睡的美好人性。

"永远不要同情有钱人。"如果说王朔这个"坏蛋"的名言暗合了"女报直击"栏目的价值取向的话，那么，"爱心报道"栏目中小人物所展示的美好人性，只能让我们对无钱的小人物永远地心怀敬重。《邮来的情缘：我就是您的亲孙女》中那个打工妹，为了一个同名同姓的孤寡老人所进行的千方百计的慰抚，所付出的浸透血汗的爱心，是一曲震撼心灵的绝唱；《最是那声"妈妈"，让我泪如雨下》中那位穷女孩，在自己漂泊的岁月，在自己食不果腹的岁月，收养一位孤儿一位弃婴，其中的艰难让人不胜唏嘘，其中的殷殷爱心惊天地、泣鬼神;《温情暗夜·非常直播·最心跳的挽留》中社会大众对一位陌生男子的拯救,展现的是我们这个社会最美好的一面……

《读者》杂志曾经发过一篇短文,说一位美国记者化装成乞丐在曼哈顿中央大街行乞的亲历表明,穷人比富人更具有慈悲心。《女报》的"爱心报道"栏目似乎也在印证这一点。但一个更接近事实真相因而也更客观公正的说法应该是,卑微的小人物的 10 元钱爱心付出比百万富翁的万元钱爱心付出更具有震撼力。因此,美好人性绝对不是某一个群体的专有。重要的是,知识分子和有素质的富裕阶层要像鲁迅先生那样,从"一件小事"中,从与底层劳动者的接触中,发现自己的"小"。

俗话说:富人烧香,穷人算命。喜欢算命的穷人往往也容易同情别人的命运。他们在爱心付出时不计力气不问回报的单纯和博大,感动我们的同时,也时时让我们自警。《女报》之所以能拥有数百万读者,我相信是因为有无数的人还在关注人的命运。这给予我很大的信心。我们每个人只是当代中国社会中渺小的一员,若是我们能够跻身民众的现存方式中间,并且竭尽微力使他们保存的美好人性扩散,使他们所处的生活境遇略为改观——我们就可以说:我们获得了有意义的人生。

## "激情交叉点"与交流生存智慧

一个人在路上,这是许多当代中国人的生存写照。

相比于过去,中国人从来没有像今天这样孤独无依,从来没有像今天这样无法言说。

你是一个打工者，你走出乡走出县走出省，你熟悉的景物在消失，你运用自如的母语在碰壁，你当然会无法言说，孤独无依。

你是一位大学生，你告别母校告别老师告别同学，单纯的空气离你远去了，流畅的书生腔不能用了，你常常被告知从零开始。

你是一位妻子，你突然发现老公青春焕发了，发现街上的靓女多了，而过去信息密集的"夫人党"成员们各忙各的了，你一个人在路上。

无数的中国人在追名利。追名逐利真能人声鼎沸、熙熙攘攘吗？我不相信。

人声鼎沸、熙熙攘攘的只有《女报》的"激情交叉点"。相对于现实人生的孤独无依、无法言说，我们将这个栏目定名为"激情交叉点"，有一点喜气，也有一点反衬。但每一个故事实在都是孤独无依无法言说的：她或他站在人生的十字街头，每一步跨出去都可能酿成无法逆转的大错，怎么办？我们只好请出专家，请出读者，让大家为他或她出谋划策，让他或她感受到在这个世界其实并不孤独。

任何人的经验都是有限的。一个人在路上独自面对世界时需要智者的提醒，需要经验的借鉴。或许《女报》的编辑都是在路上的旅人，《女报》一直在表达这份将心比心的体贴。《女报》的"警世通言"实际上是愚蠢生存选择的教训，我们总会加一个"编后"，告诉你正确的、智慧的、合法的选择应该是怎样的；"青春纪事"记录的是路边的风景，是生命的歌声，是新生活的感悟，生存智慧的融入无疑增添了青春的光彩；"私人空间"尽管讲述的是别人的尴尬或痛苦，但您怎么能保证这种尴尬或痛苦不会在某一天降临到您头上？您怎样才能"御敌于国门之外"？万一碰上了，您做出的选择怎么才算理性、正确？

有许多人提醒我：《女报》的故事太沉重了。我总是告诉他们，《女报》有"女儿当自强"，有"名人故事"，有"青春纪事"，都是阳光灿烂或春风得意的。我没有告诉他们的是，沉重的故事并不可怕，关键要看编者以一种什么态度来处理沉重的故事。多年来，我一直要求成功人物的专访要讲究细节的捕捉，也一直要求沉重的故事（即失败人物的报道）要做好引语和编后，我想这是一个事物的两面，我期望《女报》的读者从成功人物的奋斗历程中感受和学习那一个个富有生存智慧的细节，从失败人物的错误选择中提取和吸收深刻的教训。

关键是要有同情心，要让读者感受到你编辑的《女报》不是靠离奇的故事哗众取宠，不是靠虚伪的说教在炫人耳目。我和《女报》纪实版的大多数编辑都来自乡村，我们走出乡走出县走出省，来到中国最摩登的都市——深圳，我们都在路上。我们可以选择居地，但没法选择祖国和故乡，即使这块土地上有许多你无法忍受的东西，即便这里发生过许多让你痛心疾首的故事。正是清楚地意识到这一点，我们才编发那些在路上的人们所述说的最动情的事，最欢乐和最辛酸的体验，最聪明和最荒唐的见解。我们想，就这样，我们与这块土地再也不会分离了，我们与这块土地上的人们再也不会分离了。

每一本刊物都有自己的风格，每一本刊物都体现着编辑的意志特别是总编辑的意志。我在《女报》已经工作了八年多时间，是《女报》出刊三期之后加入其中的。在深圳这样一个城市，八年多没挪单位很罕见，而且，我知道，有许多的选择会让我体面一些富裕一些。我常常自己问自己，我怎么就套牢在《女报》呢？想来想去，怎么也想不出一个所以然。

上面对《女报》的阐述，算是为《女报》寻找存在意义，也算是为自己八年多的"活着"寻找意义。我想说明的是，如果各位读友从这本书中，从《女报》中，没有获得这种感觉，没有感受到"爱心""尊严"和"智慧"这些隐伏的关键词，那不是你的错，一定是我们没有把我们的追求内化为杂志的血肉和品格。

我们只有继续努力。

2000 年 12 月

一

无论是杂志"新生活"，还是现实新生活，对于我而言，都是一种强烈的诱惑。现在，《新生活》杂志终于由我们操办了，可谓如愿以偿。而现实生活中五彩缤纷的新，却让包括我在内的许多人茫然不知所措。于是打开记忆，录下几个陌生人的新生活，以自勉共勉。

## 曾雪麟

"五·一九"，对于所有中国球迷都是刻骨铭心的。而对于曾雪麟来说，却是生活的分水线。

"五·一九"之夜，"打倒曾雪麟""枪毙曾雪麟"的口号响彻云霄，将北京工人体育场都快掀翻了。"五·一九"之后，球迷把中国足球队的驻地围困了一个星期，曾雪麟哭了四天四夜，动了手术才保住了快哭瞎的眼睛。然后，他就消失了。

我1992年调来深圳后，才知道曾雪麟也生活在这座城市。1985年到1992年，整整七年的光阴，我不知道曾雪麟是怎样度过的。他是中国足球的罪人，没有人记得他带领天津足球队和北京足球队创造的辉煌战绩，也没有人记得他带领国家足球队得过亚锦赛的亚军。好几年前，写过《中国姑娘》的著名作家鲁光来深圳，跟我说好想写一部《中国败将》，第一个就写曾雪麟。我说好。他就给我讲曾雪麟的冤、"2∶0"不算赢给曾雪麟的压力，讲得我对曾雪麟有了一些了解。

慢慢地，曾雪麟竟出来了，在这座城市的电视屏幕上、报纸上。然后，我就看到了一个可敬可佩的老人，一个可歌可泣的老人，一个值得这座城市永远记住的老人。

在米卢带队冲进世界杯以前，曾雪麟没有讲过"五·一九"，但我相信他有过作为一个中国人最难得最深刻的忏悔；在深圳足球队征战甲 A、甲 B 的六七个年头里，每逢关键时刻，曾雪麟就顶上去，球队的比赛顺了，他就退下来了。我相信这是一种责任感使然，更是热爱创造的奇迹；每逢深圳队和国家队而征战，曾雪麟就活跃在屏幕上、报纸上，讲担忧，讲战术，讲经验，从来直言不讳，从来不怕人嫌，我相信这是一种信念，是一种超脱。

2001 年六一儿童节，我带儿子大川逛华侨城的"欢乐谷"儿童乐园，看到一块草坪上正举行深圳市少儿趣味足球比赛，而我们可敬可佩的曾老爷子就兴致勃勃地坐在边上。我微笑着向他点头，他非常客气地站了起来和我握手。于是，我的手就和早已被"枪毙"的曾雪麟的手握到了一起，一句话也没说。

## 任克雷

二十多年来，深圳修了多少房子啊！但在我看来，三十年五十年之后，这些房子肯定都不见了，又会有新的房子取而代之。只有民俗村、世界之窗、锦绣中华、欢乐谷永远不会被取代，成为中华民族的人文遗迹。

这些景点都在一个 4.8 平方公里的区域里，这个区域叫华侨城。管理这个区域的公司叫华侨城集团公司，这家公司的掌门人就是任克雷。

任克雷的父亲是任仲夷，一个中国人耳熟能详的老革命，也是令所有中国人敬之重之的改革派。或许是遵循父辈的人生轨迹，任克雷在官场上也做了有二十年吧！一直做到了深圳市委秘书长这个职位，然后，他就来到了华侨城，接下马志民先生打下的半片江山。

欢乐谷建成了，康佳火爆了又沉寂了，狂欢节出来了，华侨城地产风生水起了，威尼斯酒店开业了……华侨城的事儿每天都在抢报纸的版面、电视的镜头、人们的口水。

做企业也是不容易的。和平年代的企业家，实际上就是战争年代的军事家，前者承担建设重任，后者担负破坏职责，都是各自年代的焦点。但做企业的任克雷同做秘书长的任克雷比起来，显然是自在多了，也潇洒多了。

故事一：2000 年华侨城工作会议。任克雷做完工作报告后，便向在座的各企业老总赠书，第一本是《谁是最好的管理者》，想让大家了解国外最成功的企业家是怎样做的，不出意料；第二本是《酷的一代》，想让大家了解现代青年是怎样一代人，有点意外；第三本是《时尚》杂志，大家就奇怪了，而任克雷还在打趣：男老总都选了《时尚》女版。哄堂大笑。但给我讲这个故事的那位老总讲："华侨城的核心价值理念不就是'创造新的生活品质'

吗?"不懂时尚怎么创造啊,他懂了任克雷的幽默,我相信在座的那些老总都懂。

故事二:华侨城生态广场竣工典礼。我听任克雷致辞,没有讲稿。但真正是行云流水,口若悬河。讲到最后,他说,他想起了四十三年前毛主席在纪念孙中山先生的讲话中讲过的一段话,毛主席说,再过四十五年,就是 2001 年,也就是 21 世纪的时候,中国的面貌定要大变,中国应该对人类有较大的贡献,而这种贡献在过去很长一个时期内,则是太少了,这使我们感到惭愧。这个广场的建设就是要不带遗憾地给新世纪,就是要把生态的概念、自然的概念贡献给深圳市民。我非常感动。我相信他的口才可能是在官场上操练出来的,但这样人性堪称崇高的讲话内容却是华侨城这家文化企业赋予他的。由此,我同时相信,创造新的生活品质,与懂得惭愧有关,与懂得奉献有关。

前几年,老是听到任克雷要被调回官场的小道消息,但老是光打雷不下雨。我相信,没回官场是他自己的选择。新生活是一条河流,能够一路看到不同的风景以增加见闻,能够一路响应不同的挑战以充实人生,能够安定地生活而不纠缠各种关系,那是官不换的生活啊!

## 杨振宁

杨振宁是 1945 年圣诞节前后到的芝加哥,1946 年 1 月正式报名进芝加哥大学当研究生,1957 年和李政道一起获得诺贝尔物理学奖金。在惯常的理解中,杨振宁从昆明西南联大来到美国芝加哥，就进入"新生活"了，但他一直在拒绝。

杨振宁在 1961 年 1 月看电视时看到肯尼迪就职典礼上诗人佛洛斯特朗诵《没有保留的奉献》，若有顿悟，才着手办理申请加入美籍的手续。从 1946 年 1 月到 1961 年 1 月，杨振宁整整十六年都在"新生活"与"旧生活"、美国和祖国之间徘徊。成了美籍华人之后，看似选择了的杨振宁，还长久耿耿于怀，怕他父亲至死不会原谅他抛乡弃国之罪。在 20 世纪 80 年代初期出版的《杨振宁论文选集》中，他给他的每一篇论文都写了"评注"，他认为，在每一个创作领域里，品位加上学力、性情和机缘，决定了风格的高低，也决定了贡献的大小。重要的是，杨振宁坚称他对物理学的鉴赏品位是当年在昆明求学时代养成的；这部书的扉页上有四个中国字："献给母亲"。

杨振宁这样的大师的生活，无疑是新生活了。从他身上，我知道，新生活与感恩有关。

## 博尔赫斯

我喜欢看博尔赫斯的小说，干净，充满智慧。在小说集上看到他的一幅照片，老人西装革履，边幅一丝不乱，坐在椅子上，手里拄着一把中国手杖。从时间上看，这时的博尔赫斯已经双目失明，他为什么还这样正襟危坐？

从光明到黑暗，也自是一种"新生活"了。博尔赫斯在新生活里，以这种形式向我们表达着他的尊严。他看不见了，但我们看得见，看得见的我们于是意识到，新生活与骄傲有关。

2002 年 1 月

# 十年痒痒沙头角

1988 年，七月流火的季节，我的心里也火烧火燎。我看中的女孩一直和我若即若离，我踌躇再三，决计去一趟株洲会一会她父母。临行前那一晚，为穿什么衣服很是发愁，要知道，刚从大学校门出来的我，真是连一件穿得出门的衣服都没有。

这个时候，我的本科同学杨建华来了。他已在我单位对面的湖南省高院工作了三年。他讲他刚从深圳回来，去了沙头角，买了很多东西，"你看，我这件 T 恤就是在中英街买的，才 20 块钱。"他一脸得意，我的眼睛也一下发出了贼亮的光。我讲明自己的尴尬，我的同学二话不说就把 T 恤脱了下来。那个晚上，杨建华打着赤膊走过省文联满院斯文的乘凉人，穿过省高院森严肃穆的门卫，回家睡觉。而我在第二天早上，穿着杨建华送我的 T 恤直奔株洲，马到功成。

那件来自沙头角的 T 恤穿在我身上，有一种奇特的痒，那种痒痒的感觉一直刻在我的心上。就是在那个晚上，我记住了深圳，记住了沙头角。

在长沙工作了四年，沙头角的魔力是一天一大地有感觉了。先是党组书记谭谈到了深圳一趟，给他妻子买了一条项链，送给我们这些年轻人一人一包袜子，每个人心里都很快乐。然后是办公室主任去深圳出差了，然后又是哪位同学、哪位亲戚到深圳出差了。我也就知道，深圳有个沙头角，沙头角有条中英街，街的一边是社会主义深圳的，街的一边是资本主义香港的，两边的东西都可以买，都便宜。什么项链、耳环、袜子、学习机、肥皂……每个出差的人都会带一大包。回到家里，给老婆一条项链或一对耳环，给儿女一个学习机或随身听，家里就像过节一样；第二天到单位，给男同事一个打火机或一包袜子，给女同事一条丝巾或几盒香皂，节日的气氛就传染到了单位。

在 20 世纪 80 年代中期到 90 年代中期，沙头角绝对是中国人心头的一块痒肉。我不知道，有多少中国城市妇女的第一条项链来自沙头角，有多少城市青少年的第一双弹力袜来自沙头角。但是，我知道，和杨建华那件 T 恤一样，那条项链，那对耳环，甚至那条丝巾，那股香味，肯定带给过中国人巨大的快乐和浪漫。想一想吧，当了多年的黄脸婆，老公突然掏出一条从没看到过的、金灿灿的项链挂到你脖子上，你不亲他一下解恨吗？临睡前，你穿着慵懒的睡袍，一下就变香了，老公又会把你怎样呢？沙头角给中国女人的，绝不是哪件具体的物什，而是爱美天性的唤醒，是浪漫情怀的解放。

我还记得，上大学时，校足球队有一个男生穿着标准的足球袜，在其他因袜子而普通的队友中显得那样鹤立鸡群，我想不起他的名字，却永不会忘记他的绰号："足球袜"。

我甚至想象，"千里之堤，溃于蚁穴"这个成语所形容的景象，可能就是沙头角带给贫困的中国内地的那种冲击的写照。1992 年，我到了深圳，和所有内地人一样很快就花高价搞了一张"边防特别通行证"。进到中英街时，有两个印象非常深刻：中英街太小了，破旧得让我大失所望；人太多了，好像这里的东西都不要钱。

然后，我就不去沙头角了。慢慢地，听说沙头角的假货是一天比一天多了，而市内的百货大楼也一幢接一幢起来了。我知道，沙头角的好日子是一去不复返了。

2002 年 2 月

# 十年路，两句话

一

十年前的初夏，我来到《女报》工作。当时的《女报》还是内刊，没有任何名气，常常让人误会《女报》是张报纸；我们七八个人挤在一间铁皮棚里，煎熬了一年半，才总算让人知道，《女报》原来是本杂志。于是，在1994年的第1期，大伙决定庆贺一番。在当期杂志的封二上，每个编辑都露了脸，都写了一句话。我是这样写的："我在为你做事，请你为我鼓掌。"

十年后的今天，《女报》已成为全国知名品牌，杂志社从七八个人增加到了五十多人，从一间办公室增添到了十间办公室，还是不够用，马上就要搬往更宽敞、更现代的天安创新科技广场了。在清理书架的时候，我又看到了1994年第1期的《女报》，看到了自己在北海公园凭栏远眺的那张照片，看到了照片下面的那行字，我的脸红了。

时间的距离像目光一样简短，十年前后的两个我仿佛隔桌而坐。对面的我表面上很客气、很谦恭，但骨子里有对读者的居高临下，那份企求认同的急迫，那种知音难觅的孤傲，全在那一句话里了。"我在为你做事"，首先就不通。谁要你做了？难道全中国女性都在求你为她们办杂志？如果读者顶我这么一句，我简直

190

要无地自容。"请你为我鼓掌",也不通。你的活儿做得够漂亮吗?即使漂亮,也不必张扬,更不至于勉强别人鼓掌的。

时间有时像一面哈哈镜,经常就照出自己的"小"来。现在我知道了,编《女报》,我不是在为别人做事,而是在为自己做事。编《女报》的过程是自己养家糊口的过程,是自己喜怒哀乐五味俱全的一段生命经历;而读者,以自己宝贵的时间、宝贵的金钱,养活着我和我的五十多个同事。是的,不是"我在为你做事",而是"你在为我做事",是你以宽容和爱心在养育我们。

我不认识您,但我谢谢您。

这是《女报》所在的城市最真挚动人的一句广告语,无偿献血车每天拉着这句话,走遍了这个城市的每一个角落。想一想,《女报》,我们这些编辑,是不是得益于读者无偿的爱心才迅速成长的?

1999 年的一个冬夜,《女报》的一位记者在重庆一家餐馆就餐时,邻座两桌客人喝着喝着就动起刀子来。这位记者心知有异,掏出手机要报警,顿时招来了无情的刀子,连中五刀,昏倒在地。肇事者作鸟兽散后,好心人打开了他的采访包,看到了《女报》的记者证,立即把他送往医院,垫付了医药费后,一声不响就走了。那一刻,记者想起了流行深圳的那句话:

我不认识您,但我谢谢您。

一位陌生女孩,满脸忧愁,找到了女报编辑部,一进门,就跪倒在我的脚下。这是一个走投无路的女孩,弟弟长了肿瘤,她没有钱,只有一颗绝望的爱心,她哭着说,谁愿意资助弟弟的医药费,她就嫁给谁,就算对方老也罢,残也罢。《女报》的编辑流着泪写下了这动人的姐弟情。《女报》的读者流着泪读完了女孩无助的呼救。最后，热心的读者、热情的捐助，让女孩的弟弟得救了。这似乎算得上"我在为你做事"，我们没有愧对读者的信任，其实，是女孩那份难得的爱心唤起了成千上万个人的爱心，而这是《女报》做不到的啊！

我不认识您，但我谢谢您。

作为总编辑，每天我都要收到十多封信，接到几十个电话。辽宁朝阳市教育学院的一位老师，七年如一日地为《女报》抓"苍蝇"（即错别字），那份认真，那份执着，岂是我一两封信就能报得了恩的！更多的读者给我讲读刊感受，关注着《女报》的每一个脚印，那份热情，那份细腻，又岂是我三言两语能感谢得了的！今天，就有一位读者，一连用三个"气愤"、六个惊叹号向我投诉《女报》今年3月号的一篇文章，是一篇早已见之于他刊的二手货。同样气愤之余，我紧急召开编辑会议，把读者的"气愤"气愤地摊在大家面前，作为编辑，我们必须气愤着读者的气愤、爱着读者的爱啊。就这样，我天天为读者的来信感动、伤心或者气愤，对于写信的您，我在心里总会说："我不认识您，但我谢谢您。"

深圳是一个充满广告的城市。你无论站在哪一个窗口，无论走在哪一段街头，都会看到各种各样的广告。但是，只有这句广告词像远方的歌声，也像近处的潮水，直击你我的心扉。

多年前我的年少张狂，读者可能早已不以为意，忘掉了。我可以原谅自己，但我不能忘记十年来生活对我的教导。十年来，《女报》一直是我生活中最主要的部分，而万千读者也和《女报》

一起成长着。细细品味《女报》，和朋友谈论《女报》，成了他们
生活的一部分，也成了《女报》和我奋然前行的动力。因此，我
必须时刻牢记："我不认识您，但我谢谢您。"

2002 年 9 月

# 那就是我

1994年春节，我和爱人回家省亲。返深的火车上，和邻座一对夫妇聊得甚为投机。最后，免不了互赠名片，一番客套。不想，那位先生接过我们的名片就笑了起来，笑着笑着，就忍不住举起名片打趣道："你们俩是不是搞错了，男的编《女报》，女的编《金融早报》……"

尽管只是玩笑，我的脸还是禁不住红了。俗话说：男怕入错行，女怕嫁错郎。我入错了行当的命运是注定的了，要想不被人笑话，恐怕只有办好《女报》这一条路了。从那一天起，我心里总在提醒自己。

我的老家曾经很闻名，出了曾国藩、蔡和森等名人。中间有一段甚为沉寂，现在又闻名了，但出的是"恶名"，叫作"中国假证之乡"。制假贩假的乡亲遍布中国各个城市，辛苦、担惊受怕然后收获颇丰地奔忙着。我每年回家两次，乡里尽是老弱病残，青壮年都出去制假贩假了。我对父母官讲：你们要管啊！没用。我对亲戚朋友讲：你们不要这样搞啊！也没用。然后，我就知道，故乡是完了。家里就有一两千所大学的公章，故乡子弟还会读书吗？一张假文凭就可赚几百元甚至上千元，乡亲还会劳动吗？

　　我的故乡完了，但故乡的事没完。我工作的深圳是一个青春的城市，也是一个渴望高学历的城市，于是，我的乡亲们一直把深圳当作主战场。战斗，就不免"牺牲"、不免当"俘虏"，我办公室电话也就忙了起来，今天是同学的弟弟被抓了，明天是村长的儿媳被抓了。起初，我碍于故乡的面子，每每出面"探监"，先是给干警满脸笑容地送上本《女报》，以示自己不是制假贩假者的同伙，然后，再苦口婆心劝故乡子弟改邪归正。后来，"俘虏"人数日增，就再也无力照顾了。但要求营救的电话还是不断地打来，发过老父老母的脾气，发过年幼的侄儿侄女的脾气，不见效果。最后试探着问一位乡亲：你们怎么知道我的电话？他的回答让我惭愧也让我惶恐："在街上随便买本《女报》不就得了！"我的脸想必又红了。

　　呜呼！故乡。呜呼！我们的《女报》。

　　去年冬天，我在北京出差。夜里 11 点，我还在和几位书商洽谈《女报》在北京的推广事宜。他们不太了解《女报》在南方的影响，对在北京的普及信心不足。就在我挥舞着《女报》摇唇鼓舌之际，我的手机响了，是《深圳商报》记者许石林打来的。他劈头就问：你在看电视吗？我说没有。他说那还不快看，看《黑洞》，陈道明在读《女报》呢。生意正忙，我没有像许石林一样激动，陈道明先生也许只是为了剧情需要，顺手拿起身边的《女报》做道具的吧……

　　通完电话后，我抱歉地向几位北京书刊发行大户道声"对不起"，没想到意外发生了，他们都愿意全力配合《女报》在北京的推广了：连陈道明这样的大腕，身边都随时放着《女报》，《女报》

的魅力还需要怀疑吗？

后来，有不少朋友问我：你给了陈道明多少广告费？能请动陈道明这样的大腕做广告，《女报》了得啊！我只能惭愧，只能脸红，我对《女报》的推广宣传的确做得太不到位，陈道明先生为我们"做广告"的那一集《黑洞》，我至今还没有看过。我不知道，陈道明先生现在还读不读《女报》；在他东奔西走拍片时，还买不买得到《女报》。为了表示感谢，我把陈道明先生列入了我们的"热心读者名单"，终生赠阅《女报》。

昨天，我带八岁的儿子大川去上钢琴课。华夏艺术中心钢琴培训的艺术总监是杨瑟安教授，一位香港知名艺术家。见面时，她问我的工作单位、孩子他妈的工作单位。我说我在《女报》工作。她没听清楚，我只好重复了一遍"女报"。她显然不太明白《女报》是什么东西，皱了皱眉。我又脸红了。

没让我太尴尬的是，另一位家长站起来了，这位大姐对杨教授说："《女报》我们都知道，是我们深圳发行量最大的杂志，到处都有啊……"杨教授笑了，说："我一直待在香港，不了解内地杂志，不好意思。"

2002 年 12 月

# 忧伤是《女报》的底色

我说，我们从乡到县，跨州过省上大学，然后落脚到摩登的深圳，这寻梦的冲动从哪里来啊？是忧伤。是"锄禾日当午"的绝望，是"山外有高楼"的向往。

我说，我们为什么热爱，我们为什么痛切，我们又为什么选择？我们是为了爱而痛，还是为了痛而爱，我们为什么不愿放轻松？我说，因为我们和我们的读者一样，都是些不幸福想幸福，或者说幸福想更幸福的人啊！我们曾经为受过的伤深感愤怒，为做错的事深感羞愧，为获得的爱充满感激，生命总在残缺与美丽中悄然滑过，你只有用泪水为她不断擦洗，用心血给她持续滋润。

我说，《诗经》你记住了什么？是"辗转反侧，寤寐思服"的痛苦，是"今我来思，雨雪霏霏"的悲凉。《楚辞》你记住了什么？是"哀民生之多艰"，是"路漫漫其修远"。唐诗你记住的是"抽刀断水水更流，举杯消愁愁更愁"，是"高堂明镜悲白发，朝如青丝暮成雪"。《女报》给读者留下了什么？是"女报直击"那种愤怒的激情，是沉痛的感动，是"非常视野"那种贴心贴肺的提醒；是张艺谋"情变高粱地"那一瞬间的羞愧，是"打台球的小姐"在绝境中呈现的人性之美。不要指望深感幸福的人看《女报》。永

197

远不要指望。

今天，当我走过一个书摊看到《女报》被摆在第二排时，我把它移到了第一排；当我接到一个读者打来电话说她发现了一个错别字时，我的心里会疼会不安；当香港南华传媒集团的总裁吴鸿生先生说《女报》只是内地期刊中的佼佼者时，我真的感到惭愧并老老实实听他上课。——我像对待妻儿一样爱《女报》，记得每一个承诺都要兑现；像对待母亲一样敬重《女报》，不做任何让她不高兴的事；像对待命运一样敬畏《女报》，生怕自己的不善招致惩罚。

我说，各位同人，《女报》又编一年的最后一期了，你们要努力啊！要让读者看得到你们忐忑不安的紧张，看得到你们永不满足的渴望，看得到你们心血与泪水滋润下的美丽与进步，这样，在 2004 年《女报》才会更好看，读者们才会更喜欢你啊！

忧伤，是《女报》的底色。

2003 年 12 月

当大街上只剩下一个革命者，这个革命者必定是女性。

——卢森堡

很少看电视的我，今年有两次被电视搞得心里酸酸的，两次都是看央视的《讲述》栏目，两次让我动情的都是女人的抗争。第一次是一个乡村女代课教师，当她发现他的一位男同事不断猥亵、奸污女学生时，她终于站出来举报；第二次是宋飞，中国音乐学院的这位女老师，面对自己学校招生中存在的黑暗，绝望中含泪挺出长矛。央视两次讲述都再现了她们所面临的巨大压力，再现了她们在爱心驱使下的巨大勇气。

在电视上看到宋飞时，我拨通了编辑部主任王红芳的电话，要她赶快看这个节目，要她把宋飞作为女报的"焦点人物"推出来。于是，大家在6月号的《女报》上看到了宋飞。

看起来，对搞得我心里酸酸的这个事件有了一个交代。其实没完。我这段时间一直在想：正如央视所讲述的，对那个禽兽教师的所作所为，在他工作的四所学校里绝大多数人都心照不宣，为什么站出来的偏偏是一个女代课老师？而这个女代课老师的代

199

课资格竟在她举报后遭到了剥夺。中国音乐学院的黑幕当然也不止宋飞一人洞察,在央视做了如此翔实的采访之后,我竟从报纸上看到了中国音乐学院的声明:一切都合乎程序,一切都公平公正。声明言下之意是宋飞胡说八道。

这是怎么啦!

小时候,妈妈曾用一个比方来说明对与错的区别:"你打破一个鸡蛋,不用问别人你就知道那是不是一个坏蛋。闻闻味道你就知道了。"许多人都闻到了坏蛋的味道,可他们都选择了沉默,只有这两个女人像一道闪电,划破沉沉的黑幕,给我们最后的亮光。

我想起了秋瑾和张志新,她们面对黑暗势力时的抗争是何等惨烈!两位女教师当然不是面对社会制度,可她们面对道德黑幕的勇气,也让我真正体会到歌德名言——"永恒的女性,引领我们灵魂飞升"——的巨大分量。

制度吃人,道德同样吃人。这是鲁迅先生早就讲过的。央视"讲述"的这两位女教师,出于"救救孩子"的良知所喷发的道德勇气,隐隐地折射着当今中国社会道德方面的种种缺失。《女报》无法改变宋飞的痛苦命运,但《女报》多年以来,一直对抗争的女性投以最深切的关注,如本期的"女报直击"。

我总是和同事们讲马丁的悔恨之语:

起初他们追杀共产主义者,

我不是共产主义者,我不说话;

接着他们追杀犹太人,

我不是犹太人,我不说话;

后来他们追杀工会成员，

我不是工会成员，我继续不说话；

此后他们追杀天主教徒，

我不是天主教徒，我还是不说话；

最后，他们奔我而来，

再也没有人站起来为我说话了。

这段话作为碑文耸立在美国波士顿。读这段话，我就从脚底生起一阵阵寒意，它像一排子弹，一颗一颗地点射，先划破自己，然后再一颗一颗地划破人心的黑暗。我想，这是对抗争的意义的最好诠释。

因此，我要对宋飞讲，你就是死也要抗争。

因此，《女报》关注宋飞这样的女性。因为，关注她们，就是关注我们自己的命运。

2004 年 7 月

风吹大的雨

一　　　　　　　　　　　　**那条虫**

　　所有阴郁所有奇怪的日子，所有的马路所有的高楼，骂我一声然后我们走吧。五年前《女报》时尚版准备出发的那段时间，我在心里暗暗发狠。

　　当时，在《女报》已做了七年。那条名叫"七年之痒"的虫子，开始不断吞噬我的心，让我产生这样那样的念头。我喜欢《女报》，但七年面对基本相同的人群和故事，难免审美疲劳。这个时候，有了一个做下半月版的机会，我当然不会轻易放过。我想把沧桑的、忧患的、朴实的《女报》纪实版担在肩上，做一本时尚的、青春的、快乐的时尚版，顶在头上。也是青春末季，让过早爬上脸庞的皱纹浅一些吧，让很快就要出现的白发来得晚一些吧。

　　"我们来到这个世界上，只是为了看看太阳。"我把这句诗，劈面印在时尚版的额头上。大大地引着这句诗的发刊辞，被《读者》的主编彭长城先生多次称赞，他说他极少见到把办刊主张写得如此明确实在、如此激动人心的发刊辞，他不知道，我真是被憋急了。

202

## 那些事

回想一本杂志的长大，是一件很难的事情。我的儿子9岁了，他气势汹汹地站在我面前，我怎么也想不清楚他小时候的样子；看着他小时候的照片，我又对他现在这样子充满迷惘。这几天，我冥思苦想时尚版的五年成长，怎么也理不清头绪。

一定与那个下午有关。那是1999年10月的一个燥热的下午，《女报》杂志社还挤拥在桂园路那栋破旧楼房的一角，听完时尚版11月份还没涨数的报告，我怒气冲冲地通知时尚版编辑部开会。杂志社没有会议室，就借了对面幼儿园的一间教室，发行部的人讲市场意见，广告部的人讲广告客户意见，纪实版的樊舟主任讲他的读刊感觉，整个一批判会。我现在怎么也回想不起那个下午我哇啦哇啦讲了些什么，但我记得我头顶上的吊扇发出的沙哑的喊声。我想，我的讲话也像那部吊扇吧。末了，时尚版主任徐颖秋表态了："聂总讲了，时尚版下一步怎么做，就是往死里做，我们都记住了。"——中国足球的外教施大爷面对队员"球怎么踢"的提问，一句"往对方球门里踢"留下了千古笑柄，我的一句"往死里做"经徐颖秋怯生生、一本正经地渲染，引得哄堂大笑。

一定与那个夜晚的星空有关。2000年一开春，"往死里做"的时尚版开始发疯似的往上蹿。该高兴了吧？不。和每一个欣欣向荣的企业的领导一样，我有鞭打快牛的癖好。那个时候，海丁丁因老是校对出错被我敲打，这位刚从武大出来的小伙子诚惶诚恐；那段日子，阿缅突然就发不出稿子，她很迷茫：我在名牌大学教英语，堂堂课都受到学生好评啊，还有，此前期期刊我都发稿量第一名啊！那一天下班，时尚版的全体编辑又被留堂了。"想标题。这都是些什么标题啊，能杀人吗？"我扔下一堆稿件就回家了。第二天上班，那个古灵精怪、会折磨人的主儿徐颖秋送来了新标题。那个让我眼前一亮的标题，是他们吵了一个晚上，苦了一个晚上，走到院子里的感叹——"我们必须夜夜仰望星空"。

一定与那个生命中的陌生人有关。每一年的 9 月，是女报杂志社编辑们最痛苦的一个月：对当年的刊物内容要自掘祖坟鞭打三遍，对来年的选题要绞尽脑汁出新出奇。在自我批判的工作已做到深入骨髓的时候，在描绘宏图的工作似乎已做到如花似锦的时候，2000 年的 9 月，我们又到了石岩湖开会。又是吵得底朝天，在经历选题通过那种飞上云端的惊喜之后，在经历选题被枪毙那种摔下地狱的沮丧之后，只留下了一个问题：时尚版作为给阳光女孩看的青春读物，如何让她们相信生命中的奇迹，如何让她们懂得人生的感恩？我就即将推出的这个栏目到底取什么名问了三遍之后，每一个编辑都不敢面对我浑浊的目光。终于，有一个怯生生的声音响起，叫"生命中的陌生人"吧……是海丁丁的声音。全场静默。然后是雷鸣般的掌声。现在你知道了吧，时尚版为什么有个叫"九月"的编辑，她不是生在 9 月，而是为了铭记 9 月所受的煎熬。

……

一本刊物就是一个人。我常常惊叹，我的儿子川川怎么就长到 9 岁了，能够记住的，就是他让我特别惊喜或特别生气的那些细节。时尚版五年是怎么走过来的，我依然茫然，但告诉你一个秘密：我有鸟巢的钥匙。我知道什么叫"倾城之恋"，它的暗号是"爱到地动山摇时",我知道什么叫"青春私语簿",它的暗号是"妈妈讲,没事儿时你就小声唱歌",还有"B小调",还有"时尚练习",还有"青皮书"……每一个栏目都有它的暗号,而我幸福地感受到了这些暗号的法力。

## 那份快乐

起初我暗自品尝这份快乐。当初是徐颖秋后来是史美泉,现在是陈小军送上每期的二审稿,那时我就放下手头的一切工作,迅速翻阅她或他以为"可发"的稿件,真正是看得兴高采烈,额上的皱纹肯定也浅了许多,一个"挺好"写下去,一个"非常好"写下去,那种感觉真是美极了。那段日子,杂志社的同事都知道,聂总高兴,时尚版使聂总高兴。

然后,独乐乐变成了众乐乐。首先是文摘刊物,几乎每一期的《读者》和《青年文摘》都转载我们时尚版的文章,这不,就这个月的《读者》(2004年6月A版)和《青年文摘》(2004年6月红版)又转载了两篇文章,更不讲那些杂牌文摘刊物了(也是这个月,某畅销文摘刊物转载了七篇,标明摘自《女报》的有四篇,剩下的实在不好意思再标明了)。我敢讲,五年以来,我们时尚版是让全国所有文化生活类文摘杂志的编辑最快乐的一本刊物。其次,是那些胸怀大志的写字的青年。在时尚版发文章,不仅意味着较高的转载概率,而且意味着他们的水平通过了七位名牌院校毕业生的严格挑剔,真正的才子才女都是受虐狂,君不见近年来有多少文集的作者简介中都有"在《女报》时尚版等刊物发表文章"的字样。

当然，最后也是最重要的是读者的快乐。昨天，我收到了读者何小伟发来的传真，她这样写道："从老家岳阳奔到深圳，也是因为《女报》看得多了，爱屋及乌，也就爱上深圳这个年轻的移民城市。下车的第二天，我就拉着男友的手来到车公庙，站在天桥上仰望着高高的天安数码城，心底不由得升起一股深深的敬意与喜悦！在那么多方格子窗中，我不知道哪个属于你们，甚至也没有想过上去看看你们，我们绕着数码城长长地转了一圈，然后离开……"今天上班我进到《女报》的网站，在时尚版第 6 期的评刊中，有个叫 Kiken 的女孩写道："在没有认识《女报》以前我一直是个对自己没自信的女孩，这个世界让我感到孤独……不过这一切在接触了《女报》后发生了奇迹般的改变，是《女报》唤回了我的自信心，是她让我学会了独立也可以生活得好，是《女报》让我有了一群和我一样热爱她的朋友。然后就想热爱生活……"

《女报》时尚版在实实在在影响你我的生活，改变你我的命运。五年前，我在发刊辞中写道：有一些雨点，总会落在生命的花朵里。我有一份美梦成真的快乐，而你呢，有没有雨露滋润花儿开的快乐？

## 那份烦恼

我的好友胡建国，在辞去《女报》纪实版编辑部主任的职务后去了美国，开始了他又一段时尚新生活旅程。他在美国给时尚版写过一篇稿子叫《年轻时爱上一座城市》，这篇文章被无数深圳籍留洋学子带到异国他乡经常温习。我想问胡建国，年轻时爱上一本杂志又是什么样的感觉。

那一定是一种烦恼。

当看到青春的触角伸向这个世界最细微的角落，伸向每个生命最隐秘的战栗，直指内心和直面社会的结果，是确立自我的烦恼；

当明白生命就是尝试，每一个人都可以唱出自己的歌，每一个人都可以亮出自己的旗，每一个人都可以成为自己的英雄，那种感觉是"昨夜西风凋碧树，独上高楼，望尽天涯路"的烦恼；

当生命中真实的奇迹不断地展现在你眼前，当你对世界的爱意经常被激荡得泪眼婆娑的时候，你是否想表达自己对世界更多的渴望？而渴望，也是一种烦恼啊！

我不知道，胡建国认同我的这种感觉否。而作为在年轻时办了这本杂志的我，中年正在向我呼啸而来。屹立在时间的风中，看岁月之河静静流淌，我想对每一位读过《女报》时尚版的朋友说：认识这本杂志是你的幸运，因为这本杂志集聚着前前后后、刊内刊外无数热血的，然后是时尚的哥哥姐姐的心血，每一期文章提纯的艰难有如煤的形成，每一个选题的原创性有如你窗前的那棵树，而不是摆在你书桌上的塑料花；而认识你是我的幸运，当中年呼啸而来的时候，你的存在你的笑脸让我明白，青春不是生命的一个阶段，而是一种精神境界。

2004 年 7 月

# 梦想着您的幸福

—

这种牵挂和梦想，让我的幸福感增加了许多，让我们的责任感沉重了许多。在这个城市已经睡着的夜晚，秋风阵阵，传递着我们对您的由衷的祝福。

一个月前，好友铁坚给我打电话，说余秋雨先生夫妇约我一起吃饭聊天。那天傍晚六点半，当我气喘吁吁地赶到南山的新梅园酒楼时，余先生夫妇已经坐在酒楼的包房里了。我连声道歉，然后讲原因：余老师、马老师，刚才我救了李敏。果然效果就出来了——"毛主席女儿？"我说不，是一位失学的四川女孩。我讲了她上到大学二年级，如何被迫休学打工的故事，讲了她如何找到《女报》杂志社求助，讲了《女报》的同事们如何以一种不伤她自尊的方式帮她。秋雨老师、马兰老师充满同情地听着，最后，马兰老师长叹一声：做一个《女报》的读者真幸福啊。

一个月来，马兰老师的这声感慨一直回荡在我的脑海。当个《女报》的读者幸福吗？我疑虑重重。

当这期杂志摆在全国大街小巷的邮报亭的时候，正是国庆黄金假期。有没有哪位大姐在昏天黑地的懒觉中醒来，刷了牙，洗了脸，突然感到忘了什么，然后拍拍头，趿着拖鞋跑下楼去买本《女报》？那位大姐是幸福的。有没有哪位姑娘在黄山脚下的砀口镇，爬完山洗漱完毕之后，拉着男友的手去桥底下逛市场，然后她看到了镇上唯一的一家书报亭，然后她家常便饭似的买了《女报》？那位姑娘是幸福的。

有人惦记是一种幸福。但这份惦记对于我们却是一份沉重的责任。在黄金假期，每一个旅游景点都熙熙攘攘，每一家商场酒楼都人满为患，而您依然要加班在工作场所，夜深人静时，您手中的《女报》能给您带来些许的温暖吗？在黄金假期，家人好不容易整天整晚地聚在一起，这个时候，您家里的《女报》能不能给您带来一个温馨的故事或一则开心的谈资？在黄金假期，忙忙碌碌大半年，好不容易轻松下来，您是不是又在挂念节后的工作，是不是想着年终的总结？在旅行的前夜，您是不是老在担心远方的天气、旅途的变故，那么，这期《女报》的"非常视野"能否让您换个角度思考？……

如果是，那您就是幸福的。而我，梦想着您的幸福，也就有了我的幸福。

宿迁那个叫麦小佳的女孩，每个月都要在《女报》的网站上留下她美丽的身影。她的每一个帖子都贴着她的签名档——"短的是爱慕，长的是人生"，这是《女报》一则"爱情故事"中的一句话，还没完，下面是"爱自己，爱知己，爱生活，爱女报"，她是幸福的，而我幸福着她的幸福。

济南那个叫张小星的女孩，不久前成为妈妈了。十年前，她在深圳被一个无良老板无理解雇，不名一文流落街头，求到《女报》头上，我和邓康延兄拍案而起，在深圳市劳动局辛本兰大姐的帮助下，不仅为她出了一口恶气，而且让她体会到了深圳的温暖。现在，她成了一位作家，成了一位幸福的主妇，成了一位快乐的漂亮妈妈，她在电话里给我报喜，我因分享着她的幸福而幸福。

前文那个叫李敏的四川女孩，在那个傍晚站在我办公室的落地窗前，对着窗外突然亮起的万家灯火，静静地跟我说："聂叔叔，我读了《女报》杂志上许多女性与命运抗争的故事，我不会让你失望的……"那一刻，坐在办公桌前的我有些心酸，也有些许的幸福。

您或许只是像麦小佳那样，记住了《女报》中的某一篇文章或某一句话；您或许只是像张小星那样，因为《女报》突然产生了求助的勇气；您或许只是像李敏那样，因为《女报》就坚定了与命运抗争的决心……更多的是，看了《女报》那么多触目惊心的警世故事，您不再犯低级错误；看了《女报》那样多的人物传奇，您知道了人原来还可以这样活着；甚至，您在看《女报》时，只感动了一会或愤怒了一下，只舒展了一下眉头或紧了一会心弦，那么，我就有理由梦想您的幸福。

一个月来，马兰老师的话一直回荡在我的脑海，让我牵挂您的幸福，梦想您的幸福。这种牵挂和梦想，让我的幸福感增加了许多，让我的责任感沉重了许多。在这个城市已经睡着的夜晚，秋风阵阵，传递着我们对您的由衷的祝福。

2004 年 11 月

# 胡超美的意义

胡超美是周刊的第二位入伙员工，陈小军是第一位。胡超美在周刊的奋斗经历，让我再次领悟到一个生命要走向成功所需的全部东西。

胡超美来到周刊的时候，我并没有感觉到他有任何不凡的地方。他长的绝不是玉树临风的那一类，作为广告人，他也并不是舌吐莲花、讲话天花乱坠的那种；作为策划总监，他的方案大多四平八稳，很显然，他不是中文系学生作文做得最好的那一个。但在2008年的这个时候，我和超美刚刚共事的第一个月过去，我就对小军说，胡超美就是我们要找的那类人，他一定会成功。

先说联通这个单。联通这个单是从老《消费》杂志积淀下来的，但《消费》杂志在我们接手前，几乎所有的长单都已不复存在。《消费》杂志依靠市消委会与众多大公司建立的关系，只剩下联通等几家公司还礼节性地订几册杂志。胡超美与联通的关系，就是跟着老《消费》的员工去送杂志时建立的。他的有心，他的韧劲，在这个单的激活过程中得到完美体现。在至少一年不屈不挠的跟单过程中，发生了什么故事，经历了何种煎熬，找并不全知。但我清楚地知道，联通这个大单是胡超美信心的基础，也是周刊创办至今最大的一个惊喜。

大单。大单战略。是我一直灌输的关于周刊发展的基本战略。我说过,十个大单决定周刊成败;我给每一个新进的广告中心员工说过,耐心做一年,培养出一个大单你就成功了。许多人并不把我的话放在心上,一年两年做下来,依然茫然无措。这些人要仔细问问超美,做大单到底有什么好处。

做大单的好处最起码让超美从容起来,让他把和联通合作的经验复制给其他商家,在复制的过程中,超美总是想商家所想,尽全力协商各方力量为商家服务。宜家这一单就是这样做成的。宜家的最早联系人也不是超美,第一次合作是史美泉负责的,但超美的介入极可能让宜家的单成为周刊的又一个品牌商家大单。超美的武器是什么?是多联系,让商家看得出周刊对他的重视;是多求人,调动采编人员把版面做漂亮;是多沟通,尽全力了解商家的所有需求。超美总在寻求帮助,他找到刘毓去联通主持谈判,他对刘毓在谈判过程中的咬劲赞不绝口;他找到陈小军去宜家,既体现出周刊的重视,又让小军在采编配合上给力;他找过我,找过蒋睦民,找过许瑜晶……他找过的人都不烦他,都喜欢他,因为他在卖力为周刊干事,因为他在努力实现自己的梦想。

在为消委会出版《我们》和《和解之道》这两本书的过程中,在为建安站、市零售商业协会、市场监督管理局服务出书的过程中,我每每都在想:没有超美将会怎样?超美总是最勤快、最耐心的那一个,不论个中有多大委屈,有多少挫折,超美从不向我诉苦抱怨,他只想把单跟好,把事情做成。我常常想,这些单就是周刊的收入啊,别人冲着我的面子给了我这些单,如果我把这些单自己叫几个人做了，该赚多少钱，我无私地给了单位，为什么单位不多几个像超美这样尽心尽力的人呢！

　　总在寻找帮助的超美，也总在帮助他人。这一段时间，超美总在向我嘀咕，他正在帮李妍突击君尚。前一段时间，他给李妍找到了君尚品牌总监的朋友，这几天他又说动小军一起去为李妍的谈判助威。君尚的单应该快成了，超美昨天跟我说，他一脸快乐的样子。而我望着一脸快乐的超美，却百感交集。

　　我想起他不会喝酒，怕别人责怪狂灌可乐的样子。

　　我想起他不喜欢应酬，为照顾客户倒酒端茶忙前忙后的样子。

　　我想起他每天奔波在深圳街头挥汗如雨的样子。

　　我想起他哥哥为他没找到媳妇焦急的样子。

　　……

　　百感交集。去年年底，我给许多人讲，超美明年会给周刊做到 100 万，到现在超美至少完成了 80 万。我现在敢讲，超美今年会做到 200 万。200 万是什么？是超美在深圳过一种体面生活的资本，是周刊全年任务指标的差不多三分之一。

　　为什么是超美？

　　是因为超美不是玉树临风的那一个，不是酒量惊人的那一个，不是天天诉苦抱怨的那一个，不是才华惊人的那一个。超美是那一个最有心的人，他知道同事的经验值得借鉴，上级布置的任务总有道理；超美是那一个最勤快的人，他总在联系奔波，他总在校正思路，他总在路上；超美是那一个让人放心的人，就像山谷总会发出回响，溪流总会冲向江河大海，他做任何事都有一个交代；超美是那一个最会利用资源的人，他知道做广告就是做关系，就是做资源；超美是那一个最偏执的人，他就要成为体面的深圳人，他就要有房有车有娇妻——我敢打赌，三年之内，胡超美会实现梦想。

周刊如果有十个超美？

周刊如果有十个超美，我现在就把周刊全部员工的底薪翻倍，编辑费、稿费翻倍；我下个月就把周刊的妇儿大厦主楼六层的办公室装修成最现代化的，把周刊的宣传广告做进地铁、公汽、电视。

周刊如果有十个超美，我明天就不请领导们吃湘菜了，我会尽力大方一点；我明天就好好地去休一次假，一洗在《女报》十九年的辛酸；我明天就换部好一点的车，在驾驶室的门上大大写上"超美超爽"……

我想起《给加西亚的一封信》的最后一段话：

> 我敬佩的是那些不论老板在还是不在都会坚持工作的人。当你交给他一封致加西亚的信时，他会迅速地接受任务，不会问任何愚蠢的问题，更不会随手把信扔到水坑里，而是全力以赴把信送到。这样的人永远不会被解雇，也永远不会为加薪而罢工。
>
> 文明，就是孜孜不倦地寻找这种人才的一段长久过程。
>
> 这样的人无论有什么愿望都能够得以实现。每个城市、乡镇、村庄，以及每个办公室、商店、工厂，都需要他参与其中。世界呼唤这种人才——非常需要并且急需——这种把信送给加西亚的人。

胡超美，无疑就是一个像罗文这样的送信人。在胡超美之前，蒋大姐是这样的人，她做发行、做活动，都展示了罗文的姿态；徐颖秋是这样的人，我看过沈焰写她的文章，听小军、小果讲过她的工作细节。蒋大姐、徐颖秋和胡超美一样，都给我带来巨大的幸福感。

因此，在这里我要号召全体员工学习胡超美。懂得胡超美的意义，对于我们大家都很重要。

2010 年 12 月

鹏
城
写
意

PENGCHENG XIEYI

一

"人并不一定绝对需要一座都城"，法国诗人塞南古的这句名言，被优雅的本雅明郑重拈出，作为他那部《发达资本主义时代的抒情诗人》的题记，劈首抹上读者的额头。最初接触这句名言的时候，我充满愤怒，觉得真是饱汉不知饿汉饥。后来的日子，又忍不住细细咀嚼，竟也觉得有几分道理。

塞南古讲"人并不一定绝对需要一座都城"，并不是说人绝对不需要一座都城，他是不是提醒人们反观一种并不那么都市化的生存环境呢？人们离不开都市生活由来已久，人们对都市生活的指责和怨怒也由来已久。那高耸入云的水泥森林，让城里人久违的清风明月；那永无止息的车流噪声，让城里人陌生的鸟语虫鸣；还有那步步追魂的生活节奏、处处逼仄的心理空间、潮起潮落的时尚转换……

我离不开都市生活，我选择华侨城是因为我能够享受深圳带给我的好处：都市的繁华热闹、信息密集、生活便利、机遇挑战等等。但是，离闹市十来分钟车程，华侨城又能让我避开都市的喧嚣烦扰、人车拥挤、高楼堆集，从而进入一个并不那么都市化的生存环境。呼吸一下深圳湾湿润的海风，看一看民俗村里的原

219

始村寨，听着从村寨里偶尔飘出来的来自原始乡村的歌声，纷乱的都市心灵便仿佛历经一场奇迹。一种不期而遇的安顿感，使我烦虑皆消，深深地为之吸纳。

华侨城人似乎从一开始就处在和大自然彼此打拱、相互揖让的状态里，因而，华侨城多多少少地满足了我欲了还续的故里情怀。"人并不绝对需要一座都城。"我想，塞南古讲的就是我这种城里人的心事。生存问题已然解决，于是就有了闲心思和空想法，就有了那种饱汉不知饿汉饥的矫情，既想热闹着，又想悠闲着，而且不用担心社会治安，这样的日子就只有在华侨城过了。

## 我是一个虚荣的人

现代人的生活，说到底都是在寻找一种有张力的空间。一方面这个空间要能满足自己现实的生存需求，另一方面这个空间要能保存自己的灵魂，滋润自己的理想。在当代中国，尤其在富裕的深圳，"鱼与熊掌兼得"的神话是越来越少了。恐怕只有华侨城能为我提供这样一个富有张力的居住空间。

"锦绣中华""民俗村""世界之窗""欢乐谷"，这一个个旅游景点的名字，事实上就是一个关于传统、现实和未来，故乡、深圳和世界的富有张力的建构。"锦绣中华"背靠传统的"民俗村"，面向"世界之窗"走进"欢乐谷"，毫不牵强地构成了对中国大走势的一种寓意和象征。一个小小的精致的城区，与一个大大的宏伟的创意联系在一起，尽管与我个人的生活无关，但无论怎样我都会产生一种身处其境、参与其中的快感。

"一步迈进历史，一日游遍中华"（锦绣中华），"五十六个民族，五十六种风情"（民俗村），"您给我一天，我给您一个世界"（世界之窗），每天都有数以万计的游客走进华侨城，踏上"奇妙的欢乐之旅"（欢乐谷）。在轻松的周末，站在华侨城某一栋住宅的阳台上，目光穿过美丽的深南大道，旅游景区里游客摩肩接踵，我的思绪就仿佛回到少年时代。那一年，叔叔作为全国劳模去了北京，我们全家像过年一样快乐了许多天。想起那时我对北京天安门的那份向往，对叔叔的那份羡慕，我就知道，生活在华侨城，该会是让多少人向往和羡慕的事！

## 人是环境的动物

我一直坚信环境对人的决定作用。在社会上打拼了这么多年，我已经过了那种浪漫到以为自己可以改变环境的年龄。人们都把李白所在的盛唐作为自己最愿意生活的时代之一。想一想，长安城里，五胡杂处，冠盖满京华，而诗人却"天子呼来不上船"，该是一种多么开放和浩大的景象！在华侨城生活，或许能多多少少弥补我不能生在盛唐的遗憾。民俗村里那原汁原味的少数民族员工，世界之窗、欢乐谷和华夏艺术中心那永不会落幕的外国艺术团体表演，还有就在华侨城居住的为数不少的洋人"鬼佬"，带给我一种类似"五胡杂处"的开放感觉。

我不可能走遍全世界所有我想去的国家，我也不可能了解全中国五十六个民族的民俗风情，但是，有那么一个机会，让我与一个藏族人交朋友或让我近距离打量一位俄罗斯人的生活习惯，我想我不会放过。我知道，余秋雨和他那位号称"全亚洲最美丽女人"的妻子马兰就住在华侨城的某一栋楼里，还有一些名气响当当的人在这里购了房产，我一点也不会产生与他们"毗邻而居"的骄傲。但是，在某一个清晨的晨跑中，看到老是在电视里晃来晃去的那颗"星"或那个"大师"，比你跑得慢，偶尔还气喘吁吁地对你"嗨"一声以示亲热，也算一个惊喜吧。

更重要的是，哪一个社区都会老去，因为基本同时搬进社区的人，也会基本同时老去，而华侨城却总是年轻的。两年一换的民俗村员工是永远年轻的，表演歌舞的中外艺术家永远是年轻的，来参观这些景点的游客的面孔永远是新鲜的。我想，这无论如何都是一件幸福的事！

## 感受这片土地的力量

深南大道是深圳交通的主干线，深南大道的华侨城路段或许是全世界最美丽的马路之一。在华侨城，你沿着这条大道走一走，不必深入旅游景区，不必在那些令人怦然心动的城市雕塑面前长久驻足，仅仅浏览一下街道两旁的牌匾，你就会感觉到这片土地的力量。

康佳、锦绣中华、中国民俗文化村、何香凝美术馆、华夏艺术中心、世界之窗、欢乐谷……每一个都是中国人耳熟能详的名字。每一天，有多少人从世界各地走向这里的旅游景区，我不知道；每一天，有多少康佳的产品和各类信息从这里源源不断地输往世界各地，我也不知道。但是，我知道，这是这片土地所具吸引力和辐射力的证明。

我是个文人，但我非常清楚自己身处一个市场经济时代。我不想在"冠盖满京华，斯人独憔悴"的边缘状态顾影自怜，我喜欢细细体味真正的企业强人所散发出的人格魅力，我喜欢静静琢磨一个名牌产品的生成过程，就像欣赏一篇锦绣文章的"起承转合"。我想，华侨城实在是一篇经典名作，马志民的立意多么不落窠臼，任克雷的文笔多么舒展优美，诸如"规划就是财富，环境就是资本，结构就是效益"，诸如"文化是明天的经济"，都是这篇文章里掷地作金石响的警句啊。

康佳的彩电和手机，我最多使用一件；旅游景区我一年最多去一两次。但是，我真的喜欢带着一种欣赏的眼光在华侨城的土地上行走，我真的喜欢近距离感受与我人生风格迥然不同的企业强人的创造激情。圣人云"高山仰止，景行行止，虽不能至，然心向往之"，大概就是讲的我这种心态。

## 一年有一个夜晚

古典的温暖的夜话正在离我们远去。承继着白天辛苦的劳作——求知、求财、求名，我们的夜晚正流失在灯红酒绿的觥筹交错之中，无病呻吟的卡拉 OK 歌声里，还有铿锵的麻将、空洞的闲聊……我们向夜晚宣泄白天的压抑，却没有向夜晚申请滋润以度过更好的白天。

乡愁是人类永恒的冲动。不管我多么热爱城市生活，不管故乡离我的生活现实已经多么遥远，但是在城市漂泊了这二十年以后，我还是得悲哀地承认，我忘不了乡村。在工业文明摧枯拉朽扫荡一切的今天，有多少个夜晚，在酒醉饭饱和打牌胡聊之后，我多么怀念乡村夜晚特有的圣洁、轻松、安谧，那是真正能凝聚白天劳作消失殆尽的激情、神性和温情的夜晚啊！

华侨城民俗村给我提供这样一个夜晚，"中华百艺盛会"和"绿宝石"民族歌舞晚会都让我产生复活的狂喜。它们浓缩了民族生活中富有经典意味的场面，如江南的风荷、长城的狼烟、傣寨的溶溶月色，一下就唤醒了我们这些成年人对儿童岁月的怀想，我们这些文明人对族类蒙昧岁月的咀嚼。夜的感觉是如此深地淹没了我们，我们心甘情愿地淹没在这夜的海洋里。民俗村的夜晚是对我似乎永无止息的世俗生活的一次阻断，是对我已经充分理性的思维模式的一次淬火。每一年都需要这样一个夜晚，对自己脆弱易碎的人性和凌乱不堪的精神进行一次整理。

我需要亲近土地、月亮、禾稼、草虫这些简单的同时也是根性的东西。

## 儿子梦想开始的地方

我梦想开始的地方，既没有湘北浩瀚洞庭湖的滋润，也没有湘西南崇山峻岭的陶冶。湘中皇陵地区我的故乡，使我缺少了许多能够峥嵘尽露的大气。那一年，当每次考试都高出第二名三四十分的我，满以为北京大学手到擒来时，录取通知单与我开了一个不大不小的玩笑。这是怨不得自己的事。

华侨城是我儿子梦想开始的地方。和所有中国的父母一样，我望子成龙。我想，他在华侨城中学高考时，只要他当第一名，北京大学就会手到擒来，这应该是省级重点中学与乡村中学的区别所在；他的班上会有一两位名人的子女、一两位富豪的子女、一两位香港居民的子女、一两位金发碧眼的儿童。这很好，他再也不会像我二十岁时还羞于与名人、富翁打交道。早些时，报载华侨城小学的棒球队有两位小同学被选拔到了国家少年队，这对于我是个好消息，因为我是一个体育迷，如果我儿子遗传我的爱好的话，说不定他小小年纪就可以打国家队……

我希望我儿子在一个自由、平等的环境里健康成长。尽管我对他满怀望子成龙的热望，但到现在为止，我只能保证一点，至少他不会像我这样，讲一口连地道湖南人听了也会皱眉头的湘乡话。

人活着，就会一路选择，"我最愿意生活的地方"这道选择题的答案，仅仅是我的答案。我是一个文人，但不是那种矫情到口口声声要隐居山林的酸楚文人。作为一个文人，我首先是现代人，而且是一个在现代都市有着一份体面职业的劳动者。我的选择是基于我对现代文明成果共享的渴念，基于我对生活高品质多元化的追求。我也知道，华侨城并不是挑不出瑕疵的，但是，我更明白，我永远挑不到一个没有斑痕的苹果，那么就挑一个瑕疵最少的吧！

2000 年 6 月

225

# 魅力蓝楹湾

一

　　每一个城市都有自己的象征之地。像北京的天安门广场，淋漓尽致地展露着封建王朝的神圣光辉和现代京都的磊落大气；像上海的外滩，作为殖民主义的遗迹，她与生俱来的洋气成为国际性大都市的标签。到北京的人都会去天安门广场，到上海的人都会去外滩。到深圳的人都会去华侨城，不仅是为了体验华侨城旅游景区的独特风情，为了感受华侨城人文社区的巨大魅力，还因为华侨城实实在在代表着深圳这座城市的先锋姿态、文化梦想和幸福标杆。

　　深圳，华侨城，欢乐海岸，蓝楹湾。

　　深圳有个华侨城。中国人都知道，因为接待参加第 26 届大运会的国家元首和贵宾的缘故，大概有一半地球人也知道，华侨城有个欢乐海岸，是华侨城集团本部版图的收官之作，定位于深圳城市文化的大客厅。无数顶级的品牌商家已经入驻这里，许多的华人精英已经关注这里；这里的顶级购物中心和高档餐饮名店开始车水马龙，这里的水秀表演和生态旅游开始口口相传。

　　欢乐海岸有个蓝楹湾。只有这个蓝楹湾还"养在深闺人未识"，我在想啊，这个"天生丽质难自弃"的蓝楹湾，一旦长成，会成为多少人心中的"长恨歌"！

226

## 蓝楹湾的坐标

大概 15 年前，我在深圳湾大酒店（现华侨城洲际大酒店）看望一位建筑大师。这位大师早年留学海外，壮年在贝聿铭建筑设计团队工作多年，然后回到香港成立建筑师事务所，在香港和内地都留下了不少建筑经典。聊天的间隙，龚姓大师兴之所至，突然站了起来，走到深圳湾大酒店的落地玻璃窗前，手指碧海蓝天、行行白鹭，大声对我说：真是风水宝地啊！

15 年前，深圳湾的海浪还在深圳湾大酒店的窗下拍打，滨海大道还是纸上蓝图，大师就告诉我，华侨城这片土地是深圳的气眼，是真正的风水宝地。愚钝如我，一直将龚先生的话当作兴之所至的感慨，在华侨城住了 13 年，眼看着生态广场的绿色从燕晗山像碧缎一样流淌到窗前，眼看着欢乐谷成为"都市繁华开心地"，每天承载万千人的欢笑；眼看着东边的旧工厂变成人文的高地、创意的乐园。特别是眼看着欢乐海岸从海边的滩涂华丽变身成为城市的客厅，我终于明白先生话里的真义。

深圳中心城区呈带状由东向西铺展开来，在华侨城段被深圳湾的海水狠狠地咬了一口，因为塘朗山的呼应，带状的城市突然被束紧了，华侨城就成了深圳的小蛮腰。这一口咬下来，深圳作为滨海城市的真相得以不经意地呈现，蔚蓝的海水袒露在世人面前，浩荡的海风从这里发散开去。站在欢乐海岸蓝楹湾的地基上由南往北眺望，第一重景深是锦绣中华的大好河山、民俗村的自然村寨和世界之窗的异国名胜；第二重景深是展示当代中国人社区生活的"清明上河图"，华夏艺术中心、康佳电子、威尼斯酒店

227

和海景奥斯廷酒店、沃尔玛购物中心、欢乐谷、华侨城小学中学、湖滨花园、海景花园、锦绣花园和波托菲诺小镇，每一个都是中国人耳熟能详的名号；最深处，逶迤横跨福田与南山的塘朗山就成了沉稳的靠椅。靠山面海，这是欢乐海岸蓝楹湾的自然坐标。

而欢乐海岸蓝楹湾的历史坐标，就是建立在山对海的呼喊这一自然坐标之上。千百年来，深圳湾随大洋的呼吸而律动，随日月的升降而涨落，即使那湾外的大海浊浪排空，这湾内部总是浪静风平，微波难兴。打破深圳湾千百年沉寂历史的悲壮时刻离现在并不远——30多年前，风平浪静的深圳湾作为偷渡逃港的黄金通道之一，曾经上演了一出100万人蹈海求生的悲剧。逃港风潮离今天最近也是最大的一次，1979年5月6日，来自惠阳、东莞、宝安80多个乡镇的7万多群众，像数十条凶猛的洪流，黑压压扑向深圳，扑向现在称之为欢乐海岸的这片地域。

浅浅的海湾，梦想在彼岸，母亲在此岸；富裕在彼岸，贫穷在此岸；欢乐的繁华世界在彼岸，痛苦的萧瑟家园在此岸。在小平同志复出视察全国的第一站，深圳就是以这样耻辱的形象，首次撞入他的视野。华侨城脚下的这片土地聆听过这位巨人沉重的足音，而深圳湾的海水一定牢记住了他在这里掷地有声的讲话："这是我们的政策有问题！""贫穷不是社会主义！""一定要赢得与资本主义制度相比较的优势！"华侨城，欢乐海岸，蓝楹湾，是中国改革开放的发祥地之一，是中国踏上复兴之路的原点之一。这是蓝楹湾的历史坐标。

山对海的呼喊，积攒了万年在这里终于汇成历史的最强音；黄土文明对蔚蓝色海洋文明的渴望，积攒了千年在这里终于爆发

文化的大融合。"没有哪一次巨大的历史灾难，不是以历史的进步
为补偿的。"正是印证着恩格斯的名言，华侨城欢乐海岸成为深圳
的象征之地和文化客厅，而蓝楹湾则成为展示深圳文化美轮美奂
的华美客房。

## 蓝楹湾的境界

　　蓝楹湾，是坐落在欢乐海岸西部地块的度假别墅小区。我看
好蓝楹湾，当然不仅仅是她拥有地王之王的地理坐标，更重要的
还在于蓝楹湾创造出了高档别墅小区极为罕有的境界。

　　是的。境界。

　　蓝楹湾的境界，首先体现在华侨城人给她赋予的名字上。蓝
楹，原产地巴西，紫葳科，在阳光充足、气候温暖的地域都能茁
壮成长。蓝楹的花语——"在绝望中迎来希望"，如此贴切地诠释
着这片土地上发生的奇迹，使我绝对地相信华侨城人的取名不是
兴之所至。两年前，我写给儿子的一封信《生命的底片》，被无数
报刊和网站转载，我将灿烂春日里，华侨城生态广场火红的凤凰
花，作为儿子"生命的底片"之一。到今天，我才知道，蓝楹（紫
云木）和红楹（凤凰木）是乔木中著名的"双影"，开满蓝花的蓝
楹与开满红花的凤凰木，是观赏树木中的双璧。如果不是别有用
心，华侨城人为什么不把已经成为我儿子记忆底片也是无数深圳
市民记忆底片的红楹（凤凰木）轻松地移植过来呢？

　　众所周知，名字与人的性格和命运存在某种联系，因此，取
名成为所有父母生儿育女后的第一桩大事。我想，华侨城人对"蓝

楹湾"的命名，不仅有对蓝楹花语的认同，而且有对"蓝"这一色彩深刻的理解。闻一多先生的名诗《色彩》：生命是张没有价值的白纸／自从绿给我发展／红了我热情／黄教给我以忠义／蓝教我以高洁……／从此以后／我溺爱于我的生命／因为我爱他的色彩。蓝楹湾的地基本是一片沉寂亿万年的滩涂，有什么能与华侨城人热情的红、发展的绿一起赋予她以强悍充盈的生命？只有高洁的蓝了。有什么能像表达大海无法抵抗的诱惑一样表达大海边顶级别墅的美丽？也只有高洁的蓝了。

王国维先生说："词以境界为最上。有境界则自成高格，自有名句。"词如此，诗如此，画如此，建筑艺术作品亦如此。如果说，蓝楹湾的命名是对这组别墅作品所追求境界的一种暗示和导引的话，那么，蓝楹湾建造过程中所造之境的合乎自然和所写之境的邻于理想，则将这种境界巧夺天工地付诸现实。

蓝楹湾的境界，最突出地体现在对水、岸和建筑三者关系的处理上。蓝楹湾的心湖，是华侨城人从15公里外的深海区用管道引来特意打造的，心湖和深圳湾连成一片，展现出"落霞与孤鹜齐飞，秋水共长天一色"的壮观景色。为什么在深圳湾畔还要打造心湖？为什么心湖的水要花大力气从深海引入？这关乎华侨城人对水与建筑及民族心灵三者之间深刻关系的独特理解。江河湖海，还有春雨夏露、秋霜冬雪，这所有称为"水"的东西，不但是人类日常生活中最平常也最重要的东西，同时也是人类精神生活中念念不忘并苦苦追求的一种价值取向和情感选择，所谓"智者乐水""上善若水""水滴石穿""水到渠成"。"关关雎鸠，在河之洲"，解开《诗经》的封面，就见一片北方的水色河光，照人眉睫，于是，先秦时代的水流，就波光潋滟、浪花飞扬地流过汉魏六朝，流过唐诗宋词，进入我们民族的心灵。正是因为意识到了水与民族普遍情感的这种长久对应，华侨城的旅游地产高端品牌"纯水岸"红遍全国，而在蓝楹湾的打造过程中，由于水的面积无限扩大，蓝楹湾的建筑景观设计让水成了灵魂。在这略显空旷的岛群上，满目除了花和树，便是桥和水，朝霞在吻摸鱼群，旭日在和露珠告别，雾气就从我们身边升起，那种"寒波澹澹起，白鸟悠悠下"的悠闲，那种"万丈红泉落，迢迢半紫氛"的祥和，浸透我们的全身。

　　一定要读懂蓝楹湾的岸。把水当作建筑景观的灵魂来设计，或许是新千年以来华侨城旅游地产作品一以贯之的追求，而把岸看作水的语言，看作建筑生命的延伸，却可能是第一次。或许是直接面对铺天盖地的大海对灵感的激发，华侨城人让无数关于岸的诗句落地生根，于是蓝楹湾成了花岸，所谓"锦浪桃花岸岸开""倚遍苔华岸岸红"，所谓"芦荻江枫岸岸花""岸岸红云是蓼花"……就是蓝楹湾的实景。岸，是最美丽的汉字之一。"岸"的美丽根植于人类作为陆栖动物对陆地的依赖，由此，寻岸自然而然成为中华民族最古老的文化母题。《诗经·蒹葭》中来来回回对河对岸伊人的寻找，《离骚》中上下求索最后投水对彭咸的追随，是这一母题在中国早期文学中的突出表现。蓝楹湾用岸的美丽彰显人作为追寻主体的伟大和崇高，"岸岸水生芳草绿"的春景，"烟老平芜岸岸秋"的秋景，就是蓝楹湾主人窗前四季变换的风光；"野凫眠岸有闲意"的闲适，"惊起沙鸥掠岸飞"的紧张，"独立荒池斜日岸"的落寞，"锦浪桃花岸岸开"的热闹，就是蓝楹湾主人在心间与自然呼应的节律。岸的美丽衬托着活着的精彩，或许这就是蓝楹湾的独特魅力之一。

水连水。岸通岸。

湾套湾。岛牵岛。

蓝楹湾在展示她独一无二的复数之美。或许说，在强调她独一无二的美的复数。无论造境还是写境，蓝楹湾都在设身处地地表达对自然环境的尊重，都在处心积虑地实现对优质生活的创想。于是，蓝楹湾从别墅建筑习常的饕餮盛宴中抽身而出，自成高格自有名句而境界全出了。

## 蓝楹湾的期待

许多人都以为，自己能选择人生道路和美好命运，到头来才发现，其实往往是道路和命运选择了他。徜徉在蓝楹湾，我总在想，这自然祥和、世事静好、美轮美奂的别墅小区，会选择或期待什么样的人来居住？

蓝楹湾一定期待那些把人生视作假期的人来居住。人生本是一场旅行，我们都是这个喧嚣世界的匆匆过客，但有多少人能真正看破红尘、参透玄机？华侨城人把蓝楹湾直接定位为租赁式度假别墅，那些冀求万寿无疆、千秋万代的人小心了！

蓝楹湾一定期待有高贵品位的人居住。为什么不把对街生态广场的红楹轻松移植过来？要知道这凤凰花已经名动鹏城，年年五月惹得游客如云呀。为什么要用"白色骑士"迈耶设计的纯白建筑——华会所将蓝楹湾与沸腾的欢乐世界隔离开来？要知道这遍布酒肆食府、高端品牌和娱乐项目的城市客厅，已令无数人趋之若鹜。选择住蓝楹湾意味着你要认同蓝色的高洁和白色的纯净，意味着你要拥有大海和天空一样广阔的胸怀。你做到了吗？

蓝楹湾一定期待那些历经繁华的人居住。水中连水，湾上加湾，还要用高大的乔木、宽阔的水面和纯净的白房子做优美的防御，在"繁华地"刻意打造"桃花源"，在华侨城欢乐海岸的地盘上精心营建有些冷、有点傲的蓝楹湾，一定是意识到了抵抗灯红酒绿和抗拒魏紫姚黄，是需要免疫力的，而最好的免疫力来源于自己的经历。如果不是经历繁华的人居住蓝楹湾，不知意志消沉者凡几，不知家道中落者凡几。

达观。品位。丰盛。能够居住在蓝楹湾的就是这些人了。我也想住在蓝楹湾，我必须自觉地收住脚步，因为蓝楹湾以她的境界和情调提醒了我。

我知道，会有许多的企业选择蓝楹湾的别墅，在华侨城欢乐海岸这个城市文化客厅里有个自己的高档会所，用于高层会议、商务接待、休闲度假，是一个多么体面的去处啊！可是，我相信，这么讲究私密，如此追求静美的蓝楹湾，或许还是更多地期待那些人生已经足够达观、有足够品位和足够丰盛的人来居住吧。

那是怎样一群人？我想起了李商隐的那首《花下醉》："寻芳不觉醉流霞，倚树沉眠日已斜。客散酒醒深夜后，更持红烛赏残花。"那是繁华盛唐已过的有点颓废有点伤感的时代感觉，那是人到中年后有点慵懒有点困倦的生命状态。但李商隐的诗和蓝楹湾的生活都在提供同样一种积极的态度，生命并没有一种极盛与极衰，生命其实处在一种流转的过程当中，或许在生命的某些时间里，会感觉自己最好的人生阶段已经过去，会有一点沮丧，会有一点伤感，可是，对繁华的回忆会是喜悦的，对自然的欣赏会是平和的，对生命的美好会是珍惜的，就是这样一群人，会享受蓝楹湾静好的生活，会体味到蓝楹湾静美的境界。那种静美的境界，王国维先生形容得绝对到位：蓦然回首，那人却在，灯火阑珊处！

那群值得羡慕并更值得尊敬的人啊，请记住一个老华侨城业主的提醒：

一年当中，你一定要像我一样，沿着深南大道华侨城段走九次。看一看街道两边的招牌，看一看摩肩接踵的游客，你会感受到这片土地的力量。

一年当中，你一定要抽出一个夜晚在民俗村度过。神秘的图腾，熊熊的篝火，原始的舞蹈，生命的歌声，你的灵魂会受到洗礼，你的种族记忆会复活。

一年当中，你一定要抽一个周末到 OCT 创意园去逛一逛。那里的创意市集会让你眼花缭乱，那里的艺术展览会让你大吃一惊。对面的何香凝美术馆里的作品太经典了，你可能看得多了，可这里稀奇古怪的艺术品就开眼界了。

一年当中，你一定要送一次你的儿子或孙子去上学，无论小学中学还是大学，华侨城社区里都有，走十来分钟就到了。送孩子不只是尽义务，你看到几百个几千个孩子齐吼吼地歌唱齐刷刷地做操，你能不年轻吗？

一年当中，你一定要拿着你的会卡去几次华会所。听一听顶级学者的讲座，参与一下影响社会的文化艺术事件的酝酿与点爆，你会很舒服很得意的。

　　当然，一年当中，你要记得去华侨城医院或滨海医院做一次体检；你要记得在五月到生态广场去看一次凤凰花；你要记得提醒你的客人，华侨城洲际大酒店胡锦涛总书记住过，他享受和总书记一样的待遇；你要记得端午节到毛家饭店吃几个粽子，中秋节到俏江南或者丹桂轩吃一只大闸蟹，重阳节到燕晗山去登高……

　　如果你记得，你会很幸福。在蓝楹湾。

2013 年 7 月

深圳的旗帜
——喜欢东部华侨城的理由

一

　　我一直以为，华侨城是中国当代城区开发的一个异数。和一切刚从贫困中挣扎出来的发展中国家一样，中国城市的开发重演了取消历史、铲平自然的一幕。只有华侨城，以对原初规划一以贯之的尊重，以对原生地貌自始至终的保留，以对社区活力坚持不懈的强化，创造了一个持续发展、持续创新的超大型人文社区。进入新世纪以来，华侨城集团开始在全国一些大中城市复制自己的开发模式，所到之处都赢得好评如潮。这是在我意料之中的。

　　但是，在2003年的那个春夏之交，当我听说华侨城集团要启动深圳东部华侨城的开发时，我还是充满疑惑和担忧的：在深圳中心城区的华侨城已将主题公园的开发做到极致的情况下，偏居三洲田荒山野岭的东部华侨城要做出什么样的杰构，才能吸引眼球？在完全不同的地理环境里，华侨城辉煌的历史会不会成为沉重的因袭？

　　从2003年的那个春夏之交至今，整整五年间，我每年至少六七次去东部华侨城探班，目睹东部华侨城从纸上的蓝图走向地上的实物，那是一朵花变成一片花海的神奇，那是一棵树变成一片森林的进化，那是一汪水变成一团湖泊的执着，那是一块石头变成一座城堡的惊喜。

是的。那是大地的成长。

是的。华侨城到底是华侨城。

## 两张底片

东部华侨城开发的三洲田地块，一定有两张底片长久地印在深圳人的脑海里，当然也长久地压迫着东部华侨城开发者的神经。

这两张底片中一张是关于三洲田历史的。三洲田首义亦称庚子首义，发生在 1900 年 10 月 6 日，是以孙中山为首的革命党人打响的民主革命反清武装起义的第一枪。整个中国 20 世纪风起云涌波澜壮阔的救亡与启蒙运动，皆源出于此。孙中山对三洲田首义的评价很准确，他认为首义失败后，"有志之士，多起救国之思，而革命风潮自此萌芽矣"。

基于这样的历史记忆，我们站在三洲田的任何一个地方都会感到沉重的历史气压：革命先烈在这里流过血，孙中山在这里思考过中国的命运，中国走向现代化的真实起点就落在这山重水复、莽莽苍苍的大地上。大地默默无言，千百年间，自然山水并不会有太大的改变，但先烈的身影却改变了三洲田的地气，使我们对三洲田的感受不同于三洲田首义以前世世代代的祖先对她的感受。

这两张底片中的另一张，是关于三洲田自然的。地处苍茫群山之间的三洲田可谓天生丽质，蔚蓝的大海是她成长的背景，多个山地湖泊和水库赋予她明亮妩媚的眼睛，逶迤起伏的山脉是她挺拔的身架。那浓密的森林植被，那飞流直下的瀑布，那不时在山谷盘旋的老鹰……都给她增添了别样的风情。三洲田千百年静静地躺在这里，首义第一枪或许让我们在阅读历史教科书时对她产生过遐想，但截至 20 世纪 80 年代，三洲田的美丽自然依然是养在深闺人未识。

或许并不是历史的巧合。在 20 世纪 80 年代，当中国民主革命的萌芽地成为中国改革开放的发源地，三洲田也开始从历史的教科书中走出，进入我们真实的视线。作为深圳经济特区关内为数不多的处女地，三洲田美丽的自然山水成为深圳人都市生活的绝好调剂。启动"三洲田"百度搜索，你能看到的十之八九是深圳驴友提供的关于"三洲田攻略""美丽的三洲田"之类的文字和图片。当东部华侨城的开发者们进入三洲田时，三洲田的自然比三洲田的历史更为凌厉逼人。在看惯了名为开发实则破坏的无数出悲剧之后，深圳人对三洲田的未来抱以深深的担忧。

三洲田的历史和自然，是东部华侨城的两张底片。

## 大地的成长

我想请华侨城的领导把我的老乡魏源的一句诗——"客里无宾主，花开即故山"——镌刻在东部华侨城的入口处。

作为中国近代睁眼看世界的第一人，魏源在晚年写的这句充满禅意的诗，好像就是为东部华侨城写的。无论是针对休闲度假旅游的定位而言，还是对于理解东部华侨城对三洲田历史和自然的创造性开发而言，一切都在"客里无宾主，花开即故山"的真义里了。

花开，当然是三洲田青青茶园依然飘荡的茶香，当然是三洲田的水库和湖泊依然清澈的山光水影，当然也是茵特拉根小镇迷人的苏格兰风笛声，当然也是湿地花园和四季花田比原生更加浓郁更加醒目的风景。毫不夸张地说，东部华侨城所创造的一切，包括瑞士风情的茵特拉根小镇，茶溪谷古朴的茶马风情，包括气势宏伟的大剧院《天禅》演出，云海谷叱咤风云的山顶高尔夫球场，还有大侠谷"可下五洋捉鳖，可上九天揽月"的探险之旅，都是三洲田"故山"上理应出现的"花开"。

茵特拉根小镇是著名文化学者余秋雨先生去欧洲旅行后向华侨城人提议移植的。而我知道，余秋雨先生早在东部华侨城开发动议之初，就有过创作一部三洲田历史歌舞剧的想法。难道他看不到茵特拉根小镇与三洲田的历史和自然风马牛不相及？难道他训练有素、道行已深的历史文化判断被华侨城的旅游开发完全蒙蔽？不！绝不！作为20世纪的送行人，余秋雨和东部华侨城开发者的眼里有三洲田似血的夕阳和如海的苍山，但暮色苍茫中并不尽是萋萋芳草、古道西风和遍地废墟，他们的眼里更多的是漫山遍野生生不息的翠竹直指苍天，遍地夕烟中稼禾拔节的脆响响彻大地。华侨城人不以忧郁的凭吊者角色出现，也不站在悠闲的旁观者立场，而是坚决地选择与历史和土地共命运同呼吸的姿态。在他们的创造中，三洲田流淌着文化传统和革命精神的活水，奔突着创造历史和改变世界的地火。正是这种充满深情的对三洲田的创造性开发，穿越了改革开放以强国的深圳与民主革命以救国的三洲田，20世纪初与21世纪初，试图驱除韬虏的过去与正在拥抱世界的今天这三者之间的苍茫时空，使华侨城人的努力融入永恒，使东部华侨城成为深圳的旗帜。

东部华侨城对三洲田的开发，不经意间正在形成一个极富意味的象征。许多人不理解，开发者懒得升华。你想一想，穿行在大侠谷入口处的巨石阵中，那刻满中华民族图腾的巨石，难道不会让你油然而生对民族历史的敬畏之心和陡然而起对民族愿景的担当之念？然后，在天风苍苍、海水泱泱的峡湾森林中，地心之旅、太空之旅、海洋之旅的多维向探险，是惊险刺激的想象力的开发和意志力的磨炼，也是民族仁人志士成长为大侠之路的模拟实证。往上就是云海谷了，高尔夫当然是舶来的洋玩意儿，但崎岖不平的山地风貌佐之以粗粝的美国西部球道设计风格，在这里运动是不是对伟人毛泽东那句"野蛮其体魄，文明其精神"的最好诠释！然后就是茶溪谷了，茵特拉根小镇热热闹闹的异域风情当成了门面，但骨子里还是中国，还是安安静静、生生不息的古朴中国的茶翁古镇。从海边到山里，由大侠谷、云海谷、茶溪谷组成的东部华侨城九平方公里的土地上，次第展开的是正在积极共享人类优秀文明成果的中国，将要塑造和锤炼的正是具有现代文明精神的中国人。

谢谢您，我的乡贤前辈魏源。"客里无宾主，花开即故山"，让我们找到了理解东部华侨城的钥匙。东部华侨城的花开在三洲田的土地上，鸟儿依然在林间歌唱，雄鹰依然在山谷盘旋，鱼儿依然在水中悠游，没有主宾，三洲田依然是我们共同的家园。我想，花开的故山，这就是魏源、孙中山和三洲田的那些先烈梦寐以求的故山了。

# 人并不绝对需要一座都城

"人并不绝对需要一座都城",这句法国诗人塞南古的名言,被优雅的本雅明郑重拈出,作为他那部《发达资本主义时代的抒情诗人》的题记,劈面抹上读者的额头。多少个夜晚,住在"都市繁华开心地"华侨城的我,没来由地总会被这句诗敲醒。

华侨城,是我喜欢生活的地方。但自从华侨城社区的人口从我入住时的 2 万增加到现在的 8 万,白天游人如织、夜晚歌舞升平成为一种都市化的生存常态时,我就知道,我绝对需要东部华侨城。

你看,东部华侨城局处一隅而不灰索,占水一方而无艳俗,存自然人生,握清奇境界,挹风雅人情,在秦砖汉瓦和欧风美雨之间,幽幽地吐纳着融神秘过往与神奇现世于一身、铸东方神韵与西方风情于一炉的人文氛围。我得承认,我对恬淡美的向往,对温煦风的钟情,有待于我向茶翁古镇追寻和感恩;我也得承认,我对西洋建筑的好奇,对异域风情的探究,有待于我在茵特拉根比对和坐实。我那正在上初中的儿子正在以无比的期待迎接大侠谷的开业,正处叛逆年纪的他需要青春的发泄;而我每每在云海谷驱车经过时,都会降低车速遥望那些潇洒挥杆的球手,从心底里羡慕他们的健康人生。

我喜欢东部华侨城的园林。尽管放在茵特拉根小镇和茶翁古镇的名号下,但茶溪谷的所有建筑实在尽得中国古典园林的精髓。中国古典园林特别强调因地制宜、移物借景,茶溪谷平地上的茵特拉根小镇,园林以水为主,利用天然的湖泊巧作安排,平台上的茵特拉根湖弯环曲岸，浅水藏矶，使水面饶弥漫之意。而亭台间出，桥面浮波，以虚实的倒影，与高低的层次，构成了以水成景的画面。平台下的三洲田水库和对岸的青山翠林，使游人视野大开，呈现一片舒展开阔之势。

而山岭上的茶翁古镇为迎合游人远眺与休憩的需求，建筑小巧而多变化，无论是在建筑处理还是山石堆叠、盆景配置等方面，都是工笔细描，耐人寻味。因地势较高，故近处湖光，远处岚影，再远处的海天一色，可卷帘入户，借景绝佳。可以说，用"移天缩地"这句话来概括，一点也不夸张。茶溪谷融南北园林于一处，组中西建筑在一区，不觉其不协调不顺眼，反觉面面有情，处处生景，实在是大家笔法。

我喜欢东部华侨城的歌舞。天禅之舞，风姿清绝；山地歌声，天籁清音。正是午后慵懒的阳光照射在华侨城大剧院的圆形穹顶时，《天禅》晚会将跨越时空的茶与禅、水与火以空灵的广板铺垫，以如歌的行板舒展，以辉煌的快板升华。为生命而歌，为生命而舞，我们与天人合一的感动不期而遇，我们和清洁纯粹的精神不期而遇。走上去，站在茶翁古镇的广场上，我所见到的北面茶山上的"天籁"情景式山地歌会，采茶女原生态的山野民歌，让我想起故乡、童年……

我喜欢东部华侨城的自然山水。久居深圳的我，只有在东部华侨城才认同北岛的话——"天空是一本书，百读不厌"；只有在东部华侨城，我才能感受自然生命的四季——"春山淡冶而如笑，夏山苍翠而如滴，秋山明净而如妆，冬山惨淡而如睡"。我随便在哪个山头一坐，苍苍天风泱泱海水就会扑面而来，虫鸣蛙鼓稼禾拔节就会应声而响，我知道，只有土地、稼禾、月亮才是根性的东西，其他的一切都很轻很轻。

东部华侨城的园林、歌舞、自然山水在在处处都在重构东部华侨城的境界。华侨城人合乎自然的造境和邻于理想的写境，使独推"境界说"的著名学者王国维所列出的所有名句，都能在东部华侨城找到实景，无论是体现有我之境的"泪眼问花花不语，乱红飞过秋千去""可堪孤馆闭春寒，杜鹃声里斜阳暮"，还是体现无我之境的"采菊东篱下，悠然见南山""寒波澹澹起，白鸟悠悠下"；无论是体现大境界的"落日照大旗，马鸣风萧萧""雾失楼台，月迷津渡"，还是体现小境界的"细雨鱼儿出，微风燕子斜""淡烟流水画屏幽，宝帘闲挂水银钩"。这是一种怎样高超的创造！

我喜欢生活在华侨城，但我绝对需要东部华侨城。"人并不绝对需要一座都城"，塞南古的诗一定是提醒我们反观一种并不那么都市化的生存环境。故山情怀，这正是我在东部华侨城候个正着的感受，而且，这份桑梓情中既包含着直指心源的情感震荡，那种可以借以倚傍终生的精神后院；又满怀着上下求索的不屈渴望，那种足以驱赶懒惰的巨大诱惑。

## 脚印与花瓣

2000 年的元旦。在华侨城生态广场落成典礼上，我听到了我在深圳 16 年最激动人心的一次讲演。华侨城的总裁在引用毛主席《在孙中山先生诞辰九十周年纪念大会上的讲话》——"因为中国是一个具有九百六十万平方公里土地和六万万人口的国家，中国应当对于人类有较大的贡献。而这种贡献，在过去一个长时期内，则是太少了。这使我们感到惭愧。"——之后，说"华侨城建造生态广场，就是为了不惭愧；华侨城以后的所有开发建设，都要做到不惭愧"。

我想，东部华侨城开发的逻辑起点就在这"为了不惭愧"上。

正是为了不惭愧于历史，华侨城人自觉地将三洲田的光荣与梦想担在自己肩上；正是敬畏三洲田美丽的自然山水，华侨城人在"生态保护大过天"的自觉警醒中创造性地开发出壮丽的人文山水。

我知道，东部华侨城有一个有毛病的董事长，他老把本该下午开完的会拖到晚上九点十点，他老在凌晨时分把副手叫醒谈脑子里突然冒出的灵感，他老在嘀咕千头万绪的工作哪天才干得完呵；我知道，东部华侨城有位女规划师，年过而立一直不敢要小孩，为了大侠谷"风驰电掣"这个游戏项目更加惊心动魄，从平地到悬崖，她的图纸改了五次；我记得，我的好友在他90岁老父病重那段日子的辛劳，每个晚上他驱车一个多小时从山上风尘仆仆赶回，在第二天清晨从病房蹑手蹑脚离去，但是他终究没能为父亲送终，那天中午他跪在父亲遗体前痛哭的镜头我一生难忘……

我无法一一细数这些脚印。有一部被称为"土地赞美诗"的长篇小说，是挪威作家汉姆生写的，书名就是《大地的成长》。这部1920年获诺贝尔文学奖的经典作品，为了写这篇文章我又一次读了，依然感到深深的震撼。汉姆生写道："在荒山旷野中的这些创业者实在干得不错；对，连他们自己也认为这是一种奇迹。"这段话就像是描写东部华侨城开发者的。

我到过南非的太阳城，我敢打赌，茵特拉根大酒店与承办过多届世界小姐选美比赛的皇宫大酒店相比一定是各擅胜场，不讲东部华侨城一览无余的蔚蓝大海，即使是大侠谷的人造瀑布也一定能胜过太阳城波涛谷的人造海浪。

我到过马来西亚的云顶，除了没有声名远播的赌场，东部华侨城从风景到建筑，从游乐项目到酒店设施，都要胜出云顶何止一筹！

我没有到过日本北海道的富良野，但我启动百度搜索阅读了它的所有图片和文字，我知道东部华侨城除了没有北海道的雪景，一定有比富良野更加壮观的自然山水和人文山水，有比富良野的薰衣草花田更加丰富的四季花田和湿地花园。

我知道，南非的太阳城、马来西亚的云顶、日本的富良野，都是全世界美名远播的休闲度假旅游胜地。现在，深圳终于有了可以与之媲美的东部华侨城。

我知道，东部华侨城是我国第一个"国家生态旅游示范区"，被前总理朱镕基赞叹为"犹如人间的仙境"。东部华侨城规划建设中对科学发展观的坚持，对人和自然和谐关系的强调，对生态文明和循环经济的追求，一定会化作为深圳城市建设的一座丰碑。

我知道，我的子孙，所有深圳人的子孙，会世世代代享受东部华侨城的馈赠。天风苍苍海水泱泱，虫鸣蛙鼓稼禾拔节的景象，会让他们永远记住人类中根性的东西，不至于太过忘本。

昨天，我驱车行进在因为东部华侨城而加速修通的深盐高速上。我真的想在沿途尚在空置的广告牌贴上我的亲人和朋友欢乐的笑容！我还想把华侨城人所有追逐梦想的脚印，像花瓣一样撒在这条奇迹的大道上！

东部华侨城，是深圳的旗帜！

2009 年 12 月

一

　　华侨城的规划和建设，一直处在和大自然相互打拱、相互揖让的状态之中，所有建筑随形就势，完好地保留了原有的山丘、湖泊、海景、红树林和荔枝林。作为一位侨城居民，在美好的自然环境中经常会遇到一些小小的意外，唤醒在都市生活久违的感动。随手写下几则，聊表自己对华侨城的感恩。

### 年轻的老雀

　　黎明，我常常被麻雀的叫声唤醒。日子久了，我发现它们总在日出前 20 分钟时开始啼叫。冬天日出较晚，它们叫得也晚；夏天日出早，它们叫得也早。麻雀在日出前和日出后的叫声不同，日出前它们发出"咕、咕、咕"的声音，日出后便改为"叽、叽、叽"的声音，仿佛老雀一见到太阳便年轻了。

### 红花和白草

　　春天就要来了。华侨城的燕晗山、杜鹃山和旅游景区里将到处有桃花，正如《诗经》所云"桃之夭夭，灼灼其华"，这桃花像灿烂的微笑，像燃烧的火团。在深圳这个四季并不分明的城市里，我却记住了去年深秋看到的另一幕景象，海边芦苇在秋风中瑟瑟发抖，做着春醒的梦，这也是《诗经》所云"蒹葭苍苍，白露为霜"。

"桃之夭夭，灼灼其华"和"蒹葭苍苍，白露为霜"，无疑是古老《诗经》中最灿烂和最枯索的两个意象了。在现代深圳的华侨城，我每年都能看到，真是幸事。

## 湖边的爱情

所有的树都是用"点"画成的，只有柳，是用"线"画成的。别的树总有花，或者果实，只有柳，茫然地散出些没有用处的白絮。在华侨城雁栖湖边，我第一次发现，柳永远只能是情人的树。

那肯定是一位打工妹，春雨淅淅正掠过她的蓝头巾。在那绿绿的柔荫里，她如水的眸子还映着那淡淡花淡淡草淡淡云淡淡雾一般的忧伤，不知是她的情郎因为加班误了约会，还是父母的来信不同意外乡的爱情，她潮湿的睫毛虚掩着风景，嘴里咬着的柳丝强按着悲哀，在雁栖湖的绿野上静静悄悄。

柳是愈来愈少了。我每次看到雁栖湖畔的那片柳树，都会神经紧张地屏息凝视——我怕我有一天会忘记柳，忘记在那蓝头巾下我眷恋的故乡。柳，柳，霸陵折柳。

## 孩子的游戏

在我居住的湖滨花园楼下，有大块空地，名字叫华侨城生态
广场。它的形状像一面从燕晗山缓缓滑落下来的毯子，它包裹过
田园般安详的风，包裹过赤道般热烈的鱼，但它总也盛不住孩子
们的欢乐。孩子们把欢乐撒在里面，仿佛一颗颗珍珠滚到我的窗
前。我注视着男孩与女孩在一起做游戏，这游戏是每个从他们身
边匆匆而过的大人都做过的。大人们告别了童年，就将游戏像玩
具一样丢在了一边。但游戏在孩子们的手里，依然一代代传递。

## 蚂蚁勇士

三年前，在民俗村的小径上，蹒跚学步的儿子突然蹲下来，
惊喜地欢叫"蚂蚁，蚂蚁"，我走近一看，果然有一只大黑蚁在踯
躅独行。大黑蚁，这乡间的精灵，我也久违二十年了。儿子竟一
眼认出，我心里禁不住窃喜。

今天傍晚，在燕晗山的小径上，我和儿子又看到了一只大黑
蚁在拖一具螳螂的尸体。螳螂的体积比黑蚁大许多倍，可能被人
踩过，尸体已经变形，渗出的体液粘了两粒石子，使他的尸体更
加沉重。黑蚁紧紧咬住螳螂，它用力扭动着身躯，想把螳螂施回
家。螳螂只是轻轻摇晃，丝毫没有向前移动。我们看了许久，黑
蚁一点也没有鸣金收兵的意思。终于离开时，儿子说，这只蚂蚁
真是一个勇士。

## 每日功课

站在我家的阳台上，看得到掩映在一团绿雾之中的锦绣中华、民俗村，看得到世界之窗埃菲尔铁塔在阳光中发出冷峻的光，看得到深圳湾的海水波澜不惊日复一日。海岸线上，红树林里，有我在华侨城里最深的牵挂——我是多么喜爱那数千只一尘不染的白鹭呵！

"两个黄鹂鸣翠柳，一行白鹭上青天。"这群白鹭从杜甫的唐代飞到我的阳台前，该穿越多少岁月的沧桑和多少天空的风雨！它们悠闲地在小岛上空低翔，画出一道道美丽的弧线；它们安静地觅食，从来不知道计算有多少双眼睛在默默地关注它们。华侨城的规划者曾修改设计方案，把"千手观音"从小岛搬到岸上。但是，滨海大道通车了，白鹭眼前无边的海域被拦腰截断，我不知道，白鹭的悠闲和安宁还会持续多久，因为，海滩毕竟不是华侨城管理的范围。

早一次晚一次，我都在阳台上为白鹭默默祈祷，这是我每日必做的功课。

## 鸟巢下的风景

我喜欢华侨城大大小小的树，不管是茂盛的榕树，还是孤傲的木棉；不管是抒情的垂柳，还是实用的荔枝树。近两年，燕晗山和生态广场都迁来了许多参天古木，我不知道它们离开熟悉的乡土是否心伤，但我每天都默默看它们是否长出新芽，就像关注我那位不愿进城的老父。

我还喜欢花，不管是哪一种，我喜欢清瘦的秋菊、浓郁的玫瑰、孤洁的百合，以及幽闭的素馨，我也喜欢开在山上湖边不知名的小野花。十字形的、斜形的、星形的、球形的，我相信上帝在造万花的时候，也赋予它们同样的尊荣。

我更喜欢另一种花儿，是绽开在人们笑颊上的。当每天我走出楼道，买菜回来的对门老太笑着说："早！"我就忽然觉得世界是这样的亲切美好。

告诉你一个秘密，杜鹃山上的一棵树上有一个鸟巢。鸟坐在树杈上，望着没有炊烟的华侨城，很多事情在它的预感之外。

## 黄昏常景

有无数个黄昏，我和妻牵着小儿的手走在花枝交映的红砖道上，在华侨城竟同时是这样的安恬而又这样喧闹。整个晚间我们什么也不做地信马由缰，不时肃立路边，凝视烧霞的长天。渐渐地，暮色被田野的虫声淹没。渐渐地，虫声被溪流的水响淹没。渐渐地，水响被初生的月华淹没。而儿子不知何时挣脱了我们的手，他小小的身影披满虫声，披满水响，披满月华。我们凝视他的时候，他的小手正搭在一棵古树的两侧，如同夏夜里两茎散香的莲花。

## 蝌蚪的尾巴

已是深夜。

玻璃窗关严了野外的蛙鼓虫鸣。我静夜独坐。城市睡着了，街灯醒着；土地睡着了，河流醒着；历史睡着了，血液醒着。

华侨城睡着了，我醒着。醒着的我清楚地知道，在现代都市中奔波的我，拥有现在这种并不那么都市化的生存环境是多么幸福。明天是星期六，儿子要我带他去捉蝌蚪。得到满意答复后的儿子在睡梦中一定绽开了甜甜的微笑。而我，从书架上抽出了少年时代的朋友送给我的一本诗集，读他写给我的诗：

空瓶

还记得么

我们一起用空墨水瓶养过蝌蚪

那空瓶透明

那春水也透明


为什么　为什么要摔那一跤呢

那蝌蚪墨点般全洒于那一片

绿野呵

你哭了

怪我不该追你


我们用墨水瓶孵出的那一片蛙声

今夜是你一人枕着呵

梦里

可有自由的追逐?

2002 年 2 月

# 华侨城里走九遍

一

　　清楚地记得，1991年4月16日，我主持召集湖南省青年文学评论家开会。散会的前一夜，好友袁铁坚神秘地告诉我，他要去深圳华侨城应聘，一脸去心似箭的坚定。留下我一脸百思不解的惊愕：一个大学中文系的副主任怎么会这样想去华侨城当打工仔呢？

　　1992年4月，我终于第一次来到了深圳，还是因为一个对深圳痴情迷恋的朋友。贺大明——现在红透半边天的湖南卫视《玫瑰之约》的总策划、总制片，当年发疯一样地想调进深圳，策划拍一个反映改革开放的专题片向深圳证明自己，于是找我写脚本。我跟随他在深圳拍摄专题片之余，忙里偷闲去参观了开园不久的民俗村，为袁铁坚焕然一新的精神面貌惊讶，更为华侨城浑若天成的人造景观叹为观止。有心栽花花不开，贺大明九次南下深圳的求职经历在华侨城华夏艺术中心被悲哀地打下了一个句号。而我，无意插柳柳成荫，就在那一次拿到了《女报》杂志的商调函。我采访了华夏艺术中心当时的女老总，但文章标题却是献给痛苦的贺大明的——《因为有爱，我有明天》，大明很感动，他也确实获得了美好的今天。

254

　　调来深圳之前，深圳的具象就是华侨城，因为袁铁坚在那里，学长中最会写小说的刘平春也在那里。调来深圳以后，看着华侨城在锦绣中华、民俗村之外，又诞生了世界之窗、欢乐谷这样美轮美奂的景点，看着康佳的产品在国内海外一次又一次掀起狂飙，我就觉得华侨城应该就是深圳的象征。

　　九年间，我认识了许多华侨城人，不管他们的年龄大小、职位高低，无一例外地青春智慧，富有责任感和使命感；九年间，我领过无数的内地朋友游览华侨城的主题公园，每一次都带给内地朋友以惊叹，带给我一种深圳人的骄傲；九年间，我目睹民俗村的夜变得越来越古典，越来越纯粹，"中华百艺盛会"和"绿宝石"两场晚会，使我感到夜晚是人和大地之上一切事物充满柔情的亲昵；九年间，我看着华侨城依循"尊重自然，规划第一"的原初理念，一步一步地建造成了中国最美的花园城区，我明白了该怎样执着实现自己的梦想。

　　九年间，我为华侨城写过三篇文章，《因为有爱，我有明天》《村寨守夜人》，以及《绿色家园》（电视专题片脚本），每一次都有不俗的反响。我知道，这不是我的文章写得如何如何好，而是因为我对华侨城的真情阐释获得了人们的认同。九年间，我有过深夜在华侨城游荡的经历，如果白天的华侨城是美丽的正面的话，我贪婪到想看到华侨城在夜晚的背面。还记得那一次，我带着 4 岁的儿子在新开的欢乐干线上过生日的情景，在欢乐干线转悠了两小时，儿子还不肯下来，我只好答应他以后就在华侨城读小学。

　　华侨城就这样成了我心头延续九年的一块痒肉。想起它，那种痒痒的感觉就涌上来，就抑制不住地想和华侨城的人、和华侨城的景亲近。

1999 年 12 月

# 村寨守夜人

一

> 在安怡温和的长夜，野香熏人。追思和畅想赶走了孤单，
> 一腔柔情也有了着落。我变得谦让和理解，试着原谅过去不
> 曾原谅的东西，也追究着根性里的东西。夜的声息繁复无边，
> 我在其间想象……
>
> ——张炜《融入野地》

月白风清的夜晚。棉球一样的羊羔被圈到一起，化成草原上一汪银白的湖水。凉风习习，睡意一阵阵袭来，远处的狼嗥声隐约可闻。

四只牧羊犬东南西北地蹲坐在羊圈的四周，东边的犬在吠叫，一点也不凶狠，好像唱歌一样，累了，南边的犬接着唱，然后是西边的，北边的，周而复始，一个祥和安谧的草原之夜就流走了。

这是内地作家慕贤给我描述的内蒙古草原生活的一个镜头。当时，我们住在同一个院子里，他如花似玉的女儿去了北京上学，他并不年轻的妻子来了南方闯世界。他病了，卷着毯子躺在客厅的地板上，我舒服地龟缩在软绵绵的真皮沙发里和他胡聊。一连十来个晚上，他就给我讲这些故事，全是他青少年时代在内蒙古

257

草原生活的难忘记忆。这些夜话似乎滋润了他病弱的身躯，他开始好转，而我在这些夜话的浸泡下，乡村童年的记忆突然就被激活了，我开始在枯燥的理论之外尝试散文创作。

古典的温暖的夜话正在离我们远去。承继着白天辛苦的劳作——求知、求财、求名，我们的夜晚正流失在灯红酒绿的觥筹交错中，流失在无病呻吟的卡拉 OK 歌声里，还有铿锵的麻将、空洞的闲聊……我们向夜晚宣泄白天的压抑却没有向夜晚申请滋润以度过更好的白天。我们的先人在篝火边跺脚歌之咏之的场面，成了我们遗传中无法解启的密码，我们在乡村奶奶的怀抱里数星星唱歌听民间传说，陈年往事的种种记忆，已被冰冷的现实所尘封。工业文明摧枯拉朽，岁月的夜话冰冻在纸上，村寨的大门尘封在记忆的门外。

我们需要一位守夜人。这位守夜人要能为我们守住属于夜晚特有的圣洁、轻松、安谧，要能为我们凝聚白天劳作中消失殆尽的激情、神性、温情，要能为我们复苏种族已经遗传却久已遗忘的密语、原型、母题。特别是在深圳。

1996 年正月初十的夜晚，在深圳中国民俗文化村，面对曹晓宁策划的"中华百艺盛会"，我感到了一种复活的狂喜。这场晚会浓缩了民族生活中富有经典意味的场面，如江南的风荷，长城的狼烟，傣寨的溶溶月色，少林的刀光剑影，以极富艺术概括性和震撼力的歌舞形式表达出来，一下就将我们的思绪拉到民族史的波澜壮阔和生活层面的五彩缤纷之中；而那些总是在夜晚村寨才出现的民间传说和鬼怪精灵也依次登场，八仙过海的神通，唐僧取经的执着，嫦娥奔月的飘逸，愚公移山的沉重，唤醒着我们这些成年人对儿童岁月的怀想，我们这些文明人对族类蒙昧岁月的咀嚼。夜的感觉是如此深地淹没了我们，我们四肢张开，心甘情愿被淹没在这夜的海洋里。

曹晓宁是我的朋友。看一看他魁梧的体格，想一想他独特的经历，我就猛然醒悟了：他就是上天派给我们的村寨守夜人啊！俗务是如此钝化我们本应如猎狗般灵敏的感觉，我又一次感到夜晚的重要。

守夜人应该有对夜深刻的体味，而曹晓宁就是在一夜之间长大的。草原那座静寂的小镇，那间容他这个"狗崽子"过夜的邮电所。门外的北风呼啦啦地刮着，暗黄的电灯光不安地摇曳，柜台里的值班员昏昏欲睡，只有这个十岁的"狗崽子"在墙角睁着惊恐的大眼睛，瑟瑟发抖。

安徒生笔下的那个卖火柴的小女孩，孤独地站在雪地上，在临死的幻象中不断产生幸福的憧憬，而晓宁在那个孤寂的草原冬夜，小小的心灵又憧憬了些什么呢？内蒙古乌盟专家幼儿园的欢声笑语，被打成"历史反革命"的父亲突然平反，形同陌路的叔叔阿姨从天而降领他重归温暖……这些，当然是小小的晓宁幻想中的应有之义，但无论怎样，对夜的恐惧是最现实的，逃离夜的愿望是最迫切的。我们关注艺术家的童年记忆，我们也清楚知道艺术创作对人心灵有一种补偿功能，因此，当三十年后的曹晓宁奉献给无数中外游客一场令人热血沸腾灵魂飞升的广场晚会时，我不会感到意外。

黑夜与晓宁结缘，如同宿命。十五岁的晓宁历经千辛万苦进了歌舞团，不再柔软的骨头硬是被逼着学跳舞，黑夜里多一分琢磨，多一分苦炼，竟也成了主要演员。大春、洪常青这些角色在夜晚的草原，带给他多少掌声多少欣慰，我们不知道。求生的本能就像黑夜里觅食的饿狼啊！一旦血统的咒语消失，黑夜的体验就会化为艺术意识的自觉，就会化为对艺术创造呕心沥血的追求。八十年代初期，晓宁编导的《东归的大雁》《故乡三部曲》，荣获内蒙古自治区文化艺术最高奖并进京汇报演出。《故乡三部曲》反映蒙古族穿透历史脚踏现实面向未来的发展历程，晓宁设计的大队演员双手各持蜡烛在黑夜中壮观亮相的场面，最淋漓尽致地表现了蒙古族在黑暗中殊死探索生存与发展之道的决心，一下就将观众和专家镇住了！

黑夜给了晓宁黑色的眼睛，他却用它寻找光明。在对民族民间传统认真梳理之后，在对舞蹈艺术经典刻苦钻研之后，在拥有丰富的艺术实践经验之后，他具备了充当村寨守夜人的应有素质。这个时候，他来到了深圳湾畔，参加民俗村的筹建。他说，当他作为专家被邀请来参加华侨城旅游风景区的可行性论证时，就被"锦绣中华"背靠传统（"民俗村"）面向世界（"世界之窗"）的宏伟蓝图打动了。

华侨城旅游风景区之于现在的深圳，到底占有多重的分量，不知有没有人衡量过。反正知道深圳的人，就知道民俗村、小人国、世界之窗，一到深圳，就必定要去这些景点逛一逛。而对于深圳人而言，华侨城旅游风景区不仅仅是挂在他们嘴上的骄傲，而且更切实地成了他们日常休闲的主要去处。

北京人喜爱故宫，是因为它有深厚的历史文化内蕴；安徽人喜爱黄山，是因为它有非凡的自然山水风光。我常常想，深圳人

260

喜爱华侨城旅游风景区，尤其是喜爱民俗村，到底是因为什么呢？它有十分舒适优美的自然环境，但这是大多数旅游景区共有的；它有独特的围绕主题设计的人造景观，但斧凿的痕迹随之也构成对审美愉悦的损害，在这一点上，知情人知道，深圳人也感觉得到，同是主题公园，"锦绣中华"已经缓缓滑坡，风光不再。但是，民俗村为什么就能保持住游客人数的长盛不衰，并带动起深圳人保持对华侨城整个景区的长久好感呢？其中必然有深刻的文化动因。

仅仅是静态的村寨，不管如何十足十似，也躲避不了同"锦绣中华"景点一样的命运；仅仅是从少数民族中招聘土生土长的员工，不管他们的民间舞蹈如何原汁原味，他们的民俗表演如何惊人视听，也会给游客带来审美的厌倦。民俗村之所以成为不变的星辰，关键在于民俗村有一个高潮的夜晚，渡你进入神圣的忘我的境界。

民俗村的夜晚是华侨城旅游景区的诗眼所在，气门所在。

曹晓宁从一开始就守护着村寨的夜。在民俗村村寨管理部经理的职位上，他将民俗村夜晚的民俗大游行组织得极尽铺张热闹，使之成为民俗村开园三年多时间一以贯之的高潮节目。劳作之后寻求放松的人们，希望对民俗文化有所了解的人们，在民俗大游行中得到民俗猎奇的快感和全身心放松的释放。然而，行进式的展阅对游客的文化冲击只是瞬间的，而且这种文化冲击定位在民俗表演和展览中毕竟停留在浅层次。

华侨城旅游风景区是文化企业，既然是企业就必须面对经济效益的需求。三年一贯制的村寨之旅和民俗大游行已经使民俗村的市场形象有些陈旧，入园的游客量已稍有滑坡，文化企业的市场行为能不能通过文化来强化呢？既然不可能把村寨推平，就只能拓展村寨的夜晚。已处在锦绣中华集团公司副总经理职位上的曹晓宁神经绷紧了，这是市场的压力使然，更是文化人面对文化内涵开掘和更新的要求必然做出的反应。

"落日在火塘里分娩／人类在夜话里取暖。"一个诗人的诗句电闪雷鸣般蹦入曹晓宁的脑海。既然我们民族五千年文化所积淀的夜晚，有那么丰富的诗性、母性和神性，我们何不来一次充分的呈示呢？曹晓宁首先想到的是傩，民俗村夜晚就定位在傩上。傩是什么？"人们埋头劳作了一年，到岁尾岁初，要抬起头来与神对对话了。要扭动一下身子，自己乐一乐，也让神乐一乐了。"（余秋雨《贵池傩》）曹晓宁把傩公傩母搬到民俗村广场上，要让劳作了一天的游客们乐一乐了，要让他们与神对对话了。

曹晓宁要守护的是一个有着古老传统却正在一往无前地进入现代文明的民族的夜晚，要守护的是一个只有飞翔的渴望却不太注意脚下大地的城市的夜晚。他必定要看清浮躁和喧嚣正在混淆这座城市与这个民族的白天黑夜，他必定要看清电视电脑为标志的技术文明正在损害我们的想象力，他必定清醒地知道"夜晚是人和大地之上一切事物充满柔情的亲昵"（张炜语）。还原一个夜晚，让不分黑夜白昼地求名求利求知的人们与天风海水亲昵，与野性激情碰撞，与狰狞百鬼无言上帝对话，不是能让他们的渴望多一分实在、理性多一分宽容、进击多一分回望吗？曹晓宁一定这样想。

对夜晚的这种还原不能将现代人拉回到原始村寨，还原必须是现代意义上的。于是，高科技的灯光音响加进来了，定点表演与行进展示的形式确定了，地面与空中相结合的立体冲击出现了。在排山倒海的歌舞中，在铺天盖地的鼓声中，我们被物欲扰得乱乱的注意力倏然集中，我们开始静静地领受一次精神洗礼。在这个喧嚣的世界，处变不惊见怪不怪的我们，激动已经不会频频而至。但激动是一颗与生俱来的种子，只要不霉变，就会潜藏心底。在"中华百艺盛会"面前，这颗种子突然萌动了，让人难以忍受地胀大生芽。那一刻你会觉得什么被拨动了、摇撼了，心灵的重心轻轻一移。

"中华百艺盛会"是对我们似乎永无止息的世俗生活的一次阻断，是对我们已经充分理性的思维模式的一次淬火。土地、月亮、禾稼、草虫，这些简单的东西，同时也是我们根性的东西，正在被我们逐渐疏远。由此，我们的人性变得脆弱易碎，精神变得零乱不堪。生活是什么？生活应该白天就是白天，夜晚就是夜晚。如果白天必定与劳作、喧嚣、理智、行动的俗性有关，那么，夜晚只有与安谧、休息、感情、追思的神性结缘，才能像阴阳互补、张弛相辅那样赋予生活以完整性。正是在这个意义上，曹晓宁的"村寨守夜人"形象才具备文化的深度。

文化是由文化人的重量决定的。曹晓宁在累积自己重量的过程中，将自己的生命苦难化作了文化人生的鲜花，这是对所有文化人都富有启迪意义的命题。而在我们生活的周围，许多文化人认为深圳之旅就是文化之旅的结束，曹晓宁的经历又何尝不富有启示意味呢？曹晓宁从一个纯粹的舞蹈家蜕变成一位文化策划者，他从来不认为这意味着文化人格的萎缩和原创能力的削弱，相反，他把这蜕变过程看作是在现代文明背景上，自身文化视野的拓展和艺术思想的深化，是将自己的艺术实践从小舞台走向大舞台、少量观众走向大量游客、主体自娱走向大众激赏的尝试。如果深圳的文化人换一换思路，不再那么计较艺术本身的纯粹，艺术氛围的纯粹，艺术接受的纯粹，那么，在现代文明的最强烈感召下，深圳文化人的文化之旅或许会焕发比以前更耀眼的光彩。

"蓦然回首，那人却在，灯火阑珊处。"为无数中外游客奉献了一次文化盛宴的曹晓宁，即使在王国维所言的成功的境界里，也有一种文化人特有的孤独和忧患。"我处在一个美丽的陷阱里，游客们感到热闹非凡，美轮美奂，是因为他们多是一两次体验而已。而我必须一段时间天天面对相同的村寨和晚会，在别人看来无比美丽新奇的东西，在我看来就习以为常了。"怎么办？唯有超越，唯有将生命的创意常变常新。

于是，我明白，民俗村的夜晚还会变。但是，我也知道，无论怎么变，这个天水苍苍海风猎猎的夜晚是留下了；无论怎么变，只要守夜人在，我们对纯粹夜晚的期待就再不会落空了。

1996 年 4 月

一

深圳有位作家肖双红，写了一本书，取名《深呼吸》（2019 年
5 月百花洲文艺出版社出版）。朋友说很好读，要我翻翻，我就翻
翻。因疫情宅家期间，我花了三天时间认真读了一遍，觉得确实
很好读，但更重要的是，《深呼吸》以鲜活的人物、精彩的情节和
真实的环境让我反观现代城市的生活。

### "深呼吸"——一个符号，一个节拍器

小说由女主人公程香发动，以性勾连常务副市长戚桑、大能
人马克里、退伍特种兵熊林、泰康集团董事长方先生（马克里的父
亲），一出关于爱情与虐恋、道德与金钱、正义与罪恶、梦想与背
叛的大剧波澜壮阔。以泰康集团董事长方先生为牟取暴利，用行贿
和敲诈改变地块规划为主线，戚桑中招，程香入局，四个相约闯世
界的特种兵兄弟分崩离析。戚桑在飞机事故中以找死维系自己最后
的尊严，方先生被程香所杀，程香自然走进牢狱；而特种兵熊林成
为敲诈者和杀手，同伙梁浩真成为他的刀下鬼，正直、谨慎的何阳
成为他的枪下冤魂，只有周宏凯这位体制内的刑警队长保全了身心

的正常。这部小说中的大都市欣欣向荣、政通人和，但与世界上任何一个大都市一样，其中都有普通市民看不见的罪恶。

深呼吸，本是缓解焦虑、消除紧张的好方式，在肖双红的笔下却点石成金。从第一节"马克里打开过道上的一扇窗，让新鲜空气吹进来，他做了一个深呼吸"开始，到最后一节（第57节）"周志凯独自转到罗湖立交桥的西边，没有月落、乌啼，也没有江枫渔火，只有鹏海大道的吆喝声，还有弘一寺的钟声。他做了一个漫长的深呼吸"，前后呼应，既保持了小说叙事节奏的紧张和压力，又对应城市生活和发展节奏。肖双红用了十多次"深呼吸"，但从不滥用：他只把深呼吸的权利赋予正常人周志凯，让他警醒、反思或下定决心；而对完全异化了的戚桑（因官场）和方先生（因商场），其深呼吸功能已经失去，就像被口罩隔离；人性未泯时期的程香有过一次正常的深呼吸，接着就因被马克里所传染的艾滋病而失去；熊林潜伏十年后被周宏凯所带的刑警死死按住，他当然有了一次迫不得已的深呼吸；周宏凯太太丁婉和流浪诗人刘一廓的虐恋，是动物性的深呼吸。深呼吸成为一个符号，和这座城市的发展相对应，它直指城市的起点——一场解放思想的深呼吸所画下的圈；在"东方风来满眼春"的1992年，那是下定决心改革开放的深呼吸；在《深圳，你被谁抛弃》的2003年，甚嚣尘上的"抛弃论"带给城市以迷雾，一场路径选择的深呼吸催生了文化立市和科技驱动战略……深呼吸成为一个节拍器，对应着这部小说，在开头和结尾，在情节最紧张、最疯狂的时候，在叙事如瀑布飞流直下的时候。作者对这座城市的热爱溢于言表，对罪恶制造者的痛恨溢于言表。

# 中国城市文学中独一无二的样本

无可讳言，肖双红的《深呼吸》延续了 19 世纪兴起的批判现实主义文学潮流，直面矛盾，暴露黑暗，以对现实关系的深刻理解描述历史的进程。他所叙事的城市集万千宠爱于一身，直立潮头四十年，他为什么要以批判的眼光将高光城市的另一面暴露无遗？在小说的倒数第二节（第 56 节），作为正义化身的周志凯有他沉痛的怀想，"但是，梁浩真、何阳、戚桑、丁婉和方先生死了，熊林、程香和刘一廓正在等待法院判决"。这样的结局真实吗？合乎社会历史发展的逻辑吗？

19 世纪出生的德国重要思想家斯宾格勒，写了一部《西方的没落》，当时被人称为"恶的预言书"。在他看来，战胜了乡村文明的城市文明，可能是文明的最晚期状态，它没有根，只在乎利益，这种文明为了各种各样的发展，可以无限度地汲取创造者的血液和灵魂，牺牲人类的朴素和善良，因此"命中注定它要走向最后的自我毁灭"。斯宾格勒的论述或许有些偏颇，西方的没落也迟迟未兑现，但它可以成为文学、哲学领域中长期成立的精神判断。现代主义的文学艺术，以波德莱尔的《恶之花》为先声，就是对时代文化进行批判和反思，而不再是古典时代文学和历史在观念和精神上都保持同频共振。这一剧变，主要还是现代文学所立足的"现实"发生了改变。

现代文学的"现实"，不再是古典主义时代的田园牧歌生活，而是转换成了现代城市生活和都市文化。"现实"土壤的转变，当然会导致人类精神状况发生位移。现代城市文明的基本逻辑，是将一切人和物都纳入资本逻辑，是利益、资本至上的文化。它不是真正以"人"为本，尤其在早期资本主义时代，一切都是为了发展、进步，为了更多的利益和利润，它有着"非人的""去人性化"的基本性质。马克思在《1844年经济学哲学手稿》中对劳动的异化和人的异化进行了深刻的论述。正是在这种背景下，世界文学中的城市文学都被赋予了悲剧品格，融入世界的中国城市文学也概莫能外。也正是在此背景下，肖双红的《深呼吸》是中国城市文学中独一无二的样本。

肖双红所叙述的这座城市是独一无二的，它只有四十年的历史，却可以与有几百年历史的世界一流都市比肩，这种非常规的发展速度是不是以资本的逻辑来追赶？是不是以一个个鲜活生命的奉献和牺牲来维系？"时间就是金钱，效率就是生命"说明了一切：它诞生于全世界最悠久、最伟大的乡村文明中，资本的逻辑将传统的伦理关系彻底打破，人的价值不但在信仰体系和政治体系中失去有效的包装和支撑，而且在生活层面也发生剧变，过去最推崇的家庭伦理秩序，被崛起的主体性和个人价值所突破。理解这座城市的独特性，就理解了肖双红笔下的人物——每一个都是无根的浮萍，他们对之前的军营生活、校园生活、官场生活、商场生活等，都讳莫如深；就理解了某些爱情为何不能保持纯洁，某些家庭为何不能保持完整；就理解了欲望的膨胀、罪恶的滋生、虐恋的快感何以风起云涌。

## 将笔触伸向人物精神世界的幽微之处

著名作家邓一光写过小说《我在红树林想到的事情》，主人公要寻找的母亲，当年是妓女，靠着出卖身体所赚的资本，留给儿子一套最值钱的房子。也就是说，后代的"荣光"都是父母辈通过牺牲身体而来的。小说中直接道出："城市会发达。城市的夙愿就是发达。城市才不管别的，不管谁能不能进入，谁能不能回来，这就是我们在生活着的时候得到的最大惊喜。"邓一光和肖双红都发现了现代大都市的秘密，它就是一头不断推进的怪兽，只趋向发达、繁荣，自然、伦理、良知和温情在目标面前都变得脆弱起来。

肖双红的《深呼吸》主题之深刻，完全达到了我们的期待。和无数城市文学作家习以为常地表达对田园牧歌的怀念不同，他真正斩断了这座城市与三千年中国乡村文明的联系，将现代都市的焦虑、紧张、变态、喧嚣等负面因素做了最集中的展示。"没有月落、乌啼，没有江枫渔火，只有鹏海大道的吆喝声，只有弘一寺的钟声。"但是，他极为克制，他知道他凝视深渊的时候，深渊也在凝视他。

极为难得的是，作为一个政法学院毕业的公务员，肖双红的小说语言不仅能绘声绘色地描绘现代都市外在的社会生活，而且能够将笔触伸向人物精神世界的幽微之处。小说第3节写戚桑坐车看街景，喜欢数那些高楼大厦楼层的那些段落，就是心理描述的经典。他致力于人物语言的精心镂刻，还通过视角的变换来改变叙述的方式，用另一种话语风格体现人物性格。他常常以一种极具日常性的叙述展开，因此作品中时时出现一些既像人物内心独白，又像作者在场发言的话语。以第二人称叙述的心灵话语，就是将人物的心灵以日常化叙事的方式展开，在不同人物心灵的缓缓流动中完成对整部小说的建构。

"一个又矮又瘦的男子，绕过老东门的大街拐过来，他无法掩饰脸上的微笑和忧郁。但他热爱这座城市，欣赏这座城市的一草一木。在观察每一样东西、每一件事物时，他都付之以会心的微笑。"这是肖双红在自序中的自画像。可以肯定地说，《深呼吸》是肖双红呕心沥血的深呼吸，也是这座城市自我反思的深呼吸。"伟大的批评者，永远不是国家的敌人"，这是我们在新型冠状病毒肺炎疫情期间达成的重要共识。同理，作为批判现实主义的作家肖双红，一定是被称为"包容之城，应许之地"的这座城市的朋友。肖双红在自序中框定自己是"那个正在回忆的人"，"他叙述的故事中的时间永远是具体的，是有迹可寻的；他讲故事的背景是建立在实证的基础之上的"。我想，日常生活的尘埃，每天都在有效地覆盖记忆，只有读一读《深呼吸》这样的作品，才会想到文字的基本功能是挽救一个城市的记忆，才能多少医治一点自己的耻辱遗忘症。这样，我们才会迫使自己贴着地面飞行，而不敢在云端歌唱。

2020 年 3 月

回首故乡泪不干

——

积聚如山的人头走向远方。

我在那里变小，他们再也不会注意我了；

但在被深爱的书籍和儿童游戏里，

我将升起来说太阳在照耀。

——曼德尔施塔姆《人头》

二十年前，我和许石林一样，青春年少，我们一见如故。价值观的趋同让我们俩都发誓要读点好书，写点好文章。但我跟随"积聚如山的人头走向远方，我在那里变小，他们再也不会注意我了"，而石林，在"被深爱的书籍和儿童游戏里，将升起来说太阳在照耀"。

我深爱的苏联诗人曼德尔施塔姆，写的是他一个人的心路历程和人生预言，被我唐突地裁成两段，但我并不后悔。因为，我读着石林这部书稿，就想起这首诗。

在我看来，许石林近十年的写作都在提同样的一个问题——当中国人不再相信自己的文明的时候，中国如何培养文明的人？《损品新三国》是对新版95集电视连续剧《三国》胡改编、胡穿戴、胡打杀、胡咧咧的愤怒鞭挞。《三国》只是当代人侮慢藐视传统文明的一个标本，而石林的《损品新三国》是对这一侮慢与藐视的呵斥与嘲讽，通过这种呵斥与嘲讽，呼唤一种"本该万世不易的价值"；《尚食志》《饮食的隐情》以食为药引，讲由衣食住行所构筑的中华传统文明星空的暗淡；《桃花扇底看前朝》和这部《回首故乡泪不干》，大抵都是用前朝旧事和当代新闻相互比对参照，让我们神往过去的美好，体味今天的荒诞。

石林的写作无疑有巨大的风险——在网上讲他封建的有之，讲他迂腐不堪的有之；甚至讲他是流氓的有之，讲他拿起筷子吃肉放下筷子骂娘的亦有之。我还听说被他批评过的什么项目，威胁用黑社会手段来深圳"废他"。我只想说，石林代表的是中国传统知识分子的一种根本精神，这种精神体现在孔子身上是"郁郁乎文哉！吾从周"；体现在老子身上是"执古之道，以御今之有。能知古始，是谓道纪"。儒道互补、殊途同归的中国文化所塑造的传统知识分子，从来面对的都是一个礼崩乐坏的世界，人心不古，世风日下，缅怀圣王，渴望美政，从此种忧患意识开始，屈原"既莫足以为美政兮，吾将从彭咸之所居"，陶潜不为五斗米折腰而构筑小国寡民的"桃花源"，贫病交加的杜甫"此身饮罢无归何，独立苍茫自咏诗"……真正的中国传统知识分子即使躬逢盛世身居高位，心中也总有潜在的忧郁、不安与期待。他们总是在圆满中感到不圆满，力图突破这圆满而追求更高的价值。"金樽清酒斗十千，玉盘珍馐直万钱，停杯投箸不能食，拔剑四顾心茫然。"李白这个形象，从一个侧面反映了中国传统知识分子的群体心理。

当代的中国，用无数人引用过的狄更斯的名言来表达——这是一个最好的年代，也是一个最坏的年代。最好的东西，我们都在享用；最坏的东西，只有以许石林为代表的极少数知识分子在体味和咀嚼。石林自述："我对家乡的认识，除了所经历的事情外，几乎全部是大学毕业以后，见识了一些所谓外面精彩的世界，越见识却越感到文化先天缺失的窘迫，内心遂有了一种对家乡重新认识与亲近的渴求，这才慢慢地回头，小心翼翼地捡拾……"他从衣食住行等日常文化生活现象所发现的种种恶言劣行，都使他的写作指向一个绝大的命题——"当中国人都不相信自己的文明的时候，中国如何培养文明的人"。石林笔下的所谓家乡，其实不仅仅是指他自己实体的家乡，更是文化的故乡、心灵的故乡、精神的故乡，他痛心地讲出一个事实："大约近百年来，中国人的教育，由于对本国传统文化的信仰与怀疑，因而放松和放弃了对本土历史的教育与承传，教育变成了一个不教本土历史、不亲近本土风俗，专注于眼光向外的事，仿佛所有的努力都是为了让每个人逃离各自的家乡。"中国是乡土的，正如费孝通先生所言，中国这一五千年与泥土打交道的民族，因泥土而辉煌，亦因泥土而没落。对于中国这个拥有丰富农耕文化的民族来讲，泥土是国人的生命，中国人在泥土中形成了许许多多的优秀品质，中华文明也具备了许许多多为别的文明所难以企及的礼仪治理制度和良风美俗。

因为外族的侵入，我们倒掉脏水的同时也倒掉了孩子。殊不知，战胜外侮的法宝还是"寓兵于农"，依靠的还是乡土的纵深。我的故乡湘乡和石林的故乡蒲城一样，都是文脉悠久、底蕴深厚的模范乡村。吾乡先贤曾文正公举着维护封建礼教的纯粹性的大旗，事实上已经意识到非科学主义思想对社会进步的制约，因而他成为洋务运动的第一人。他是如此注重子孙后代的礼教，如此重视良风美俗的养成。但嗣后"落后就要挨打""救亡重于启蒙"的民族心理倾斜，形成了秦砖汉瓦与欧风美雨激烈碰撞的乱局。我想说，存在是有原因的。但面对当代乡村的老龄化和空心化，面对中国乡土基层政权的崩坍，面对乡村学校和医院的大规模减少，面对黄赌毒在乡村的盛行和土地的污染荒芜……我更肯定，存在的是一定会消亡的！乡土是草，城市是树。离离原上草，野火烧不尽；而树呢，我的楼下上个月就被台风吹倒了几百棵！

我深知，石林既有对传统文明的温情脉脉，也有开放的文化共享情怀。但我和他都坚定认为，这个世界的发展永远需要方向，而中国的方向永远不能轻视乡土，永远不能放弃传统文明。在这个时代，简单笼统地言说价值变得格外困难，即使像石林以故事来讲述以史实来佐证，充满怀疑精神的"现代人"也习惯了对任何既定规则的挑战，并随时准备着"反洗脑"的机智，他们总有歪理。你熬吧！相信我，在"深爱的书籍"和"儿童游戏"里，你会"升起来说太阳在照耀"。

2016 年 8 月

一

当胡红泉的诗集《泉儿的诗》摆在我的面前时，我有一刹那的恍惚。

胡红泉是我的乡党，在我的印象里，我们的故乡湖南双峰县当年盛产家书和奏折，现在也不断出品院士和书画家，但于新诗的写作，就我目力所及，现代诗史就没留下过乡亲的足迹。

更让我恍惚的是，胡红泉早年是中国政法大学科班出身的律师，现在是身缠万贯的商人，高冷的法理、世俗的铜臭与激情的诗歌完全是风马牛的调调。

那么就读诗吧!

是夜　是风
是草的晃动
是夜莺沉默
群魔过后的沉寂
是心　试着出门的
思
花仍然

无比镇静

同读自己心事的人般

但泪光中的夜歌

夜歌啊

此时　一闪而过

————《哀怨夜歌》

是这一夜，是这些年的每一个夜；是这夜的风，是这些年的每一阵风。是白天"随手抽出／口袋中的面具／应付随时出现的／各色面孔"（《有多少时间，我们是真正的自己》）之后的沉寂，还是夜晚灯红酒绿群魔乱舞之后的沉寂。白天和夜晚几乎所有的时间和空间，都被挤压了；所有人和事都被颠覆了，夜莺不歌唱了，群魔都出来了。人，和我们的抒情主人公都不敢出来，只有试着出门的心思。花为什么也有了自己的心事，花在风面前为什么要强作镇静？然后，我们的抒情主人公把子弹射出来——"但泪光中的夜歌／夜歌啊／此时／一闪而过"（《哀怨夜歌》）。

在"小夜曲"的诗名下，汇聚着古今中外无数诗人的名篇。胡红泉的《哀怨夜歌》从诗名中就精巧地融入了故乡民间文化的元素，湘中地区将为先人超度送别的挽歌统称为"夜歌子"，那是楚风巫俗在这片土地上最本真的呈现。当胡红泉翻山越岭冲州过府来到北京，然后从北往南腾云驾雾落根深圳，他发现古老的乡村世界完全不同于现代的都市世界，或者说都市世界完全不同于他儿时生活的乡村世界。

在《哀怨夜歌》中，他精确地发现夜晚不是乡村的夜晚、儿时的夜晚，都市的夜晚依然灯红酒绿歌舞升平，没有黑夜千万年来应有的宁静祥和，没有黑夜千万年来被赋予的神性诗性，自然的昼夜变换和生命的节律更替被打碎的结果，就是人的异化！看看上文已引诗句的《有多少时间，我们是真正的自己》，从早晨抽出面具混入人世，到黄昏"看看自己／被面具所伤的脸"，再到黑夜中撕开脸上最后的包裹开始反思，可以断言把此诗放在诗集的第一篇，绝不是偶然为之。

"似此星辰非昨夜，为谁风露立中宵"，黄仲则的名句恰当地勾勒出胡红泉的抒情诗人形象。这个形象是在故乡土地上行走过的屈原的形象，也是在北京那所大学校园中生活过的海子的形象。1986年海子作词的《小夜曲》风靡一时，"以前的夜里我们静静地坐着／我们双膝如木／我们支起了耳朵／我们听得见平原上的水和诗歌／这是我们自己的平原、夜晚和诗歌／如今只剩下我一个／只有我一个双膝如木／只有我一个支起了耳朵／只有我一个听得见平原的水／诗歌中的水／在这个下雨的夜晚／如今只剩下我一个／为你写着诗歌／这是我们共同的平原和水／这是我们共同的夜晚和诗歌……"

还是那个夜，与儿时的村庄、古老的乡土不同的夜，激发出诗人的孤独和愤怒。只不过海子是流泉式的正抒情，泉儿是淬火式的反抒情。

胡红泉的所有诗歌都是真实生命的歌哭。这个生命来自古老的乡村，翻山越岭冲州过府腾云驾雾之后，像蒲公英一样飘到都市，最终落户深圳。在这个一夜崛起的明星城市里，他的不适感、隔膜感和大多数深圳人一样。不一样的是，大多数深圳人都在尽力适应，尽力用灵魂追赶脚步，而胡红泉却要讲出自己的孤独、愤怒、不适和不妥协，讲出自己对故土温情的追忆和对母亲永恒的思念。这，就是一个诗人和我们这群"沉默的大多数"在人生选择上的分道扬镳!

> 远山是我的墓地
> 葬埋我所有的欢笑
> 近土是我的火坑
> 盛装我所有的忧愁
> 我是一个
> 一无所有的孩子
> 唯一拥有的
> 是别人的希望与微笑
> 我也是一个
> 所求不多的孩子
> 唯一祈求的
> 是找到自己的欢乐和忧愁
> 一整个下午
> 我都沉浸在你
> 曾经的欢笑里
> 如此拥有一点
> 欢乐和忧愁
> ——《你曾经的欢笑》

真正的诗歌和真正的艺术，都源自信仰和价值观，而不是机谋和技巧。这就是所谓"诗言志"也。先贤刘文典先生讲好诗好文的标准是"观世音菩萨"——观察世情人心、掌握音韵节奏和拥有慈悲心肠，是真正的天才妙解。古老的诗训告诉我们，诗可以兴（抒发情志），可以观（了解社会），可以群（结交朋友），可以怨（讽刺世俗）。可是，正如胡红泉所言"所有的诗歌如此喑哑 / 歌唱兴盛 / 但诗歌喑哑"，那么，他以一个湖湘子弟的血性挺身而出，"如今我打开双手 / 抓紧喉咙和笔杆 / 尽管我写不出什么 / 但还是为诗歌动手 / 为自己的无话可说 / 动手"（《关于诗歌》）。

与绝大多数诗人"歌唱兴盛"的选择不同，胡红泉常常对生活"无话可说"。他"无话可说"之后的说，一定是深思熟虑的，一定是不得不说也只能这样说的。他的诗是非常自我的诗，关于黑夜、土地，关于母亲、历史，关于撕裂的灵魂和肢解的情爱，关于四季变换的自然更替和喜怒哀乐的生命节律……但是，在我看来，只有自我的诗才是感人的诗。过去、现在乃至将来，自我和感人才是好诗的双核。

我和胡红泉的家乡，曾国藩的家书和奏折肯定影响好几代中国人了，我想还会影响千秋万代；蔡和森的建党理论得到我党历代领导人的高度评价，也算沾溉人心已有几代；而王憨山、曾景初和曾彩初兄弟的绘画创作，那也是山高水长的不朽之作。这些前贤不以诗名，但其作品都以诗书打底，其心中常有诗句。因此，细细想来，对胡红泉的律师和巨贾身份，我真不必恍惚。或许，这更体现湘人的本性，也更呈现他作为一个抒情诗人的真实和纯粹。

2016 年 9 月

279

# 徐维的深情与诗意

一

　　徐维先生与我素昧平生。当朋友老马在电话里将我俩撮合到一起时，我心里不免直犯嘀咕。老马是我多年极信任的兄弟，他在电话里或许听出了我的犹疑，就讲杨福音、肖建国等也是徐维经常往来的师友。于是，我就放下心来，当即就把微信号发了过去。在国庆假期前两天的那个深夜，我的手机嘀嗒嘀嗒地传来微信接收的信号，开着车往家赶的我，摁一下是徐维的文章，再摁一下还是。不敢再摁了，但嘀嗒声竟温暖地伴了我一路。

　　国庆假期七天，一天也不得清闲，但徐维的书稿还是断断续续读完了。断断续续地读一本书，在许多时候都是贬义，但对徐维的这部书稿而言却不是。《不老诗心》是由一篇篇文化随笔连缀而成，尽管其整体不离"不老诗心"这一主题，但徐维之意不在专论而在散记，不在解惑而在浸淫，不在传播高深的知识而在普及审美的常识。因此，读一篇停一停再读一篇，与读一篇想一想再读一遍，成了我的阅读方式。而正是这种断断续续的阅读状态，对应着徐维大著散点透视的结构方法，让我体会到这部书的美好。

　　同为20世纪60年代生人，我和徐维有大体相同的阅读经历。我七年的大学生活有幸跟随书阁、萧艾、羊春秋等名师研究中国古典文学，也有幸亲聆伟大的诗人彭燕郊教授讲述从波德莱尔开始的现代的现实主义诗歌（总题为《再会吧，浪漫主义》），以至我至今还在订阅《诗刊》杂志。波德莱尔在 1963 年发表的《现代生活的画家》中强调，所谓现代性就是"从流行的东西中提取出它可能包含着在历史中富有诗意的东西，从过渡中抽出永恒"，而彭燕郊老师在给我们授课时，更直接从波德莱尔的思想体系中抽出两个内核——痛苦的思考和厚重的历史责任感，作为现代的现实主义诗歌的评判标准。徐维以"此身饮罢无归处，独立苍茫自咏诗"的姿态，从自己真实深刻的阅读史中拣拾出一个个诗人一篇篇诗歌，这些诗人的人生曾给他深刻的启迪，这些诗篇曾给他人生以真实的滋润。我可以肯定地说，徐维从古到今的寻找、由东而西的探求，真正触摸到了好诗真诗的正脉：从古老的《诗经》开始，尽管温柔敦厚，但哀伤有之怨怒有之，忧患意识成为中国文化的底色；到屈原"我爱君王，但君王不爱我"而走上"吾从彭咸之所居"的道路；到陶渊明受不了为五斗米折腰而"归园田居"；到苏东坡"回首向来萧瑟处，归去，也无风雨也无晴"……"士不遇"的主题延续数千年。正如鲁迅先生所言："于狂人，于天上看见深渊，于一切眼中看见无所有，于无希望处得救。"徐维的写作指向不在展现忧患和痛苦，而在这些痛苦地思考的诗人身上在这些浸透着沉重的历史责任感的诗句中，寻找如何在薄情的世界里深情地活着的理由和途径。这是一种大悲悯心！

在徐维看来，世界薄情的根源在于权力和金钱对绝大多数人的稀缺，而土地、稼禾、月亮、虫鸟……是世界上举目所见伸手可触的东西，也是人类根性的本源的东西。用内在的心灵超越外在的现实，用贞定的自然超越喧嚣的社会，用绝对圆满的静超越相对功利的动，体现在居庙反通归去来兮的陶渊明身上，体现在行到水穷处坐看云起时的王维身上，体现在一蓑烟雨任平生的苏东坡身上，就构筑起了徐维的"不老诗心"。而我的兄弟韩东的诗《温柔的部分》，是徐维看重的，也是我深爱的：对乡村、阵风、庄稼和寂寞、习惯、悲哀所组织的"柔的部分"，是古典痛苦的解药，也是疗救现代失意的秘方，人类喜怒哀乐的情感亘古未变，而人类中能够诗意地深情地活着的人，都有"温柔的部分"。

我们生活在一个大时代，敲响这大时代的大门并叫醒沉睡的国民的精英人群中，一定有鲁迅先生短小精悍的身影。我惊喜地发现，徐维与鲁迅先生共同拥有弃医从文的经历。我知道，"荷戟独徘徊"的鲁迅是痛苦的，也是愤怒的，但故乡和闰土带来的儿时记忆给了他心底充盈的深情，给了他温柔的部分以支撑其"不老诗心"。而与我素昧平生的徐维，当着央行系统的高管，在拥有丰富阅历的背景下勤力读书、精心写作、躬身践行。我敢说，他的热爱是真热爱，他的悲悯是大悲悯，他度己的知识一定能度人，他自性至真至善的选择也能成为我们共性的审美选择！

我想起鲁迅、蔡元培、李叔同、丰子恺，这些在进入大时代的门槛上就开始力倡人生的审美化教育的先哲，心里充满悲伤和怀念。而现在，我知道，以正心走在正途的徐维，正成为审美化的人生的招魂人。真正是悲欣交集，魂兮归来！

2016 年 12 月

一

满纸荒唐言，一把辛酸泪！

都云作者痴，谁解其中味。

——曹雪芹

　　大约半年前，我第一次见到了冷冰川。这位正在巴塞罗那大学攻读绘画博士的艺术家，送给我一本三联书店出的黑白版画集《闲花房》，他的身材相貌使我一下子就想起了鲁迅先生对苏联版画家的描述："没有一个是潇洒，飘逸伶俐，玲珑的。他们个个如广大的黑土的化身，有时简直显得笨重。"由于相谈甚欢，加上当时《闲花房》给了我非常好的直观与感性的印象，我慨然应允在他来深圳办个展时给他写文章。

　　转眼间，他就真的又来了。元月 16 日，何香凝美术馆将隆重推出他在祖国的第一回个展。我找出他送给我的画册认真翻阅。这才发现，我的直觉和我开了一个多么大的玩笑！

　　在直观的印象里，冷冰川的画是轻松的、悠闲的、精致的，而且他的画册取名《闲花房》，他那本畅销全国的 1999 年挂历取名《风花雪月》——他一直带着一种嘲讽的微笑导引着我们，让我们一头栽入他精心设计的陷阱。应该说，他的诡计是得逞了。全国最畅销的杂志《读者》和全国最畅销的报纸之一《北京青年报》经常用他的作品做插图，当然是看中了他的"风花雪月"；而在他的画册里为他摇旗呐喊的名家和老外，也无一不把他的作品视作使人悠然沉迷的乡土牧歌。但是，我可以肯定地说，我的直观印象和大家对冷冰川的接受，错了。

毫无疑问，冷冰川的独幅版画是黑白艺术中美到了极致的东西，这东西是茫茫荒漠中突兀长出一棵大树给人的感觉，也是浩浩长空里猛然传来一声雁叫给人的感觉。在黑色版面上，冷冰川用刀刻出的每一片景物、每一个形体，都具有一种炫目、夸张的美。但是，冷冰川的世界并不明净纯真，相反，它是由复杂的、矛盾的，甚至是丑的、恶的东西所构成的艺术整体。

《二十四节气》或许是最能体现冷冰川艺术风格的一组作品。女人与自然作为这二十四幅黑白版画的主题，集中地反映了他对世界的认知及其艺术表现手法。冷冰川触目惊心地将女性美丽的形体降低到物质——肉体层次上，自然节律的变化完全通过女人生命肉欲的变化来体现。《二十四节气》中所描画的女人身体，起着一种类似钟表的作用，用以表示一种明显无时间性的时间。画家正是通过人身体的焦虑、渴望和性冲动来表示自然的变化。它同古希腊大理石雕像所表现的静止理想恰相对应，表现为一种怪诞美。

在冷冰川的画面上，充满着色情的、淫秽的暗示。那时不时就跳进画面的叫春的猫、鸳鸯、野鸭、鱼和鸟窝里的蛋，都是有意味的符号，与青春饱满、情欲进张的肉体结构在一起，使冷冰川似乎成了"肉欲的歌者"（雨果评价拉伯雷用语）。在写这篇文章的时候，我几乎是第一时间就想到了拉伯雷的《巨人传》和莎士比亚的《温莎的风流娘儿们》等作品。文艺复兴"三巨头"的作品中，无一例外地运用怪诞现实主义的创作方法贬低一切，即把一切崇高的、上层的、理想的、抽象的精神，降低到物质肉体的层次上。如《堂吉诃德》把骑士意识形态降格为人间形式，赋予它们以物质的、肉体的，甚至是色情的表现形式；而《巨人传》不厌其详地描写巨人家族如何吃喝、排泄、性交、生育等等。正如许多人已经指出的那样：拉伯雷笔下这种夸张至极的人的形象，正是作为封建宗教势力所竭力标榜的神的对立物出现的。它体现了新生资产阶级力求摆脱神权统治，把人还给人自身的革命要求。

但是，冷冰川的审美理想完全不同于欧洲文艺复兴时期艺术家的审美理想。拉伯雷运用怪诞现实主义对崇高、理想的精神进行降格的同时，又在肯定、保留和播种：降格的同时也意味着参与肉体下部器官的生命活动——交媾、妊娠、怀孕、分娩和排泄。它把生命抛入未完结态的底层，而在底层则孕育着妊娠和新生，它是世间万物发芽滋生的温床。这在同时期的美术作品中对大量女性形体的描绘中可以看出，宁静、安详、纯真和对未来甜蜜的憧憬，成了《蒙娜丽莎》和其他绘画作品的主旋律。如果说，欧洲文艺复兴时期艺术家们的创作是时代理想的体现，那么，冷冰川的创作纯然是正视人生苦难的精神使然。

在冷冰川的作品中，一系列有意味的符号和青春饱满、性欲迸张的肉体，似乎使他成了"肉欲的歌者"；但同时，带有极强否定意味的另一组符号——那几乎无处不在的猫头鹰、男性面具，以具有侵略性的偷窥姿态使冷冰川作品中的色情和性暗示,猛然变得黯然失色,正如人在舒畅的巅峰遭受冷冰的袭击一样,再也体验不到官能的性刺激,而是深刻地体验了丑的宿命的深沉痛苦和这痛苦寻求救济的焦渴。

天风苍苍,海水泱泱,稼禾拔节,蛙虫鸣唱。自然天道从来没有在冷冰川的作品中有一丝一毫的变化失色,扭曲挣扎、绝望焦渴的只是人性人道。这是人生的痛苦。这是跨越时代跨越国界的永恒的痛苦。我不知道,唯美的中国画家冷冰川对川端康成这位唯美的日本作家有多少了解,但我知道,川端晚年最喜欢"佛界易入,魔界难进"这样一句格言。川端说:"以终极点来说,大凡目标指向真善美的艺术家,'魔界难进'的愿望和恐惧的、通往祈念的思维不是表现于外,就是潜藏于内,我想这是命运的必然。没有'魔界'就不会有'佛界'。而入'魔界'比较困难,内心懦弱者就不能进入。"(《美丽的日本和我》)

冷冰川作为一个身处20世纪末的画家,少年时期在"文革"的禁欲氛围中度过,旋即亲炙中国解冻之后物欲与肉欲极度膨胀的狂欢盛宴,他肯定会有一种亲身参与一场喜剧演出之后的感受。作为社会进步过程中必然出现的悲剧性二律背反——道德沦丧、人性扭曲等——的承受者,冷冰川有幸获得了东西文化的双重视角,这使得他既没有简单地进入真善美的艺术的"佛界",也没有把丑作为身外之物,尽情抨击一顿淋漓尽致表现一番了事,而是真正地进入"丑",真正地把它作为人类包括艺术家自己的宿命承担起来。

这世界并不只是幸福与健康的人儿的世界,并不是一切的丑都是要抛弃的垃圾，因为丑在很多场合是必然的、宿命的。在这纷纭的物质镇压着人性的世界上，一定会有人走向衰败，走向堕落，走向疯狂。知道占有美的幸福的人，也应该知道被丑占有的痛苦。作为艺术家，如果不进入这丑之中，不深切地体验这丑的剧烈的痛苦和凄楚的宿命，就没有完成艺术家的使命，因为，没有"魔界"，就没有"佛界"，正像佛陀只有灭度无量、无数、无边众生之后，方能进入"无余涅槃"一样，表现"真、善、美"的艺术家也只有进入、表现、拯救了人生的魔界丑的宿命之后，才能进入真正完全的艺术的"佛界"——包容、温暖了一切人类心灵的艺术的"无余涅槃"。

在对冷冰川的画进行认真梳理之后，我可以肯定地说，如果冷冰川是"风花雪月"的冷冰川的话，他就绝对不需要那副他自己也常常津津乐道的强健身材，他更不会对苦难的凡·高，痛苦的凡·高，在生命中亲炙丑的痛苦又在艺术中进入、表现、拯救了人生的魔界——丑的宿命的凡·高，投以如此深切的关注！要知道，冷冰川是十次为凡·高造像呵！我想，正是与凡·高这个伟大的灵魂一次又一次地亲近、对话之后，冷冰川才坚定了自己进入"魔界"的信念，才鼓足了自己正视人生苦难正视丑的宿命的勇气，才出现了冷冰川这堪称空谷足音的奇美的艺术。

黑卡纸像黑夜一样深沉，冷冰川用刀一笔一画刻出白色的梦境。这梦境是我们人生的实在——不管它如何香艳扑鼻，春情勃发，都免不了"花开花落"的必然命运，都是"夜的如花的伤口"。在"霜夜里的惊醒"（以上均为冷冰川画作标题）时，我们才发现只有白茫茫大地好干净。冷冰川极为含蓄、隐晦地营造着白色的梦境，犹如那个悼红轩里披阅十载、增删五次营造《红楼梦》的曹雪芹，他们都似乎属于那种风花雪月诲淫诲盗之辈，然而"谁解其中味"？

《北京青年报》的小女子安顿以《绝对隐私》一书有了名气，她非常喜欢冷冰川的画，经常以冷冰川的画做插图，并写下了对冷冰川充满了误解的专访。这是一个深有意味的象征。我想，安顿会凭她的下意识喜欢冷冰川的作品，深圳也会有许多人喜欢冷冰川的作品，但是，我要提醒大家，这是冷冰川的绝对隐私，不理解这一点，他的画在使你家熠熠生辉的同时，也会使你的灵魂黯然失色。

1999 年 12 月

一

汪友农先生在安徽省南陵中学上初一时写的一篇作文，用四句顺口溜结尾。这篇作文让他赢得"小李白"的赞誉，却不想一语成谶。顺口溜是这样写的："不看繁花满山艳，偏爱道旁嫩草鲜；小路盘到峰顶上，我放牛儿在云天。"回头看看他的人生与艺术，大半辈子一直走在崎岖不平的"小路"上，作为小牛倌的他并不知道牛儿上不了"峰顶"和"云天"，但因了他的执着与坚忍、真诚与仁义，其艺术创作达到苍苍泱泱的崇高境界。

2010 年 3 月，在深圳关山月美术馆"梦笔生花——黄叶村作品展"的现场，我见到过忙碌的汪友农先生，从朋友陈湘波馆长那儿得知他为恩师黄叶村的不幸遭遇四处奔走呼吁，使恩师免于"骈死于槽枥之间"的结局，我心中充满敬意。2016 年 6 月 24 日，同样在关山月美术馆，汪友农先生的中国画艺术作品展即将举办，却再也见不到汪先生了。因为在工作和生活中互无交集，我一直没有与汪老交流的机会，上月收到湘波转来的汪老画集，细细拜读之后才惊觉自己错过了怎样的缘分！在我看来，在红尘滚滚喧嚣烦扰的当下，汪友农的人生是一面镜子，于失意者有启迪，于成功者有教益；在欧风美雨与秦砖汉瓦激烈碰撞的今天，汪友农的艺术是一声响箭，提醒我们什么才是艺术的正路，怎样才能修成艺术的正果。

## 能受天难真铁汉

汪友农 1939 年出生在安徽芜湖南陵一个喜爱诗画的书香门第，自幼即因家庭的熏陶和培养，形成良好的艺术感觉和文化基础。他 6 岁入读私塾，10 岁因家境突变与二哥一同辍学，回家务农。13 岁再进校园，发奋学习连跳数级，于 1955 年考入南陵中学，在中学阶段，他的文学艺术才华得以全面爆发，不仅在当地有"小李白"之誉，而且其创作的水彩和国画在县和地区均获大奖。但不幸的是，"大跃进"年代到来了，年少才高的汪友农在看到邻区繁昌东方红公社放出中稻亩产 4.3 万斤的"特大卫星"时，竟写下："吾家亩产八百斤，邻里纷纷来取经；繁昌四万大卫星，莫非玉皇赐龙恩？"后果可想而知，他的班长当然被一撸到底；然而他没有吸取教训，在"浮夸风"导致的粮食供给紧张时期，他又画漫画配诗："食堂杂糊水汪汪，照我书生瘦脸庞；两行清泪滴碗里，一口吹起三层浪。"于是成为重点批斗对象并被团内记过。屋漏偏遭连夜雨，他的父亲也被打成右倾分子，被关押在农场劳教改造。在中学阶段学习成绩一直位居年级第一的汪友农，注定了多灾多难的人生遭际。

从 1961 年到 1970 年年底近 10 年的光阴，汪友农先生搞过宣传，做过代课教师，当过油漆工，还给死人画过遗像，像丧家狗一样苟且着、流浪着、哀号着。我所尊敬的李零先生说，任何怀抱理想，在现实世界中找不到精神家园的人，都是丧家狗。在那个特殊的年代，汪友农先生的遭际并不是孤例。我的乡党朱继峰（当时叫朱文波），当年就在我们乡里给垂死的老人画肖像，后来竟然把书法作品挂到了邓小平同志的客厅里。是对艺术理想的执着追求让汪友农先生活下去，从"文革"前画山区妇女劳动间歇给儿喂奶还不忘读"毛选"的《哺育》，到歌颂劳动人民爱国爱家尽职尽责的《护林》；从有空就给《安徽日报》《人民日报》邮寄革命诗歌，到四处为各家单位打零工绘制巨幅毛泽东、林彪的油画像，印证了里尔克的著名诗句："有何胜利可言？挺住意味一切！"

积善之家必有余庆。汪友农做中医的祖父和做教师的父亲以善良和仁义所积攒的人品，让他在黑暗中总会感受到一线光明，在冰冷中总会获得一丝温暖。那位悄悄把著名女词人丁宁的词稿全部抄下来并亲手刻印的父亲，那位在临终前交代用自己的积蓄给老友黄叶村出版画集的父亲，为汪友农带来了足以影响一生的引路人：1957年弱冠之年在黄山跟随岭南派大家黎雄才先生学习写生一月有余并获好评，1959年与正受迫害的著名女词人丁宁结邻而居，因持一贯的尊敬之态照顾之心，女词人的倾囊相授为他的绘画注入了浓郁的诗情。而对待父亲的好友黄叶村先生，汪友农从1965年开始拜他为师起至他1987年去世，无论他一家六口栖身在有门无窗的7平方米茅棚里一住18年，还是沦落到沿村乞讨的惨境，汪友农都不离不弃。人性的光辉让汪友农在获得老师高超的画艺的同时，也激发出生命的全部潜能回报老帅，在老师生前的随侍在侧和死后的奔走呼号，终于写就中国书画界难得的传奇：老师不再蒙尘，实至名归位列新安画派大师之列；学生青出于蓝，与老师的作品先后入选人民美术出版社的"中国近现代名家画集"丛书，并次第在国家重点美术馆举展。

热爱，是何等神奇的种子！她激发的执着和坚忍总会让冰霜消融黑暗隐退；人性，是何等的光辉！她唤醒的善良和仁义总会让丑恶遁形祸殃远去。黄叶村老师的自嘲诗"能受天难真铁汉"，也真真切切地应验在他学生汪友农身上了。

## 小路盘到峰顶上

中国近现代绘画名家，泾渭分明地分为两类：一类是以吴昌硕、徐悲鸿、林风眠、潘天寿、刘海粟、傅抱石、李可染、吴冠中为代表的学院派，他们大都出身殷实之家，长期生活在都市并拥有名校教授的身份，他们走在大道上，拜的是名师，教的是名校，上有名师罩着，下有贤弟子捧着；一类是以齐白石、蒋兆和、陈子庄、黄秋园、王憨山、黄叶村为代表的江湖派，他们大都出身贫苦或家道中落之家，长期生活在小城小镇甚至乡村，并多有被歧视的身份，他们走在小路上，无所依凭，唯有青灯孤月相伴，坚忍耐烦相守。走在大道上的画家和走在小路上的画家，如果能幸运地抵达峰顶，就不会有画品的高下之分，法意的强弱之辨。但有些东西因为阅历、心境和趣味，两类画家总有若隐若现的差异性显露出来。

汪友农无疑归属于走在小路上的画家。

他的人物画有着高贵的单纯。即使是早期作品，即使贴着特殊年代的政治标签，《哺育》《重任在肩》等在创作中，人物形态的自然与生动，色彩的明净与逼真，构图的简单与合理，也都与时代风貌相对应。而代表作《稻是公家的》之所以获得著名画家赖少其及徐悲鸿的高足杨建候等的激赏，除得力于画面动人、形象亲切之外，更得力于特殊时代儿童的心理与动物（鹅）的心理形成的张力。那种高贵的单纯，正如"少女可以为失去爱情而歌唱，守财奴却不能为失去金钱而歌唱"经典美学名言所言，是特殊的时代所赋予。画中的政治标签和思想表达就是汪友农特殊的"爱情"，永远不会变成"金钱"失去价值。

他的山水画有着静穆的伟大。山水画是汪友农先生用力最多、成就最大的画科，正因为他走在小路上，"他学习前人的范围比黄叶村广泛，包括古与今、'南宗'与'北宗'"（薛永年语）。这是崎岖不平的山路，这是九曲十八弯的水路，没有直抵法门的"终南捷径"。但是，他最好的山水画创作都是中晚年表现禅宗意趣、林泉风致的那些作品，像《山村古木》《云岭春早》《水清桥影》《独思》《牧童横笛》《吾放牛儿在云天》……那是"行到水穷处，坐看云起时"的居碍反通，那是"蝉噪林逾静，鸟鸣山更幽"的动中静意。在阅尽人间沧桑、世态炎凉之后，汪友农先生返璞归真，表达出真正的"一物我，合天人"的中国艺术精神。虚静，是中国传统文化的最高境界，最好的统治者要"不撄人心"，最好的画家是八大，最好的诗人是王维。汪友农先生融入自然、寄情山水、追求禅意的努力，让他的画境和谐起来，画意圆融起来。

汪友农先生既有疏密二体，又有水墨、浅绛、青绿、小青绿等各种画法，无论哪种画法，他运用起来都得心应手，意到笔随。

但技法于他只是一种手段，如同乡黄宾虹所言："不求气韵而气韵自至，不求法备而法自备。"他信笔写来，随意点染，这些山就如飞如跑、如坐如立，又如歌如舞、如诉如泣，一丘一壑好像注入了生命，一线一点、一皴一擦都在呼吸运动。他在后期的很多作品中，都力图用创新的勾云法将云气与云水从天地间连成一体，让它在形象上成为新安山水的主角。结体深重的山和勾画灵动的云，既在山水意境上别开生面，又让画中有了自我。中国古代山水画家孜孜追求的"云山有我"的境界，汪友农先生竟从"小路"盘到了"峰顶上、云天间"，不能不说是一个不大不小的奇迹。

关于他的花鸟画，关于他的书法和诗词，薛永年、孙克等名家都有中肯的好评，我不必狗尾续貂。我只想录下汪友农先生的自况诗："一更腹中孕初稿，二更三更情丝搅，谁诗写到四更黑？我画破茧五更晓。"听诗入眠，见画出尘。焚膏继晷，无怨无悔。这就是汪友农先生的人生，这也是汪友农的艺术。

2016 年 6 月

世间众声喧哗

先生孤独闪光

一

1992 年 6 月，我从湖南省作家协会创研部逃到深圳《女报》杂志社，和李世南先生的夫人戴丽娟女士做了同事。很快就知道戴大姐的先生是大画家，但我不以为意。那段时间我独力背负着沉重的家累，哥哥的早逝让我必须赡养年逾七旬的老父老母和抚育年幼无知的侄儿侄女，所有的念头都集中在"活下去"这三个字上。一直到年底，才往深圳莲花二村拜访李先生。

而万万没有想到的是，过完年不久，李先生就突发脑血栓，"几失半壁江山"。我至今还记得，他在病床上对我说："我抬上救护车的那一瞬间，看到了天空中那颗斗大的晨星，就死死地盯着，一刻也不敢闭眼，我知道我会活下去！"然后，他开始漫长的、默默而坚毅的康复。而我开始和他近距离地亲密接触，并反思他作为一个艺术家在深圳的文化命运。

《一个画家和他的文化命运》①这篇文章，有我对李世南真切的同情，有我对当年深圳真实的体认。因为少不更事，说了一些狠话，如"一颗又一颗的流星借这座城市的生产力之光，划过炫目

① 载《深圳商报》1996 年 1 月 11 日第七版《文化广场周刊》第 20 期。

剥蚀的灵魂

的抛物线坠落，为什么这座城市就不能以自己的力量点亮属于自己这座城市的恒星呢？我们不能忍受别人视这座城市为'文化沙漠'，我们冲动地发出'引进大师'的豪言壮语，但是，大师湮灭在这座城市不是比这座城市被视为'文化沙漠'更恐怖的事情吗"之类，引发了一场小范围的关于深圳文化的争论。尽管有些人站在政治正确的立场上信口开河，但更多的人选择给我声援。李世南的命运和现象，一下子成为深圳全城的焦点，竟致当年的市委常委、宣传部长邵汉青大姐读了此文之后，迅速登门探访李世南先生。

　　我想说，深圳期间李世南命运的跌宕起伏、康复的顽强坚毅，让我无数次想起《肖申克的救赎》中的那句话："有一种鸟儿是关不住的，因为它的每片羽毛都闪耀着自由的光辉。"李世南的羽毛太鲜亮了，当他受难的时候，我心底里真真切切地感到上帝对他的禁锢是一种罪过。于是，我身不由己地参与到一场漫长而神奇的精神旅行之中。

　　从1994年冬月开始，我断断续续为李世南先生的大作《狂歌当哭记石鲁》做编辑校对工作，先来的一组有十多篇，我花了几天时间就处理完了。然后要求他写一篇就让戴大姐带给我，以满足自己先睹为快的私心。就是在对这部手稿的编校过程中，李世南先生的第一个定位清楚地浮现在我的脑海。

　　他是中国当代画家中传统笔墨功夫最好的之一。

　　凭什么这样说？凭他有最好的老师。在《狂歌当哭记石鲁》一书中，22岁的李世南先拜何海霞先生为师。何海霞何人？张大千先生入室弟子也。李世南就在何老师软软的声音里，十日一山、五日一水地跟着他学习山水画。他这样教李世南画柳树："他说树有各种神态，有的像龙钟的老人，有的像婀娜多姿的少女，有的肃穆，有的婆娑起舞。他边说边比拟着树的神态，忽而仰，忽而俯，做出各种美妙的姿势，十根兰花指像柳条般柔软。"尽管在跟随何老师学画的过程中，何老师被多次下放，李世南被多次抽调，但毕竟断断续续有九年时间。当又一次厄运到来之前，何海霞先生果断将李世南转到石鲁门下，并留下郑重其事的"石公必传"的拜托，足见他对李世南的喜爱。

石鲁又是何许人？是中华人民共和国公认的第一个画派——长安画派的奠基人，也是中国现当代画家在世界艺坛最受推崇的少数几个大师之一。关于石鲁先生对李世南的意义，我在该书的序中有清楚的表达，由于面对的是学生的习作，石鲁脱去了写《学画录》时穿的文言文外衣，不再考虑归纳、综合，往往在有的放矢的基础上兴之所至，谈画人物，谈素描，谈临摹传统，谈创新，谈生活，到处都有灵光闪现，都能发人之未发，想人之未想。正因为石鲁当时所处的悲惨境地，他对他面前这个学生李世南的授业，就毫无疑问地带有一种辩白和证明的性质：既然举世滔滔皆曰可杀，那么我要表白我的价值所在；既然众人都以"野、怪、乱、黑"的石鲁风格为丑恶，那么我要证明它美在何处、美从何来。石鲁这位伟大的导师教给了李世南哪些功夫呢？请看几段：

当勤奋的李世南长时间每天至少画九幅素描、一大叠速写的时候，石鲁提醒他正确的学习方法是少而精。"画斗方很方便，时间多点少点，地方大点小点，都可以有条件画，把当天见到的，想到的，最有感受的东西画下来，要像准备拿出去参加展览那样

开采光明的人

认真，一遍不行再画一遍，直到自己尽力为止，如此天长日久，一定会有很大的进步，你试试看。"（"画斗方"章）当李世南沉浸在素描加水墨的人物画体系中不能自拔时，石鲁告诉他，"画山水的时候，要把山水的神情气态当人物看，画人物时，要把人的神情当作山水来观照"，"中国画画人物，无非就是讲墨、气、色。墨色在一幅画的整体和局部上，都要注意对比，要使墨色响亮起来，形成强烈的对比，譬如人的头部最黑的地方是头发和眉目，其他部位都淡，所以头发和眼睛要用最重的墨来画，其他配上淡淡的颜色，就响亮了"（"谈人物画"章）。在《狂歌当哭记石鲁》这部书稿中，李世南绘形绘色地描述了何海霞先生，尤其是石鲁先生对他的开悟和教诲，在记忆的长河中淘洗出了无数的金子。我的好友许石林在 1996 年读了此书之后，曾信誓旦旦地跟我说，李老师这本书每个学画的都应该买一册，每个画家都应该对照这本书做反思，每一年都应该重印。而作为有幸最早读到这部书稿的人，我深有同感。石鲁先生的两个镜头给我至为震撼的印象：一是对李世南的当头棒喝，什么叫传统？传统就是一代一代创造出来的，传到今天就叫传统。你如果创造得好，传下去就是传统！二是在"最后一次谈话"一章中，准备"四川、云南写生画展"的李世南让老师挑展品，石鲁先生要他拿一部分写实一点的，担心别人误会弟子的传统笔墨功夫。当年的我因此写了下面这段话：

在读李世南这部书稿的时候，我经常涌上一种深切的感动。这种感动来源于文字所描述的石鲁和脑海里浮现的正在描述的李世南，他俩的风骨似乎成了我和我的同代人不可企及的一种境界。

想一想，我能像石鲁那样坚持什么吗？现在还有石鲁和李世南那样单纯，那样笼罩着一缕淡淡的忧郁的师生感情吗？我们还能在一个喧嚣的时代静静地、圣洁地怀想自己的老师或亲友吗？那年秋季，我和李世南先生一家会师在深圳益田村小区。三年里，我无数次在他的画室里看他画画，听他论道，画案上一直摆着徐渭、八大、石涛等无数古今中外名家的作品。我也无数次在益田村小区后面空旷的马路边陪他散步，听他讲古。夕阳西下，野草疯长，那是我沉重而受滋养的青春，也是有着鲜亮羽毛的李世南舐干伤口和咀嚼苦难的中年。

纵观李世南漫长的艺术人生，他出身银行世家，曾祖父李荣舫是李鸿章亲自委派的中国银行香港分行第一任董事长，长辈都是睁眼看世界的先行者，而他自己天赋异禀，勤奋坚毅，机会众多。但艺术人生的困厄集中浓缩在两个坎上，在 20 世纪 80 年代中期之前，李世南一直受到非科班出身的质疑，即便有何海霞和石鲁这样的大师背书，但非议和诋毁从未间断，这是他爬了十九年才爬出的第一个大坎。是"85 美术新潮"中一鸣惊人的《开采光明的人》这幅杰构，彻底堵住了悠悠众口；是在西安郊区马军寨时期创作的《欲雪》《孤独者》等一大批条幅形式的作品，确立了李世南具有强烈个人风格的泼墨大写意人物画法，并奠定他作为正宗文人画家的突出地位。

文人画是中国画的正宗，是中国文化传统中最有价值的瑰宝之一。以陈师曾先生的话说，文人画"画之为物，是性灵者也，思想者也，活动者也，非器械者也，非单纯者也"。李世南是当代为数极少的真正的文人画大师，文人画所要求的格局谨严，意匠精密，下笔矜慎，立论幽微，学养深醇，他都体现了；文人画特有的"趣由笔生，法随意转，言不必宫商而丘山皆韵，义不必比兴而草木成吟"，他都达成了！文人画并不是李世南命里必居的精神故乡，在秦砖汉瓦与欧风美雨的巨大碰撞中，他有过迷惘和摇摆，但他一本书一本书地深研，一张画一张画地琢磨，一个老师一个老师地问道，一个壁垒一个壁垒地打通，才让这个故乡接纳和拥抱。贾平凹写李世南的马军寨时期："画家正是此期，清风硬骨，不随流俗走，誓与古人争，认识了丑，更懂得了善，遂看懂金木水火土五行世界，遂得人、道、艺三者变通。"陈传席跋李世南《风雨行图卷》："观世南先生画，如读太白诗、东坡词、汉卿曲，雄浑苍茫，气吞云梦，至于神明焕发，随想见形，随形见性，变化无方，至无蹊辙可求。嗟夫，神乎技矣，进乎道也。吾国之画，石恪、梁楷之后，吾独知有世南先生也。"——李世南以一个人的战斗革新了自己，也革新了这个时代的文人画；李世南以一个人的抗争超越了自己，也超越了这个时代的世俗味和铜臭气！

李世南艺术人生的第二个大坎就是深圳时期，"几失半壁江山"的肉体之伤和"世纪末效应"交织在一起，中年生命的迷茫、负重和所居城市的陌生、功利纠缠在一起，让无数人对他的艺术生命抱以怀疑。但我见到的却是别样的情形：一方面，他在祭奠石鲁的过程中，完成了一次死生悟道，一次人格修炼，一次坚持艺术个性的立誓；另一方面，他家族遗传基因中自由开放、兼收并蓄的天性得以完全释放，西方的古典音乐经常轻轻飘荡在他的书房里，他巨大的画案上也陡然增加了许多西方现当代大师的画册。读过李世南《狂歌当哭记石鲁》《羁旅——病中日记选》的读者应该都有印象，李世南青少年时代的美术启蒙和创作试验，一直是中国画和西洋画杂糅融汇的，何海霞、石鲁在告诉他"中国画高明"的时候，他还在偷偷琢磨西洋画的素描、透视、气氛营造、构图效果等，而学贯中西的艺术家艾青、吴冠中、张正宇、曹辛之、程十发等对他的几句肯定，总成为他奋然前行的动力。之所以能快速走出深圳这个坎，就是得力于深圳改革开放的文化背景。他顺势激发的家族密码，他主动寻求的中西融合，让他的泼墨、泼彩大写意人物画更加生动起来、狂野起来，中国文人画的传统也因为他的这一努力，开始进行创造性的转换。

李世南以《独行者系列》的一组大画对关心者和怀疑者给予回应。世纪之潮铺天盖地地涌来，一叶扁舟却迎头而上，在人与潮构图的巨大反差中，他再次显示出狂烈的生命张力。接着，一不做二不休，在 20 世纪的最后一个夏日，他在狂风骤雨中突围深圳出走中原，开始了他越活越年青、越活越精神的逆生长，同时，也开始了他笔墨越来越老、立意越来越高的正生长。

2000 年春夏之交，我耐不住对李世南的思念，千里迢迢第一次来到郑州，想把他从河南拽回深圳。可惜我没有萧何之才，在三天四夜的深谈之后，我对他的生存状况和艺术创作充满羡慕和向往。二十六年间，从深圳的一叶庐到郑州的钵庐，从北京的仰山堂到双柿堂，我都有登门探访，每一次都是乘兴而去，尽兴而归。我的亲人和同事都知道，只要谈起李老师，我就会笑得合不拢嘴；只要见过李老师，一段时间内我都会心情轻松。

二十六年间，我曾经领着著名作家彭见明、著名美术评论家王鲁湘、著名画家杨福音等一众专家学者看李世南的画作，听他们啧啧称赞；二十六年间，我尽管已经为他写过三篇不短的文章，但依然在苦苦思索非主流、很著名的画家李世南的历史定位。评价李世南的专著和文章可谓多矣，但孤独的超越者的定义、笔墨表现主义的界定和臻于化境的断言，在我看来都缺乏严谨的逻辑支撑。

只有康德的名言，才是对李世南人生和创作最恰如其分的阐释。请看译文：

> 有两样东西，人们越是经常持久地对之凝神思索，它们就越是使内心充满常新而日增的惊奇和敬畏：我头上的星空和我心中的道德律。

在李世南的创作历程中，实际上就只有两类作品：一大类是他头上的星空，包括"中国历代书法家像赞""中国历代高僧""达摩面壁图""黄宾虹像""石鲁像""禅画系列""兰亭系列""沈园系列"等等；另一大类就是他心中的道德律，包括"四川红原写生""关中农民写生""终南老道写生""关中三妪""开采光明的人""地狱之门""土围子系列""白屋系列""独行者系列""流逝系列""浮生系列""过客图卷""山雨欲来图卷"等等。前者于李世南而言，他是需要沐手焚香，凝神静思的；后者于李世南而言，他只须将心比心，信手拈来。

前者让李世南与远去的历史和传统、天上的星空和地上的神圣勾连起来，他的悲悯、孤独，他对前圣高山仰止般的追慕，他对先贤心向往之的膜拜，皆由此而生。后者让李世南与时代的现实生活和社会的心理状态联系起来，他快乐着他笔下人物的快乐，他痛苦着他笔下人物的痛苦，他梦想着他笔下人物的梦想，可以说，他的喜怒哀乐完全与笔下的现实人物同频共振。正如康德所指引的，两者没有高低之分，却同样常看常新，百读不厌。是的，是仰望星空的神圣感，引领着李世南的灵魂不断上升；是脚踏实地的悲悯心，牵扯着李世南的目光不断下坠。在郑州的钵庐，我第一次看到他的《弘一法师像》，眼睛立马就湿润了。那是一双悲天悯人的眼睛，也就是李世南的眼睛呀！什么天心月圆，什么悲欣交集，在当时当地，弘一法师只有悲天悯人啊！头上的星空和心中的道德律，贯穿在李世南艺术创作的全过程之中，他的欢喜、悲伤、愤怒、孤独、善意都灌注到笔墨、线条、构图、色彩之中，化为一种人化的自然，成为一种直觉的情绪感染到我们。

在这个意义上，李世南不同于中国当代任何一位文人画家。在这个意义上，李世南就是中国当代立意最高的画家。在这个意义上，李世南就是唯一开了天眼的画家，他连接了传统与现实、天上的星辰与世间的万物。

李世南所有成熟的艺术作品，不在乎历史的框定，不在乎政治的定性，不在乎道德的裁断，也不在乎各种学术逻辑和表现规程，他只敏感于特定人物的生命状态，并为这种生命状态寻找直觉表达的角度。像"过客系列""浮生系列""白屋系列"中渺小如蝼蚁般的生命在孑然独行，匆匆如过客般的人生在随风而逝，直接映照出人类生存的真实；而晚期的"裸体系列"，在龙尸凤骨与性魔欲浪激烈碰撞的今天，画面上扭曲的形体、夸张的表情、狂野的发泄，何尝不是灵魂迷失的呐喊，何尝不是灵魂跟不上脚步的悲哀！天人合一，民胞物与的"兰亭系列""沈园系列"，完全实现了石鲁先生要他打破山水、花鸟和人物之间的藩篱的愿望，使李世南在创造中点化自然、释放自然，最后也把自己和创造一起变成一种形式化了的"自然"，这是多么伟大的杰作！

和世南先生相识相交二十六年了，从"活下去"的同一个信念出发，我们都成了更好的自己。现在，他将大半生心血凝成的精品力作授权给海天出版社出版，于我而言是天降幸福，无限感激尽在心头。一个多月来，我都沉浸在巨大的喜悦之中，翻着他的画作图片，想着他作画时全神贯注的模样，回忆着我俩在一起开心的情形，真正是感慨万千。大江奔涌在世南先生的心头，他不知道枯竭的滋味，也永远不想知道。

2018 年 9 月

**图书在版编目（CIP）数据**

潇湘多夜雨　岭南有春风 / 聂雄前 著 . — 北京：东方出版社，2021.3
ISBN 978-7-5207-1740-3

Ⅰ.①潇… Ⅱ.①聂… Ⅲ.①散文集—中国—当代 Ⅳ.① I267

中国版本图书馆 CIP 数据核字（2020）第 221163 号

**潇湘多夜雨　岭南有春风**
（XIAOXIANG DUO YEYU　LINGNAN YOU CHUNFENG）
- - - - - - - - - - - - - - - - - - - - - - - - - - - - - - - - - - - - - - - - - - -
作　　者：聂雄前
责任编辑：闫　妮
出　　版：东方出版社
发　　行：人民东方出版传媒有限公司
地　　址：西城区北三环中路 6 号
邮　　编：100120
印　　刷：北京联兴盛业印刷股份有限公司
版　　次：2021 年 3 月第 1 版
印　　次：2021 年 6 月第 3 次印刷
开　　本：880 毫米 × 1230 毫米　1/16
印　　张：20.5
字　　数：150 千字
书　　号：ISBN 978-7-5207-1740-3
定　　价：59.80 元
发行电话：（010）85924663　85924644　85924641
- - - - - - - - - - - - - - - - - - - - - - - - - - - - - - - - - - - - - - - - - - -